ずんずん！

山本一力

中央公論新社

目次

第一章　日本橋浜町　7

第二章　尾道へ　287

終　章　453

いまだからこその、作者あとがき　459

ずんずん！

第一章　日本橋浜町

1

２０１４年１月６日、午前４時。

ボーン、ボーン……。

纏（まとい）ミルク浜町（はまちょう）店の事務室に掛けられた柱時計が、静かな音で正時を告げ始めた。

「あけましておめでとうございます」

事務室に詰めた10人の男女が、抑えた声で新年のあいさつを口にした。

どの顔も大きくほころんでいるのは、仕事始めの未明ならではだ。

壁の高いところには神棚が据え付けられている。店長・纏亮介（りょうすけ）の手で、すでに灯（とう）

明(みょう)は灯されていた。

神棚下の壁には、Ａ４サイズの大型日めくりが掛かっている。

平成26年１月６日　月曜日　丁丑(ひのとうし)

日めくりの隅には今日の十干十二支が記されていた。

今日は丁丑の日だ。

「牛乳配達の仕事始めが丑の日とは、願ってもない縁起のよさじゃないか」

「なんですか、ウシの日って？」

若い栗本(くりもと)が田代(たしろ)に向かって語尾を上げた。

「一年365日、どの日にも十二支が割り振られているが、そんなことは試験科目には出ないから、あんたが知らないのも無理はない」

日めくりの前で、配達スタッフたちがどっと沸き返っていたら、店長の妹あかねが寄ってきた。

「田代さん、あれをお願いします」

あかねが小声を弾ませた。

「あいよう！」

田代も抑えた弾み声で返事をした。

正月早々の午前４時は、まだ町は深い眠りの真っ只中である。浜町界隈で明かりが灯っているのは、纏ミルクただ1軒だ。

町の眠りの邪魔をせぬよう、だれもが話し声にも、物音の立て方にも気遣っていた。

事務所の奥には広さ5坪のダイニング・キッチンが設けられている。スタッフが休憩したり食事を摂ったりする場所だ。

新年仕事始めの朝は、配達スタッフ全員が雑煮を祝う場所でもあった。

8人いる配達員のなかで、田代龍平（たつへい）は最年長である。

配達員歴も今年で5年。これも浜町店のなかではもっとも長かった。

雑煮の切り餅を焼くのは、毎年田代の役目と決まっていた。

板の間に置かれた大型の火鉢には、火熾（ひおこ）しされた備長炭がいけられている。五徳には丸い網が置かれていた。

田代は火鉢の前であぐらを組んだ。

「お願いしまあす」

切り餅が納まったもろぶた（長方形で高さもふたもない杉箱）を、あかねは田代の脇に置いた。

「一年が過ぎるたびに、このもろぶたも歳を重ねているんだねえ」

しみじみとした口調でつぶやいた田代は、切り餅7切れを網に載せた。一度に金網に並べられるのは7個までである。

並べ終えた田代は、ふっと思案顔を拵(こしら)えてあかねを見た。

「毎年同じ網を使いながら、うかつにも気づかなかったが」

立っているあかねを田代は見上げた。

「ことによると、この網も年代物じゃあないのか？」

「そうです、分かりましたか？」

ほころび顔で、あかねは田代に近寄った。

「おじいちゃんが幼なじみの職人さんに頼んで作ってもらった金網です」

5枚ある金網のどれもが、すでに50年近くも使われ続けていた。

確かな腕の職人が仕上げた銅網はいまでも達者ですと、あかねは網の由緒を聞かせた。

「まったくここの家にあるものは、金網ひとつ、うかつには扱えないよ」

つぶやきながら、田代は網に載せた切り餅をひっくり返した。

＊

纏ミルクを創業したのは亮介の曽祖父・纏真之介(しんのすけ)である。

文明開化の明治初期、真之介はいち早くミルクが家庭の食卓に上ると判じた。

明石町の外国人居留地に、真之介は鳶職(とびしょく)の親方として出入りしていた。その折、外国人家族がミルクを美味(おい)しそうに味わう姿を何度も見た。

真之介は鳶半纏の肩から袖にかけて赤筋の入った頭である。

赤筋の美しさに見とれたこどもが、真之介に近寄り、袖を引っ張った。

多少の日本語が話せた母親が、半纏をこどもに着させてもらえないかと頼んだ。

「ノープロブレム」

真之介が英語で答えたら、こどもが手を叩いて喜んだ。この家に出入りしているなかで、真之介が覚えた用語のひとつだった。

袖を通させてもらったお礼にと、母親はミルクを振る舞った。

元々、ヤギの乳を好んで飲んでいた真之介である。

「これは驚いた！」

牛乳の濃密な美味さを、だれよりも分かったのだろう。

ミルクを振る舞ってくれた家のあるじは、居留地の商事担当役員だった。その伝手から牛乳を分けてもらい、真之介はミルクの製造・卸を始めた。

江戸時代後期から三代続いてきた鳶職だった。が、鳶をこころざす若者が時の流れのなかで大きく減っていた。

「鳶にしてくれるって聞いたんだけど、手間賃は高いのかい？」

「月に5日は休めるんだろうね？」

修業を軽んじ、楽をして給金を貰いたいだけの了見違いの若者が多くなったことに、心底うんざりしていたときである。

家業を考え直す潮時だと断じた真之介は、ミルクの将来性に賭けることにした。

気力と知恵さえあれば何でもできそうに思えたのが、明治初期という時代だった。

真之介の長男与一朗（よいちろう）も、家業を継いだ。

二代目纏ミルク当主の誕生である。

太平洋戦争終戦後の混乱期も、与一朗は家業を続けた。が、自前の牧場が東京にあったわけではなかった。

「親父が牛乳に賭した思いを、おれの代で潰すことはできない」

与一朗はメーカーではなく、販売店として生き延びる道を選んだ。

三代目は与一朗の長男・慎太郎（しんたろう）である。

「いままでは大川（隅田川）の西側で家業を続けてきた。これからは東側も発展する」

１９９５（平成７）年夏に、慎太郎は住まい兼用の店舗を大川の東側に移した。

深川萬年橋（まんねんばし）から100メートルの場所に、である。

鳶職を営んでいた時代から、纏家はお江戸日本橋周辺に暮らしてきた。

大川を渡ると決めた慎太郎も、移る先には江戸の香りが色濃く残っている土地を求めた。

纏ミルク初代真之介は、鳶の先代から受け渡された火消し組『は組』の纏を守ってきた。

鳶の初代が暮らしていた小伝馬町（こでんまちょう）は、は組の受け持ちだった。

家業が火消し（鳶職）からミルク製造業へ、さらに販売業へと移っても、は組の纏は大事に受け継がれてきた。

纏の本物は萬年橋の本店に鎮座している。浜町店にも複製が飾られていた。

纏のほかにも、纏ミルクを興した初代が買い求めた品々は、いまでも多数が使われ続けている。浜町店で時を刻んでいる柱時計も、雑煮の餅を焼く銅網も、さらにはもろぶたも、あかねの祖父与一朗が調（ととの）えた品である。田代がつぶやいた通り、纏ミルク萬年橋本店でも浜町店でも、時代物の道具が多数使われていた。

なかでも異彩を放っているのがブリキ製の乳缶である。亮介の曽祖父真之介が、明治維新後の創業から使ってきた品だ。

百年超の時を経て2個残った乳缶は、本店と浜町店に1個ずつ置かれていた。

牛乳配達事業とはなにか。精神的基盤を、この乳缶が体現していた。

築地に借りた土地を牧場として、真之介は酪農を始めた。どこの町内にも、さまざまな職人が暮らしていた時代である。

「こんな形のものを拵えてくだせえ」

馴染みの鍛冶屋に見せたのが乳缶だった。缶や箱の素材としてブリキは急速に広まっていた。加工も溶接も手軽だったことで、維新後の鍛冶屋は競い合ってブリキ細工の技を磨いた。

搾乳（さくにゅう）したミルクを詰めた乳缶を荷車に載せて、外国人居留区内を配達して回った。

ブリキ製の二合枡での量り売りである。

顧客に清潔感が伝わるように、真之介は純白にさらした木綿の上下を着用した。

これが纏ミルクの原点である。

「お客様が待っておいでだし、乳牛からは毎日二度も乳を搾る」

晴れようが雨降りだろうが、暑かろうが寒かろうが、量り売りを休んではならねえ

……初代真之介の精神は二代目与一朗に受け継がれた。

1923（大正12）年9月1日に発生した関東大震災の折、纏ミルクは全壊を免れた。

与一朗と店員たちは乳缶に井戸水を汲み入れて、避難場所に向かった。

東京大空襲で焼け野が原となったときも、与一朗たちは井戸水を乳缶に汲み入れて、渇きにあえぐ人たちに届けて回った。

慎太郎の小学校入学時、与一朗は乳缶の前に座らせた。

「牛乳配達は金儲けだけが目的の仕事じゃない。ひとさまの役に立つようにと、親父（真之介）はこの乳缶をおれに託した」

おまえもしっかり受け継いでくれと、与一朗は慎太郎に2個の乳缶を託した。

大震災も太平洋戦争も潜（くぐ）り抜けてきたブリキ缶には、牛乳配達の精神が詰まっていた。

＊

「おまちどおさまでした」

あかねの声で、８人の配達員全員がテーブルについた。

新年仕事始めの朝は雑煮から。

纏ミルク初代真之介が定めた、纏家の習わしである。

配達員８人分の椀は、萬年橋の本店から譲り受けた輪島塗だ。外は漆黒で内は朱色に塗られたこの椀もまた、初代真之介が調えた品だった。

１個の切り餅が半分に切り分けられて椀に入っている。田代の焼き加減は絶妙で、切り分けられた両方ともキツネ色の焦げ目がついていた。

つゆはかつおと鶏ガラで、味付けは醬油だ。

三つ葉、紅白のかまぼこが具であしらわれていた。

店長の亮介にも椀が行き渡ったのを見て、田代が声を発した。

「いただきます」

まだ眠っている町をおもんぱかり、声は抑え気味である。田代に合わせて、全員が小さな声で「いただきます」を告げた。

「うまい！」

不用意な大声を漏らしたのは、配達員のなかでもっとも年若い栗本清吾（せいご）である。

田代が唇に指をあてて栗本を見た。

「あんまり、うまかったもんだから」

栗本は箸を持ったままの右手で頭を掻（か）いた。

あかねはゆるんだ目を栗本に向けた。雑煮の味を褒められたのが嬉しいのだろう。

「年明けから飛び切り美味い雑煮を口にできたんだから」

小伝馬町一帯の配達を受け持つ富岡長治（とみおかちょうじ）が、栗本に話しかけた。

「今年こそ……だよな？」

「はい！」

栗本のきっぱりとした返事は、自分に言い聞かせているかのようだった。

2

ボーーン。

柱時計が短く一打した。

毎時30分だと報(しら)せる一打である。

「さあ、始めようか」

田代のかけ声で、雑煮を食べ終わった銘々が一斉に立ち上がった。

「ごちそうさまでした」

「とってもおいしかったよ」

「すっかり身体まで温まった、ありがとう」

椀を流し場に運んだ各自が、あかねに言葉をかけた。

「本年もよろしくお願い申し上げます」

ひとりひとりに応えて、あかねはあたまを下げた。

こども時分から20年近く、あかねは仕事始めの雑煮作りを手伝ってきた。

食べ終わった配達員に、母親真理子(まりこ)が気持ちを込めて辞儀をするのも見て育った。

兄とふたりで浜町店を切り盛りしているいま、あかねは母親の気持ちを身体の芯で察することができていた。

去年一年、本当にご苦労様でした。

今年もまた、どうか息災に配達が続けられますように。

旧年への感謝と新年への願いを込めて、配達のひとたちに辞儀をする……。

あかねは母と同じことをしていた。

キッチンを出た面々は、直ちに配達の準備を始めた。店前の道路には、何種類もの車やジャイロ（配達用の三輪車）が停まっていた。

どの車も荷物台の戸は開いているが、エンジンはかかっていない。余計な騒音を響かせぬよう、発車のときまでエンジンは止められていた。

＊

蠣殻町（かきがらちょう）から東を受け持つ田代はジャイロが配達車両だ。座席後ろの荷台を一杯に開き、配達する品々の数と種類を確認していた。

個々の品物を指差しで確認し、クリップボードに挟んだリストとの照合を続ける。手慣れた動作は、田代の前職を表していた。

田代龍平は今年2月の誕生日で72歳となる。5年前、67歳で田代は食品配送管理の仕事から退いた。

「有能な人材を定年規定で失うのは、まことに惜しまれるが……」

田代より遥かに年下の50代の管理部長は、浮かぶ限りの賛辞をはなむけとして会社から送り出した。

有能な人材というのは世辞ではなかった。

田代が配達員に応募した２００９年は、亮介が浜町を任された年だった。

「田代さんが最初に応募してきてくれました」

面接後、亮介は田代の採用を即決した。

前職で従事していた食品の配送管理は、新規開店する浜町店には願ってもない職業スキルだったからだ。

以来5年。

ときには父親代わりの小言も亮介に言いながら、田代は浜町店で配達に従事していた。

＊

「田代さん、今朝はばかに嬉しそうですね」

栗本がしゃべると、口の周りが白く濁った。夜明け前で、もっとも冷え込みが厳しい時間帯なのだ。

「わたしが、どうしたって？」

田代はクリップボードを手に持ったまま、栗本を見た。上背180センチで体重60キロのスリムな栗本だ。田代はつい、見上げる形になった。

「今年もまた、年賀状が入ってるかもしれないんでしょう？」

だれからの年賀状が、どこのなにに入っているのか。

栗本は大事なことを幾つも省いていた。

が、田代には通じたようだ。

「あんたも一日も早く、そういう相手に出会うことだな」

真正面から切り返された栗本は、あとの言葉に詰まった。スリムな身体が、棒立ちしているかに見えた。

停まっていた1台がエンジンを始動した。

纏ミルクの新年が動き始めた。

3

素手のままでは、指先がかじかんでしまう厳冬の未明どきである。

ふうう。

田代は温かな息を吹きかけて、指先を暖めようとした。冷気に触れた息は、たちまち真っ白に濁った。

もしも水を張った器をうっかり出していたら、分厚い氷が張ったに違いない。

それほどの厳しい寒さのなかで、田代は大型の冷凍庫に入ろうとしていた。

ステンレスの扉には大きな把手がついている。把手を引くとガチッと大きく音がして、頑丈なロックが外れた。

扉の内側には水色の透明なビニールカーテンが垂れ下がっている。冷気が外に逃げ出さないための工夫である。

仕事始めの今朝、浜町界隈は氷点下近くにまで気温が下がっていた。が、冷凍庫のなかはマイナス25度だ。扉を開けっ放しにしたら、冷気は外に逃げ出すだろう。

東京では厳冬といえども庫内よりは暖かいのだ。

冷凍庫の内側には、押して扉を開くドアノブが突き出している。それが出ているのを確かめてから、田代は冷凍庫の扉を閉めた。

庫内の一隅には保冷剤の詰まったケースがうずたかく積み上げられている。ケースひとつに大型の保冷剤が50枚詰まっていた。

時間をかけて冷凍された保冷剤は、叩き合わせるとカンカンと乾いた音がした。

田代の配達受け持ち先はいずれも個人住居で、170軒あった。

一日あたり牛乳2本をとる家が、配達先の過半数を占めていた。ひとり暮らしで毎日1本という家が、そのあとに続いている。

配達は週に3回。

田代は月・水・金を受け持っていた。

月曜日朝には月曜・火曜分の2本。

水曜日は水曜・木曜分の２本。

金曜日は金・土・日３日分の３本である。

田代が配る明慈の牛乳は、発泡スチロール製の保冷ボックスに納められていた。毎日２本ずつの家庭では、金曜日には６本が配達されることになる。明慈のボックスには、６本が充分に納まる大きさがあった。

田代が保冷剤のケースを山から下ろしていたら、栗本が入ってきた。田代のように素手ではなく、分厚いスキー用のグローブを両手にはめていた。

「おれが下ろしますから」

栗本は田代との間を一歩詰めた。

「正月早々、腰でも痛めたらみんなが迷惑するんですから」

田代には、なにかと悪態をつく栗本だ。しかし口とは裏腹に、田代を深く慕っていた。石川県小松が栗本の郷里だ。実家は水田と畑地を持つ農家である。近所には乳牛を飼っている農家もあった。数あるアルバイトのなかから牛乳配達を選んだのも、郷里を身近に感じられたからだ。祖父も達者で、栗本は父親以上に祖父を慕うじいちゃんっ子で育った。

今年で72になる田代は、栗本の祖父より年下だ。が、振る舞いや物言いが田舎の祖父を思い起こさせるらしい。栗本は常に田代の様子を気に留めていた。

「助かるよ。４ケースを下ろすのは、いささかきつい」

栗本が示す気遣いを、田代もこだわりなく受け入れていた。

てきぱきとした動きでケースを下ろしたあと、栗本は冷凍庫の外に運び出した。

田代と自分用のケースを合わせて12ケース。保冷剤が合計600枚詰まっていた。

「助かったよ、クリちゃん」

栗本はだれからもクリちゃんと呼ばれている。厳格な性格の田代でも、呼び方はみなに倣（なら）っていた。

田代はジャイロの荷台の蓋を開き、保冷剤の納まった4ケースを運び入れた。

ジャイロの隣には栗本の配達車が横並びになっている。後部ドアを大きく開き、栗本も自分の保冷剤ケースを積み込んだ。

栗本の受け持ちは築地（つきじ）から明石町、さらには佃島から月島にかけての広い区域だ。町のパン屋に銭湯、下町ならではの駄菓子屋などにも配達しており、数は１０００本を大きく超えていた。

しかし個人の家はさほどに多くはない。保冷ボックスに牛乳などと一緒にセットする保冷剤は、８ケースで足りた。

ただしこれは冬場の話だ。夏場には数が倍以上に膨らんだ。

配達に出る準備が整ったところで、栗本が田代に近寄った。

「こんな真冬に保冷剤を入れる必要なんてないと、田代さんも思いませんか？」

栗本は息を真っ白に凍えさせながらしゃべった。

「クリちゃんの言い分も分かるが、わたしは店長の判断を支持する」

未明の暗がりのなかで、田代は栗本を強い意志を込めた目で見詰めた。

「店長が福山の修業先で修得したことは、牛乳配達に携わる者には必携の精神だよ」

栗本に笑顔を向けてから、田代はジャイロを発進させた。

「まったく田代さんの言うことは、おれのじいちゃんとおんなじだ」

小声でつぶやいた栗本は、運転席のドアを開いた。

午前4時43分。２０１４年の配達初めが始まろうとしていた。

4

水天宮の交差点を左折した田代は、最初の細道を左に折れた。

社殿建て替え工事中の水天宮が、この場所に戻ってくるのはおよそ2年半後である。

水天宮駐車場前にジャイロを停めた田代は、配達する牛乳20本をバッグに移し始めた。

マンションと戸建て住宅が軒を連ねるこの界隈は、徒歩で配るのが適している。

街灯の明かりが未明の町の闇を破ってくれていた。

田代はなにごとにも慎重な男である。

牛乳の種類と本数、そして同時に配達するヨーグルトなどを街灯の明かりで確かめた。明かりのない場所に停車したときには、ＬＥＤ懐中電灯で照らして確かめた。

浜町店を出ておよそ20分。水天宮周辺が田代の最初の配達区域である。

帆布製のバッグには、詰める気になれば40本は牛乳が納まるだろう。しかし自分が持てる重さを考えると20本が適量だった。

重すぎるバッグでは、身動きが鈍くなる。

自分の年齢と体力を過信していない田代は、軽いバッグで配達し、何度でも補給しにジャイロに戻ることを選んでいた。

「明慈おいしい牛乳」16本に「明慈コーヒー」４本、ヨーグルト４個をバッグに納めたあと、保冷剤を5枚入れた。

指先がかじかんでしまう厳冬のいま、配達先の保冷ボックスに保冷剤を入れる必要はなかった。

1月の凍えたこの町では、なにもしなくても一日は充分に冷たさが保たれるからだ。保冷ボックスの造りはしっかりしていた。

しかし真冬でも保冷剤を納めるのは、纏ミルクの決まりだった。

「牛乳と一緒に保冷剤を入れることを身体に覚えさせるには、冬場の訓練が一番。冬に忘れなければ夏でも大丈夫だ」

研修に出向いた福山の明乳松浦宅配センターで、亮介はこれを身体で覚えて帰ってきた。田代は合理的な判断を得意とする。

「松浦社長の考え方には理がある」

得心した田代は雪の朝でも氷雨模様でも、保冷剤をジャイロに積むことを忘れなかった。バッグを手に持った田代は、軽く弾んだ足取りで蠣殻町の配達に向かった。

配り始めは路地を入った左側の一戸建て、大月（おおつき）さんである。こどもふたりの４人家族で、コーヒー牛乳も１本はこの家だ。水色の保冷ボックスを開いた田代は、おいしい牛乳とコーヒーとを２本ずつ納めた。明日の分まで含めてだ。

保冷ボックスは４本納めてもまだ充分なゆとりがある。持参した保冷剤１枚を納め、ボックスの内側を布巾で拭いてから箱を閉じた。

２０１４年最初の宅配が完了した。

大月さんの家は、まだ寝静まっている。

「本年もよろしくお願い申し上げます」

小声でつぶやき、辞儀をしてから路地を出た。続いて４軒配達したところで、帆布のバッグは回収した空き瓶だけになった。

ジャイロで新たに20本を詰めた田代は、空を見上げた。

まだたっぷりと暗さを残している。目を凝らさずとも星も見えた。

しかし夜明けに向かって、着実に時は流れているようだ。浜町店で支度を進めていたときの空は、真夜中同様に真っ暗だった。

漆黒だった空が、いまは群青色近くにまで色変わりを始めていた。

これから向かう先は先刻の大月さん同様、路地を入った先の一戸建てである。

路地の入り口に立った田代は、バッグを手に提げたまま深呼吸した。

ふううっ。

大きく息を吐き出すと、また口の周りが真っ白になった。

＊

配達先は田代よりは10歳以上も若く見える湯川さんだ。さほど大きくはないが、二階建ての一軒家に湯川さんはひとり暮らしをしていた。

田代が深呼吸をしたのは、気を鎮めたかったからだ。

田代もいまはひとり暮らしをしていた。

5年前に田代は食品会社を退職した。その4年前に、田代の連れ合いの良子が急逝した。娘と息子をひとりずつ授かっていた田代夫妻だったが、良子が逝ったときにはふたりともすでに家を出て、他所で暮らしていた。

退職と同時に田代は家を息子に譲り渡し、大川端の賃貸マンションでひとり暮らしを始めた。家族4人で暮らしてきた家にひとりで住むのは、気持ちが塞いでつらかったからだ。牛乳配達スタッフの募集に応募したのも、気持ちを切り替えたいのが大きな目的だった。

配達を始めたのは67歳である。

自分の力を、社会はまだ必要としてくれている……配達で田代はそれを実感できた。良子を亡くしたことで生じた、こころの大きな洞。配達を続けているうちに、少しずつその洞が埋まってくれる気がした。

夏場は町も早起きである。夏至を過ぎたあとの午前5時は、蠣殻町もすっかり明るくなっていた。

バッグを提げて配達する田代に、早起きの住人が朝のあいさつをくれた。

「おはようございます」

早朝の通りで言葉を交わすことで、田代は大きな張り合いを覚えた。

以来、今日まで午前4時から支度を始めるこの仕事が、田代の達者を保っていた。

去年の正月配り初めの朝。

田代は今年一年の息災を願いつつ、湯川宅の保冷ボックスを開いた。

湯川さんが自分同様に、ひとり暮らしであることを、田代は知っていた。自分よりも年下とはいえ、ひとり暮らしは身体にこたえることがある。

とりわけ冬は、ひとりで暮らす年配者にはきつい季節なのだ。

一年を息災に過ごしてくれますようにというのは、自分にも通ずる願いだった。

保冷ボックスを開くと、年越しをしたカラの牛乳瓶が入っていた。それを回収し、新しい牛乳を納めるのが田代の配達順である。

空き瓶に手を伸ばしたら、はがきのようなものが入っているのに気づいた。ビンを取り出してから、はがきに手を伸ばした。

田代あての年賀状だった。宛名は「田代様」と書かれていた。

互いに苗字を知っていたが、名は知らずできていた。湯川は田代の住所も知らない。ゆえに宛名は「田代様」だけだった。

去年の干支は巳年である。湯川さんは絵手紙のたしなみがあるようだ。お年玉付き年賀はがきには、水彩絵の具で描いた巳の絵が、小さく左隅にあしらわれていた。

２０１３年は1月7日が配り初めの月曜日だった。

あけましておめでとうございます。

新年の言葉は筆文字で書かれていた。

念入りに硯に走らせた墨は、1月7日になっても艶を失ってはいなかった。

「本年もまた田代さんが配達してくださる牛乳で、わたくしも息災に過ごせます」

青いインクで書かれた文面は、湯川かおるの署名で締めくくられていた。


今年も年賀状が入っていますように。

田代は強く願いながら、湯川さん宅の保冷ボックスのふたを開けた。

空き瓶のわきに、年賀はがきが見えた。

＊

5

配達を終えた田代が纏ミルク浜町店に戻ってきたのは、午前7時半前だった。

「おかえんなさい」

駐車スペースで田代を迎えたのは、今年もまた栗本だった。

「田代さん、いい顔をしてますね」

田代にこれを言いたくて、栗本は待ち構えていたのだ。

おどけ口調で言われた田代は、

「向かい風が寒くて、顔はこわばっている」

わざとむずかしい顔を拵えた。が、右手に提げた配達バッグは、栗本に微笑みかけるかのように揺れていた。

田代と栗本が連れ立ってキッチンに入ったとき、柱時計が7時半を告げた。

「寒いなか、ご苦労さまでした」

あかねが運んできた湯呑みから、強い湯気が立ち上っている。ストーブのあるキッチンにも、真冬の凍えが居座っていた。

「見せてください、今年の年賀状を」

田代が湯呑みを手に持つのも待ちきれず、栗本が催促した。

「田代さん、いただいたんですか？」

あかねが声を弾ませたら、パソコンを操作していた亮介もキッチンに入ってきた。

栗本は目ざとく、バッグのなかの賀状を見つけていたらしい。そこに収まっているからと、亮介に目顔で示した。

「春から、縁起のいい話じゃないですか」

柱時計の時刻を気にしながら椅子に座り、亮介も田代たちに加わった。

兄の湯呑みを運んできて、あかねもテーブルについた。

「見せてください、田代さん」

あかねの声で田代は動き始めた。

「ウッ、ウン」

カラの咳払いをひとつくれたあと、バッグから取り出した年賀状を表にして置いた。

田代龍平様

湯川かおるの筆文字からは、まだ墨の香りが感ぜられそうだった。

「水茎の跡も麗しく……ですね」

つぶやいたあかねに栗本が目を向けた。

「なんのことですか、みずくきのあとって」

あかねが答える前に、田代が口を開いた。

「筆跡の美しさを称える言い回しだが、若いのにあかねさんはよく知っていたなあ」

田代はあかねに目を向けた。

「書道の先生からいつも言われていますから」

はにかむあかねを見る栗本の目が熱い。

田代は隣の栗本を肘で突っついてから、年賀状を裏返した。

２０１４年は午年である。

賀状の上３分の２のスペースを使い、輪になった馬が墨で描かれていた。

明るい場所で見るのは田代も初めてだったようだ。だれよりも目を凝らして見入っていた。

「この文章、読んでもいいですか？」

墨絵の下に書かれた万年筆の文字に、栗本は指先を当てていた。

細かな文字が読みづらくなっている田代である。それが分かっている栗本は、あえて先取りをして訊ねたようだ。

「頼むよ」

田代から委ねられた栗本は賀状をテーブルに置いたまま、湯川の万年筆メッセージを読み上げ始めた。

「版画家の原田維夫さんが描かれた、馬が9頭のうまくいくを真似しました」

今年もうまくいきますようにと、湯川は青いインクの文章を結んでいた。

「素晴らしいひとですね、湯川さんって」

栗本は心底、湯川の人柄に感じ入ったようだ。

「まさに水茎の跡も麗しく、の女性だよ」

回収する牛乳瓶は、いつもきれいに洗浄されていると、田代は付け加えた。

「そういえばおふくろも、出前の器を洗っていたなあ」

新年4日まで里帰りしていた栗本は、つい郷里の母親を思い出したらしい。

「いいおふくろさんじゃないか」

田代は柔らかな目を栗本に向けた。

あかねもうなずいた、そのとき。

「おはようございます」

店先から女性の声が聞こえてきた。

妹と目を見交わしたあと、亮介は柱時計を見た。

午前7時45分を指している。

「はあい！」

キッチンから大声で答えると、亮介はスリッパも脱ぎ捨てて店先に向かった。

朝の光が地べたに降り注いでいる。その光のなかに女性が立っていた。

焦げ茶色のダウンジャケットの下に、クリーム色のチノパンが見えている。履き物はチョコレート色のパンプスで、大型のバッグを手に持っていた。

「あけましておめでとうございます」

「おめでとうございます」

亮介のあいさつに、女性も答えた。

30代前半に見える彼女は、落ち着いた深みのあるアルトの声だ。

「今年も同じものでよろしいですか？」

お馴染みさんだが今年は今朝が初めてゆえ、亮介は確かめた。

「お願いします」

無駄のない受け答えが、女性の聡明さをあらわしているようだ。

亮介が取り出した純白の牛乳が、店に差し込む朝日を浴びて純白さを際立たせた。

「ここに載せてもいいですか？」

店先に積み重ねられたブルーの空きケースに、バッグを載せてもいいかと女性が訊ねた。

「もちろんです」

亮介は声を弾ませた。

女性は大型バッグをケースの上に置き、モスグリーンの手袋を脱いだ。

亮介から手渡された牛乳のシールを剝がし、キャップを外した。瓶の口まで真っ白な牛乳が詰まっている。

息を吐けば白く濁る。そんななかでも、牛乳はほどよく冷えていた。

右手で持った瓶の口を、彼女は唇にあてた。

仕事始めの朝を祝う柔らかな光が、女性のショートカットに降り注いでいた。

陽を浴びた髪が目映(まばゆ)い。

彼女は朝の光を全身に浴びながら、何度か息継ぎをして牛乳を飲んだ。

亮介はぶしつけにならぬよう気にしつつも、彼女に見とれていた。

美しい手書き文字の表現は「水茎の跡も麗しく」だと、妹と田代から教わったばかりだ。栗本同様、亮介も今朝まで知らなかった。

見とれてしまうほどに美しく牛乳を飲む女性は、なんと表現するのだろうか……。

そんなことを思っていた亮介に、女性は空き瓶を返した。

飲む姿が美しいのみならず、見事な飲みっぷりである。彼女から戻された瓶には、一滴の牛乳も残ってはいなかった。

「ごちそうさまでした」

彼女の笑顔を真正面から見た亮介は……。

「ありがとうございます」

声がうわずっていた。

そんな声を背に受けながら、彼女は店の前の道を歩いていった。

背筋が真っ直ぐに伸びており、踏み出す歩みは確かだ。

ずんずん！

仕事始めに向かう彼女の足取りから、小気味よい音が聞こえてきそうだった。

6

朝日を顔に浴びながら、実川玉枝(じつかわたまえ)は人形町の仕事場まで徒歩で通勤していた。アート・ディレクターという職業柄、深夜どころか徹夜仕事となるのもめずらしくない。仕事仲間たちは終電間際まで制作を続け、地下鉄水天宮前駅か人形町駅へ、腕時計を見ながら駆ける日々を送っていた。

終電を気にせずに仕事をしたい。

そのためには、ここまで徒歩で通える町に暮らすのが一番。

去年の11月下旬に、玉枝は浜町の賃貸マンションに移った。

雨降りでも徒歩20分で通える絶好のロケーションである。住まいから５分の場所に、纏ミルク浜町店があるのも嬉しかった。

郷里・呉(くれ)の高校時代は、季節を問わず部活帰りに仲間と牛乳を立ち飲みしてきた。朝の出勤ルートで味わう一本は、高校時代を思い出させてくれた。

分厚い瓶の一本を飲み干したあとは、勤務先に向かう歩みが軽やかになった。

玉枝は８人のグラフィック・デザイナーを束ねるＡＤ（アート・ディレクター）だ。

欧文・和文のタイプフェース（書体）選択の巧みなことと、構図・色遣いの大胆さが多数のクライアントから好評を得ている。

「ＡＤは実川さんにお願いしたい」

顧客からの名指し件数は、５人いるＡＤのなかで５年間もトップを走っていた。

２００５年３月末、東京デザイン研究所卒業と同時に、玉枝はいまも勤務している奥野デザインセンターに入社した。学校の主任講師だった奥野玲子（おくのれいこ）から「うちにいらっしゃい」と、強く誘われてのことだった。

「あなたなら、遠からずわたしを超えるわね」

玉枝の才能を見抜いた奥野は、入社当初から自分のアシスタントに起用した。

「その程度の発想しかできないのなら、わたしの眼鏡違いだったということね」

手厳しい言葉のつぶてを、奥野は入社早々の玉枝にぶつけた。

当節なら、奥野はたちまち「パワーハラスメント」の誹（そし）りを受けたかもしれない。

が、玉枝には才能ありと確信していた奥野は、なんらためらうことなく強い言葉で玉枝を鍛えた。

日々のきつさをねぎらうために、奥野デザインセンターの夏休みは11日間もの長さだった。

郷里の呉に帰省した玉枝はほぼ毎日、高台にある母校に出かけた。そして校庭に降り注ぐ夏日を浴びながら、眼下の呉港の眺めに見入った。

高校時代、玉枝は剣道部員だった。

夏休みの稽古では昼食後、稽古着のまま校庭から海を見た。

夏日を弾き返す呉の海は、見ているだけで玉枝に力を与えてくれた。

奥野が口にするきつい言葉の底には愛情が潜んでいると、玉枝は分かっていた。が、毎日それを聞くのは、身体の芯までこたえた。

さりとて玉枝はデザインセンターを辞める気など、毛頭なかった。

高校時代を思い返し、母校の校庭から呉の海を見ることで自分を鍛えようと努めた。

高校の校門脇にある「やまと屋」。

玉枝が卒業してすでに4年を過ぎていたが、帰省した夏も店は達者だった。

パンに牛乳、文房具や運動着、雑貨まで扱う高校生のための「よろずや」である。

部活を終えた玉枝たちは、やまと屋で菓子パンと牛乳を味わうのが楽しみだった。

夕暮れ時になっても、稽古で火照(ほて)った身体は店先に立つと汗が浮いてきた。

「これを飲んですっきりしなさいや」

やまと屋のおかみさんが女子高校生に差し出してくれた、真っ白な牛乳。

冷えて露を結んだ瓶のミルクは、飲むそばから身体に染み込んだ。

4年ぶりに訪れたやまと屋で、夏休みの部活を終えた女子高生たちに交じり牛乳を味わった。

飲みっぷりのよさを見た生徒たちが、玉枝に憧れの目を向けた。

生徒たちは全員がショートカットで、短い髪から若さならではの強い意志が感じられた。

8月15日の午後、玉枝は高校の同級生が営む美容院を訪れた。

「短く切って」

玉枝が言っても同級生はためらった。

「いまのバスケ部の子たちと同じ短さにカットして」

きっぱりと言われて、ようやく同級生はハサミを手に持った。

玉枝は母校の校庭で夏日を浴び続けていた。小麦色に焦がされた肌は、ショートカットと見事に調和した。

夏休み明けの水曜日、玉枝は始業時刻の1時間前、午前8時半に出勤した。休み明けの今朝は一番に出勤して、11日ぶりの掃除を済ませようと考えたからだ。

ところが社内のスタジオでは、すでに撮影準備が始まっていた。

慌てた玉枝はバッグをデスクに置くなり、手伝いに加わった。

「おはようございます」

スタジオに撮影小道具を運んできた玉枝を見て、カメラマンは脚立から飛び降りた。

「そのままでいい、撮らせてくれ」

スタジオ入りしていたモデルそっちのけで、カメラマンは玉枝を撮影した。ストロボを浴びて、短い髪が艶やかに輝いた。

＊

「おめでとうございます、先輩」

出社した玉枝に、去年入社のデザイナー植木みきが新年のあいさつをした。玉枝と同じ東京デザイン研究所卒である。

「おめでとうございます」

笑顔で応じた玉枝は、ダウンジャケットを脱いだ。みきが駆け寄り、受け取ったダウンをハンガーにかけた。

「8時半なら、まだだれもこないと思ったんですが、先輩っていつもこんなに早いんですか？」

ダウンをかけ終えたみきは玉枝に近寄った。

だれもいないつもりで出社したら、すでに撮影の準備が始まっていた、夏休み明けの朝。

あのときも午前8時半だったと思い返した玉枝は、つい目元が緩んだ。こちらを見詰めるみきに、入社初年度の自分が重なって見えた。

「今年も、どうぞよろしく」

玉枝にあたまを下げられたみきは、当惑顔になっていた。

「みんなが出てくる前に、ふたりでおいしい紅茶をいただきましょう」

玉枝はバッグから黄色い紅茶の缶を取り出した。新年限定モデル缶で、真ん中に今年の干支『午』の漢字が印刷されている。

「この缶の色と形が気に入って、昨日買ったの」

帽子のような形のふたを外して、みきに手渡した。茶の葉の香りが漂い出た。

「とってもいい香りですね」

この紅茶を飲めるんですかと、みきは目を輝かせた。玉枝は静かにうなずいた。

「素敵な一年が始まりそうです」

缶を手にしたみきは、給湯室に向かう歩みを弾ませた。

今朝の浜町を歩いたときの玉枝同様に、ずんずん歩くみきの背筋も伸びていた。

7

田代がひとりで暮らす大川端の賃貸マンションは、清洲橋(きよすばし)西詰めに建っている。纏ミルク浜町店までは、ゆっくり歩いても15分で行き着ける地の利の良さだ。

清洲橋まで戻ってきた田代はマンションに帰る前に橋の南側歩道をなかほどまで歩いた。

今朝は多くの会社が新年御用始めだ。橋の東岸から西に向かって多数のひとが歩いていた。

時刻は午前8時半過ぎで、まだ朝日は空を駆け上っている途中だ。清洲橋を渡って勤務先に向かう者の背中を、ダイダイ色の光が暖めているかに見えた。

朝の配達を終えて帰宅するとき、晴れていれば田代は季節を問わず橋のなかほどまで歩いた。

隅田川の河口に目を向ければ、朝日を浴びた川面が眩く輝いているのが見えた。

1月6日の隅田川は、仕事始めの朝を祝うかのように光が小躍りしている。光の弾む眺めを見るだけで、古希を過ぎた田代は内から力がわき上がるのを感じた。

上体を欄干に預けた姿勢のまま、コートのポケットから牛乳瓶を取り出した。あかねがタオルハンカチで包んでくれた一本だ。

剝がしたシールとキャップをポケットに仕舞い、右手に牛乳瓶を持った。

正面には昇る途中の朝日が見えている。

「今朝も元気にいられることを感謝します」

朝日に礼を告げてから、田代は瓶に口をつけた。ほどよい冷えを保っている牛乳が、喉を滑り落ちていく。
ゴクンッ、ゴクンッ！
音を立てて飲み込むと、田代の喉仏が動いた。
ビール大好きの田代だが、光る隅田川を見ながら飲む朝の一本もまた好みである。
ズズッ。
まるでお点前の抹茶を飲み干すような音をさせて、田代は飲み終えた。
ポケットからタオルハンカチを取り出した。
あかねの好みなのか、小さなリスが何匹も描かれている。朝日が絵を照らしていた。
布で空き瓶を包み直していたら、すれ違った若い女性が微笑みを浮かべた。
田代と小リスの取り合わせを微笑ましく感じたのかもしれない。
カラにした牛乳瓶をポケットに仕舞い、田代は清洲橋西詰めへと戻り始めた。

＊

自宅に戻った田代はケトルに水を注ぎ、ガス台に点火した。深紅のケトルは、亡妻と出かけたヨーロッパ旅行で買い求めた品だ。

使い始めて12年が過ぎており、縁は焼けて色変わりをしている。沸騰を報せる笛も口がゆるくなっており、音から威勢が失われている。

それでも田代はケトルを使い続けていた。

「かさばる思いをさせてわるいけど、このケトル、買って帰ってもいいでしょう？」

良子がめずらしく、強い口調で持ち帰りを望んだケトルである。笛の部分がゆるくなったいまでも、田代にはかけがえのない一品だった。

口から噴き出す蒸気が笛を鳴らし始めるまで、田代はガス台から離れなかった。

沸騰を待つ間、急須に焙じ茶をいれ、湯呑みを用意した。仏壇から下げてきた器も、湯呑みに並べた。

良子が没して9年。茶を支度する手際も、すっかり板についていた。

ピイイ――。

ゆるい音で、ケトルが沸騰を報せ始めた。

急須のふたを取り、煮え立った湯をたっぷり注ぎ入れた。湯のなかで踊る茶葉を確かめてから、急須のふたを閉じた。

「あなたはせっかちだから、すぐ注いだりしてはだめですよ。焙じ茶は蒸らしたほうが美味しくなるから」

あの日から長い歳月を経たいまでも、焙じ茶の支度をするたびに良子の言葉が思い出された。

ゆっくり50を数えて、田代は急須を手にした。

先に仏壇の器に焙じ茶を注ぎ、自分の湯呑みを満たした。

茶を供えたあと、ロウソクを灯した。その炎で線香にも火をつけた。

銀製のリンを打つと、涼やかな響きが仏壇から流れ出た。

手を合わせたあと、しばしの間、田代は良子の位牌に見入った。

急逝した良子を悼み、菩提寺の住持（じゅうじ）みずから戒名を刻んでくれた漆黒の位牌である。

灯明の光を浴びた位牌が、穏やかな輝きを見せている。

いま一度手を合わせ、南無阿弥陀仏を小声で唱えて仏壇前から辞した。

居間の真ん中にはコタツが出されている。湯呑み持参で、田代はコタツに足を入れた。手を伸ばせば届く位置にコタツのスイッチがある。温度スライドを真ん中に合わせてからスイッチを入れた。つま先は冷え切っていたようだ。スイッチ投入と同時に、コタツの熱を指先が感じた。

熱々の焙じ茶をひと口すすってから、田代は一葉の年賀状をコタツの卓に置いた。

未明に受け取った、湯川かおるからの賀状である。周囲の目を気にせずに見るのは、いまが初めてだ。まず田代は宛名を見た。食品会社の現役を退いた5年前を境に、受け取る賀状の数が減り続けていた。いまでは昔の仕事仲間からの賀状はほとんどない。身内以外からの年賀状は、纏ミルクの配達スタッフからと、大学の同級生数人からに限られていた。

湯川かおるから受け取った賀状は、さまざまな意味で田代の気持ちを浮き立たせてくれた。

まだ中学生だったころ、田代は同級生の吉川弘子に淡い思いを抱いていた。

元日、家族のだれよりも先に郵便受けを見に行った。そして弘子からの年賀状が来ていることを願いつつ、郵便受けに手を差し入れた。

当時の年賀状は一通5円だった。

一日10円の小遣いを蓄えて、何通もの年賀状を買い求めた。

出したい相手は弘子ただひとりだ。しかし彼女だけに出したりしたら、同級生に気づかれる。

仕方なく10人に賀状を出した。

中学時代の3年間、弘子は年賀状をくれた。

受け取った賀状を、田代は国語の教科書に挟んで持ち歩いた。

湯川かおるから受け取った賀状には、遠い昔の吉川弘子からの賀状同様のときめきを覚えた。

裏返したら、9頭の馬が描かれていた。

馬が9頭で、うまくいく。

つい目元がゆるんだ。

茶をひと口すすり、田代は仏壇を振り返った。

「かあさん、怒りなさんなよ」

おどけ口調で仏壇に声を届けた。

灯明が優しく揺れた。

8

1月8日の未明は凍えが一段と厳しかった。

自宅から浜町店に向かう道々、田代は何度も空を見上げた。

分厚い雲がべったりとかぶさっているのだろう。空のどこにも星が見えなかった。

田代は上野のバイクショップで購入したインナーウエアを着用していた。

店員が強く勧めただけのことはあった。凍てついた未明の町を歩く田代を、内側から暖かく守っている。夜明け前の寒さが厳しければ厳しいほど、去年12月の店員とのやり取りが思い出された。

＊

「このウエアは、真冬に白バイ隊員も着用しています。これ以上の防寒ウエアはありません」

ショップの店員は、田代を高齢者のバイク・ライダーだと思い込んだらしい。

「お客さんが乗っているのはハーレーですか、ゴールドウイングですか？」

どちらも排気量が１０００cc超の大型バイクで、高齢者ライダーに人気のある車種だ。

「わたしはジャイロだ」

田代が胸を張って答えると、店員はいぶかしげな顔になった。

「初めて聞いたモデルですが、どこの国からの輸入車ですか？」

「朝の牛乳配達で乗っている、純国産の三輪車だよ。聞いたことはないか？」

「えっ……」

絶句した店員は、しげしげと田代を見詰めた。

「失礼ですが、おいくつですか？」

「去年、古希を迎えたよ」

古希などという語は知らぬだろうと思いつつ答えたら……。

「それは凄い、おれの親父と同い年です」

父親の古希祝いを済ませたばかりだと答えた店員は、一気に間合いを詰めてきた。

「真冬の朝の配達なら、ヘルメットの下にこのキャップもかぶったほうがいいです」

品物選びをしたあと、社員割引料金で販売しますとまで申し出てくれた。

「親父は真冬でも畑仕事を続けてるんです」

バイク用のウエアはとても暖かくて仕事が楽になったと喜んでいるらしい。

「お客さんは親父と違って本当にバイクに乗るんですから、絶対にお勧めです」

田代は勧めに従いインナーウエア、キャップ、それに防寒グローブを購入した。

「このウエアさえあれば、真冬でも平気です」

いつまでも達者に働く姿を見せて、息子さんや娘さんに元気を分けてやってほしい。店員にも兄弟姉妹がいるのだろう。自分の身に重ねるようにして、田代に告げた。

「ありがとう」

彼が示してくれた幾つもの親切に、田代は心底の礼で応えた。

＊

浜町ではいつも通り、栗本が田代を出迎えた。

ストーブには大型のやかんが載っており、穏やかな湯気を吐いている。

配達スタッフが自由に飲めるように、日本茶と紅茶のティーバッグが用意されていた。栗本は手際よく日本茶を支度して、田代に湯呑みを差し出した。これも毎朝のことだ。

「昨日の朝も、あのひとは店先で牛乳を飲んでいったそうですよ」

あかねから聞いた話を、栗本は話したくてうずうずしていたようだ。田代が湯呑みに口をつけるなり、一気に話し始めた。

「昨日の朝は、とっても素敵なバッグを手にしていました」

いつも通り、玉枝は亮介に牛乳を頼んだ。

バッグを置こうとして周りを見回したが、あいにく昨日の朝は空ケースが片付けられていた。

「だけどあのひとはまったく気にすることなく、地べたに置いて、牛乳を飲んでたようで」

兄が想いを胸の内に秘めていることを、妹はもちろん察している。玉枝に気づかれない場所から、あかねはやり取りを見ていた。

「あかねさんが、あのひとの振る舞いには惚れ惚れしたと言ってました」

あのひとと言いながら、栗本も田代も玉枝を見たわけではなかった。

「いつも7時45分ごろだそうですから、今朝は店の外から見ていませんか？」

「今朝はことさら寒いぞ」

栗本の問いかけには答えず、厳しい凍えに話を移した。まだ降ってはいなかったが、重たい空がいつまで我慢できるか分からない。

湯呑みを戻した田代は、てきぱきとした動きで支度を整え始めた。

＊

湯川かおる宅の保冷ボックスを開けたのは、午前6時前だった。

田代は牛乳と一緒に、賀状のお礼を記したカードを用意していた。ボックスにこのカードを納めると思っただけで、気持ちが昂ぶった。

配達分は今日と明日の2本、そして1枚の保冷剤である。手袋をとり、ボックスを開いた。

保冷ボックスはカラだった。

9

纏ミルク浜町店に戻ってきた田代の顔には、憂いの色が貼り付いていた。

栗本はそれを見逃さなかった。

「なにがあったんですか」

いつもの朝とは異なり、栗本の物言いにおどけた様子はなかった。

「店長はいるかい？」

田代が目を向けた壁の時計は、7時27分を指していた。本店に急ぎの用でもない限り、亮介は午前9時半までは浜町店に詰めていた。

「冷凍庫です」

声をかけましょうかと問うた栗本を、田代の右手が制した。

「わたしが行く」

帆布製の配達バッグを手に提げたまま、田代が冷凍庫に向かおうとしたとき。

ガチャンと音がして扉が開いた。

「お帰りなさい、お疲れさまでした」

出てきた亮介が分厚い扉を閉じた。

田代の表情は冴えないままだ。亮介も栗本同様、表情の違いに気づいた。

「お茶の支度ができています」

上がりましょうと、亮介が誘（いざな）った。

あと15分ほどで、いつもの女性が牛乳を飲みに立ち寄る時刻だ。栗本にも田代にも、それは分かっていた。ふたりは履き物を脱ぎ、亮介に続いた。

あかねが玄米茶を供し終えたところで、田代が口を開いた。

「湯川さん宅の保冷ボックスが、今朝はカラだった」

普通の口調だったが、亮介は即座に田代が抱え持つ憂いを察した。

栗本も同じらしい。真剣さを宿した目で田代を見ていた。

「いままで湯川さんはこんなこと、一度もありませんでしたよね？」

亮介を見た田代は無言のままうなずいたあと、詳しい話を聞かせた。

配達した時刻は、当然ながら町は寝静まっていた。湯川宅の明かりが灯されていないのも、いつものことである。

しかし今朝は、なにか胸騒ぎのようなものを田代は感じていた。

「今朝はひときわ凍えがきつい」

ストーブの近くでも、３人とも尋常ならざる寒さを感じていた。

「もしも湯川さんが家の中で倒れでもしていたら、この凍えは身体に厳しい」

安易に騒いでは、湯川に迷惑がかかる。

しかし湯川はひとり暮らしだ。だれかが様子を確かめることはできないだろうかと、田代は案じていた。

亮介は腕組みをし、思案顔を拵えた。

田代と栗本は、そんな亮介を見詰めていた。

ストーブは強火で焚かれているが、部屋はひどく冷えている。

夜明け前の曇天は、いまも同じだった。

空一面にかぶさった分厚い雲が、ことさら寒さを厳しくしているのだろう。

「分かりました」

腕組みを解いた亮介は田代に目を合わせた。

「いまから湯川さんのお宅に行きましょう」

もはや亮介にためらいはないようだ。きっぱりとした口調で田代に答えた。

「そうしてもらえれば、わたしも安心だ」

先に田代が立ち上がり、亮介が続いた。

気配が伝わったらしく、あかねも台所から戻っていた。

「おれはここに詰めています」

栗本は事情次第では自分が緊急時の連絡役を務めると、亮介に申し出た。

「ありがとう、ぜひお願いします」

年下の栗本にあたまを下げた亮介は、自分の車で蠣殻町に向かうと田代に告げた。

田代も賛成した。ヒーターの効きがいい乗用車のほうが、なにかと好都合に思えたのだ。

「ちょっと本店の社長に連絡させてください」

事務所に入った亮介は、萬年橋近くで纏ミルクを営む父親・慎太郎の携帯に電話をかけた。清洲橋を渡った先の本店まで、道さえ空いていれば車で10分もかからない。が、いまの亮介は本店に行くわけではなかった。

わずか3回のコールで父親が出た。

「社長は蠣殻町の町会長と親しいでしょう？」

仕事のときの亮介は父親を社長と呼ぶ。これも修業先の松浦社長から叩き込まれていた。亮介は前置きを省いて問いかけた。

「お客様に、なにかあったのか？」

亮介の問いで、慎太郎は異変を察したようだ。

「田代さんのお客様が、空き瓶をボックスに返されていなかったんです」

田代からつい今し方聞かされた顛末を、亮介は慎太郎に省かず話した。

「いままで、一度もなかったのだな？」

慎太郎も同じことを確かめた。亮介は今朝が初めてだと応じた。

「分かった。戸田さんに連絡して、すぐおまえに折り返す」

慎太郎は明瞭な物言いで引き受けた。

蠣殻町町会長・戸田平三郎（へいざぶろう）と慎太郎は、同じ小学校に通った同級生である。ちなみに慎太郎の妻真理子もまた、その学校の同級生だった。

慎太郎は小伝馬町から萬年橋の近くに移ったが、戸田はいまも蠣殻町の住人である。新大橋（しんおおはし）通りに面した自社ビルで、不動産会社を経営していた。

町内の各戸に通じている戸田は、町会長には最適である。10年前に副会長に推され、一昨年から町会長を務めていた。

「お願いします」

亮介が電話機を畳んでポケットに納めたとき。

「おはようございます」

店先であの女性の声がした。

「今朝はおまえが応対してくれ」

待ち焦がれていた女性の来店だったのに、亮介はあかねに頼んだ。

あかねは客を待たせぬように、店先へと駆け出していた。

10

水天宮交差点に差し掛かったとき、亮介の携帯電話が鳴り出した。父親からだった。

亮介と田代は慎太郎からの折り返しを待たず、車を蠣殻町に向かわせていた。

道路の端に停車させようとしたが、新大橋通りは朝のラッシュである。

「わたしが出ようか？」

「お願いします」

電話には田代が出ることになった。

「おはようございます、田代です」

「あっ……おはようございます」

一瞬戸惑った慎太郎だが、すぐに亮介は運転中だと察したようだ。

「いま、どの辺りですか？」

「水天宮の脇を曲がるところです」

田代が答えている間に、亮介は水天宮そばのコイン・パーキングに乗り入れた。巧みなハンドルさばきで駐車させてから電話に出た。

「あいにくだが、戸田は業者の新年会で一泊の伊豆旅行に出ている」

新年会を兼ねた懇親会で、いまはゴルフのスタートを待っているさなかだったらしい。

「事情は説明しておいた」

慎太郎からあらましを聞かされた戸田は、常務を務める長男に電話を入れておくと約束した。

「急用なら常務が駆けつけてくださるそうだが、お客様カードを確認したのか？」

慎太郎に問われた亮介は、言葉に詰まった。

田代と急ぎ現場に向かうことに気を取られたあまり、湯川かおるに関するお客様情報カード記載内容の確認を忘れていた。

「すぐに確かめます」

「もしもまだ戸田の助けが必要なら、もう一度電話をくれ」

「分かりました、ありがとうございます」

父親との電話を切るなり、亮介は浜町店を呼び出した。栗本は待機を続けていたのだろう。1回のコールで電話に出た。

「纏ミルク浜町店でございます」

あかねよりも年下の栗本だが、店の電話に出るときはございますと応えた。電話に出るときのあかねが明るい声で「纏ミルク浜町店でございます」と応対するのを、いつも聞いているからだろう。

「亮介です」

名乗ったあと、お客様カードのコピー持参を忘れたと告げた。

「すぐPDFで送ります」

「助かる、ありがとう」

若い店長と栗本のやり取りは短く終わった。

亮介がノートパソコンを立ち上げてから、幾らも間をおかずにデータが届いた。

＊

お客様カードには緊急時の連絡先と、続柄が書かれている。亮介は腕時計を見た。

午前8時13分である。

亮介は再度、慎太郎に電話した。

「湯川さんの緊急連絡先は、渋谷区富ヶ谷に住んでいる野田育子さんという長女の方です」

「幾つぐらいの方か、おまえは知っているか」

亮介は分からないと答えた。カードを受け取った田代も、野田育子のことは湯川の長女としか聞かされていなかった。

「もう一度、田代さんと代わってくれ」

父親とつながっている電話を、亮介は田代に手渡した。

「田代です」

声を聞いた慎太郎は、前置きは省き直ちに用向きを話し始めた。

「まずは湯川さんご本人の携帯電話を呼び出してみませんか？」

湯川の連絡先が携帯電話であることを、慎太郎はすでに聞かされていた。

「わたしもそれを考えていたところです」

田代にも異存はなさそうだった。

緊急連絡先に電話する前に、湯川当人を呼んでみるのが筋だと田代も思っていた。

「わたしが湯川さんに電話します」

結果が分かり次第報せると告げて、田代は慎太郎との電話を切った。

田代が吐息を漏らした口の周りが白くなった。

湯川に電話をと思いつつも、田代はいままでかけるのをためらっていた。

理由のひとつは携帯電話だという点である。すでに古希を過ぎた田代は、携帯電話と固定電話の間には、大きな気持ちの開きがあった。

田代は長い間、電話といえば固定電話を意味する社会を生きてきた。いまでは田代当人も携帯を持っている。が、自宅の固定電話とは使い方が大きく違っていた。

携帯電話の番号を教える相手は、親しい者に限っていた。固定電話は公用で、携帯は私用だと区別しているのだ。

時刻が早かったのも、ためらいの理由だった。

亮介に事情を聞かせたのは、配達から戻った直後の7時半ごろだ。

保冷ボックスがカラだったが、果たして湯川に異変が生じているか否かは分かっていない。様子を確かめるためとはいえ、時刻が早すぎるように思えたのだ。

いまはもう、午前8時20分が近い。

湯川の年代なら、多くのひとが朝の連続テレビドラマを見終えた時間帯だろう。

深呼吸のあと、田代は亮介を見た。

「まだ早いか……」

言いながらも、先に湯川宅の様子をもう一度確かめようと亮介に提案した。

保冷ボックスにまだ牛乳が入ったままなら、その場で湯川の携帯電話にかけるから、と。亮介も賛成し、田代と一緒に車から出た。

パソコンはＰＤＦ画面を開いたまま、亮介が持った。必要な情報が即座に見られるからだ。駐車場から７分ほど歩くと湯川宅前に行き着いた。

田代は急ぎ、保冷ボックスを開いた。

今朝、まだ暗い内に配達した牛乳と保冷剤が収まったままになっていた。

11

「あらっ！」

声を発したのは実川玉枝のほうだった。

短い驚きの声からは、思いがけない場所で知り合いに出会ったときの、声の弾みのようなものが感じられた。

湯川宅前で、田代がまだ電話番号をプッシュしているさなかのことである。

玉枝が声を発するまで、亮介はまったく気づいていなかった。

あのショートカットを、思いもよらなかった場所で目の当たりにした亮介は、

「あっ……」

あまりの驚きで、言葉が出なかった。

「こちらにも配達をされてるんですか？」

「ええ……はい……」

亮介の要領を得ない答え方を聞いても、玉枝の両目から親しみの色は失せていなかった。今朝の玉枝はオレンジ色のブーツを履いている。パンツは艶消しの黒で、ダウンジャケットは燃え立つようなカーマイン・レッドだ。マフラーと革の手袋は黒である。むずかしい色の取り合わせなのに、玉枝は見事に着こなしていた。

携帯電話を耳にあてた田代は、亮介に向かって首を振った。田代の表情から、尋常ならざる状況だと察したのだろう。

「お仕事の邪魔をしてごめんなさい」

田代と亮介に詫びた玉枝は、確かな足取りで水天宮の方角へと歩き始めた。つかの間、亮介は赤いダウンジャケットの後ろ姿を見ていた。が、すぐさま思い直した顔を田代に向けた。

「返事はありませんか？」

田代は表情を引き締めて首を振った。

湯川宅の二軒隣はマンションで、レンガ造りの生け垣が敷地を囲っていた。

生け垣まで進んだ亮介は、レンガの上にパソコンを置いた。ＰＤＦのお客様情報カードが、モニターに表示されている。亮介と田代はモニターに見入った。カード記載内容は、宅配に必要な情報に限られている。湯川かおるの年齢は、カードに記載されていなかった。

「社長に電話します」

つながったあとの亮介は、慎太郎と小声を交わし始めた。

人通りは大してなかった。が、道幅は狭くとも公道である。

名前すら知らないあのひとと出会うことになった、まぎれもなき往来なのだ。

話す声の大きさには気を遣っていた。

慎太郎はカード記載の緊急連絡先がだれなのかを、もう一度問い質した。

「野田育子さんとおっしゃる、ご長女さんです」

カードには育子の住所と電話番号も記されていた。慎太郎は湯川かおるの年齢を亮介に問うた。亮介はそれを田代に訊いた。

「わたしよりも相当に若いと思うが、女性の歳は分からない」

田代の言い分を、亮介はそのまま慎太郎に伝えた。

「田代さんと同じ年代のお客様のご長女なら、そこそこの年齢だろう」

朝の9時前に不意の電話を受けたとしても、取り乱すことにはならないだろう……

慎太郎はそう判じた。

「ご長女さんに、いますぐ電話しなさい」

慎太郎はきっぱりとした物言いで指図した。野田育子へは亮介が電話することになった。

曇り空は相変わらず重たい。

飼い主と歩いてきた柴犬が、亮介の手前で足を止めた。番号を押しているさまを、おもしろそうに感じたらしい。犬好きの亮介も視線を感じたようだ。かけているのは、気持ちの弾む電話ではなかった。それでも亮介は犬の黒目を見詰めて、左手を小さく振った。

くるっと丸めた尾を揺らして柴犬が応えた。

12

「わざわざ、母の自宅前にまで出向いてくださっているんですか」

夜明け前からの顚末を聞かされた育子は、慌てることもなく正確に状況を把握したようだ。

「いますぐ電話してみます。実家には固定電話もありますから」

かおるは去年の夏過ぎから、少しずつ耳が遠くなり始めていた。携帯電話の呼び出し音も、固定電話の電子音も、大きな音量に設定していると育子は明かした。

「もしも母が家の電話にも出なかったときは、すぐに纏さんの携帯電話にかけさせていただきます」

育子は急ぎ電話を切った。

亮介と話しているよりも、直ちにかおるの様子を自分で確かめたかったのだろう。

「育子さんが湯川さんに電話をかけるそうです」

交わした会話の中身を亮介は田代に伝えた。

もしも電話に出なかったときはこの携帯にかかってくると、亮介は電話機を示した。

「なにごともなければいいが……」

田代が案じ顔でつぶやいている途中に、亮介の電話が鳴った。

田代と亮介の視線が絡まり合った。いかになんでも早すぎると感じたからだ。

それでも亮介はすぐに電話に出た。

「纏です」

よそ行きの口調である。

「わたしだ」

電話は慎太郎からだった。

「戸田不動産の常務と連絡がついた」

話し始めた慎太郎を、亮介は遮った。

「いま育子さんが、湯川さんの自宅に連絡しているさなかです」

この電話を空けておきたい。田代の電話でかけ直すと告げて、慎太郎との会話を切った。やり取りを見ていて田代は次第を察した。

「社長にはわたしからかけよう」

田代が自分の電話で纏ミルク本店を呼び始めた。

再び亮介の電話が鳴ったとき、田代はまだ番号入力を終えていなかった。

「纏です」

「育子です」

名字ではなく名を名乗った育子は、先刻とは別人のようだった。

「やはり母は出ませんでした」

まだ湯川宅の前にいるのかと、育子は亮介に問うた。差し迫った口調である。

「湯川さん宅の隣のマンション前です」

亮介のノートパソコンは、レンガの上で開かれたままだった。

「だったら纏さん……」

育子が話している途中で、田代が亮介のダウンジャケットの袖を強く引いた。

「社長が急ぎの用件だそうだ」

うなずいた亮介は育子に断りを告げてから、田代の携帯を耳にあてた。

「亮介です」

「戸田不動産の常務が、いつでもそこに出向くと言って会社にスタンバイしてくれている」

「分かりましたが、先に育子さんとの話をまとめさせてください」

田代に携帯を返し、父親とのやり取りを任せてから育子との話に戻った。

「途中で失礼しました」

「こちらこそ、年始のお忙しいときにご迷惑をおかけしてしまって」

育子の詫びの言葉を押し戻して、亮介はどうすればいいかと尋ねた。

「母が心配です」

手間をかけて申しわけないが、合鍵で湯川宅に入り、様子を確かめてもらいたいと頼みを言った。

「もちろんそうしますが、合鍵はどうすれば手に入りますか？」

「新大橋通りの戸田不動産さんが、蠣殻町の町会長です。母は合鍵を町会長に預けています」

「えっ！」

思いがけない成り行きに、つい甲高い声を発した。

「どうかしましたか？」

育子に問われて、亮介の気が静まった。

「すみません、もう一度このまま待ってください」

田代はまだ慎太郎と話を続けている。その電話を受け取った。

「湯川さん宅の合鍵を、戸田さんに預けてあるそうです」

いまから受け取りに向かう。

その旨を常務に伝えてほしいと用件だけを言い、携帯を田代に返した。

「戸田不動産の常務が、会社で待機してくれていますので、いまから鍵を受け取りに行きます」

育子が漏らした安堵の吐息が伝わってきた。

「お手数でしょうが、育子さんからも戸田さんに伝えてもらえますか」

「いますぐ連絡します」

即答したあと、育子は言葉を続けた。

「お手数をかけることになりますが、母の様子が分かったらご一報いただけますか？」

育子は自分の携帯電話の番号を告げた。

「もちろんです。分かり次第、すぐにいまうかがった番号に電話します」

亮介はいま知らされた番号をパソコンのメモに書き留めた。

育子との会話を終えるなり、亮介は戸田不動産へ駆けだそうとした。

「合鍵はわたしが受け取ってくる」

亮介の動きを制した田代は、年長者ならではの指図を口にした。

「あんたはここに残り、パソコンでここの近所のドクターを検索してくれ」

浜町店で待機している栗本にも連絡し、もしも湯川が倒れていた場合に備えてほしい、と。

「分かりました、社長にも伝えます」

田代の判断に納得した亮介は、直ちにＷＥＢ検索を始めた。

表通りの戸田不動産に向けて、田代はゆっくりとジョギングを始めた。

一刻を争う事態かもしれないが、対処する者が浮足立つのは禁物である。

歩く速度のジョギングで表通りを目指しつつ、田代のあたまは今後の対処法思案を始めていた。

蠣殻町も、隣の人形町も昔からの古い町である。検索したら開業医が何軒もあった。

それを確かめてから、亮介は慎太郎に電話をした。

「内科なら大下先生、外科なら工藤先生がいい」

慎太郎は即座に答えた。

慎太郎が生まれ育った小伝馬町では、大下クリニックも工藤医院も名が通っていた。両医院とも昭和30年代からの開業医で、いずれもいまは子息が跡を継いでいた。

亮介はふたつの医院をクリックした。

13

20分後に戻ってきたときも、田代はスロージョギングを続けていた。

もうすぐ72歳だというのに、息遣いはまったく乱れていない。一緒に走ってきた戸田不動産常務・戸田健吾(けんご)のほうが荒い息遣いになっていた。

「お待たせしました、戸田です」

「纏慎太郎の長男、亮介です」

親同士の付き合いは古いが、ふたりはこの朝が初対面だった。気のせくときだったが、律儀に名乗り合った。

「会社を出ようとしたとき、湯川さんのご長女さんから電話があったものですから」

育子とのやり取りで出るのが遅れてしまったと、健吾は詫びた。

「それでは、すぐにでも」

亮介は玄関の戸を示した。が、健吾は少し待ってほしいと亮介を抑えた。

「副社長もここに来ますから」

健吾の母親戸田千鶴子（ちづこ）も湯川宅に来るという。

「大ごとになってしまって、ごめんなさい」

「いいんです、当然のことですから」

健吾は手を振って相手の詫びを抑えた。

「湯川さんは女性です」

「あっ……」

亮介はあとの言葉を飲み込んだ。

健吾に言われるまで、亮介はそのことを深く考えてはいなかった。

たとえ高齢でも湯川は女性だ。

男だけでは気詰まりなことが生ずるかもしれないと、亮介はいま思い当たった。

「気遣いが足りませんでした。ありがとうございます」

亮介が礼を言っているところに、戸田千鶴子が到着した。

合鍵は千鶴子が手にして玄関を開けた。

「湯川さん……湯川さん、聞こえますか？」

呼びかけたあと千鶴子は口を閉じ、耳を澄ませた。物音は聞こえてこなかった。

「失礼して上がりますよ」

履き物を脱いだ千鶴子は、男3人を玄関内に待たせて先に上がった。

次の指図を待っている3人の耳に、切迫した千鶴子の物言いが聞こえてきた。

「湯川さん、どうしたの！」

かおるはトイレにつながる廊下に、仰向けになって倒れていた。

薄ピンク色のガウンを羽織ってはいるが、千鶴子が呼びかけてもまったく反応がなかった。体温も下がっている。千鶴子は口元に顔を寄せて、かおるが息をしていることを確かめた。

「湯川さん、湯川さん」

千鶴子の声が玄関にまで響いた。

「どうした、おふくろ！」

健吾はよそ行きの物言いを捨てていた。

千鶴子から返事はない。健吾は靴を脱ぎ、上がり框に飛び上がろうとした。その動きを田代が制した。

「副社長の指示を待ったほうがいい。湯川さんの様子が分かっていないんだ」

田代の物言いが健吾を落ち着かせた。

奥では千鶴子が呼びかけを繰り返していた。声を発するだけではなく、かおるの頬を叩いた。3度、千鶴子が軽く頬を張ったとき、かおるが目を開いた。

「あなたは？」

口調はまだぼんやりしていた。

「戸田です。町会長の連れ合いの千鶴子ですよ」

「ああ……戸田さん……」

正気を取り戻したあとのかおるは、顔に困惑の色が広がった。

「お手洗いに立ったとき、転がっていた茶筒にうっかり足を乗せてしまって……」

かおるは仰向けに転んでしまった。

その拍子に尻をしたたかに廊下に打ち付けてしまった。後頭部もぶつけ、そのまま呼びかけられた今まで気を失っていた。

小声で顚末を聞かせたあと、かおるはさらに声を小さくした。

「気を失っているとき、お漏らしをしたみたいなの」

廊下には尿のにおいが漂っていた。

「動かないで、仰向けのままいられますか？」

問われたかおるは、小さくうなずいた。

腰のあたりに痛みを感じている様子だが、痛み以上に失禁を恥ずかしがっていた。

「すぐに段取りしますから、ちょっとの間だけ、この廊下で我慢していてください」

かおるが身体のどこを痛めているか、素人には判断がつかない。無理に動かしたりしたら、容態を悪化させると思ったのだ。

言い置いて、千鶴子は玄関の上がり框に戻ってきた。

「廊下に転んだ拍子に、腰と後頭部を強く打ったそうなの」

工藤先生に電話をするようにと、健吾に指図した。

「先生のところには搬送用の寝台車があるから、事情を話して迎えに来ていただいて」

ひとり暮らしのかおるである。世間体を考慮して、千鶴子は救急車を呼ばなかった。

意識は確かだったから、気心の知れている外科医に任せたかった。

「分かった、すぐに電話する」

健吾が携帯電話を取り出したのを見て、千鶴子は亮介に話しかけた。

「真理子さんの手伝いがほしいの。あなたから、電話をしていただける？」

「もちろんです」

亮介は纏ミルク本店に電話した。２度目のコールで慎太郎が出た。

「おふくろに代わってください」

「分かった」

慎太郎はなにも問い返さず、すぐに真理子と電話を代わった。

「どうなの、湯川さんは」

真理子も慎太郎から次第を聞かされていたようだ。声はかおるを案じていた。

「いま戸田さんと代わりますから」

亮介から携帯電話を渡された千鶴子は、手短に用件を伝えた。下着の替えがほしいと、小声で言い添えた。

「そうしていただければ助かります」

千鶴子は電話機を持ったまま辞儀をし、通話を終えた。

「真理子さん、いますぐ駆けつけてくれるって」

慎太郎が運転する車で、清洲橋を渡ってくる。

「道さえ空いていれば、本店からなら10分で着きますから」

「ありがとう」

亮介に礼の言葉を残して、千鶴子はかおるの元に戻って行った。

田代の顔色が、さきほどよりは明るくなっている。事情が分かって安堵したのだろう。ここまでの子細を伝えるために、亮介は浜町店に電話をかけ始めていた。

14

健吾は工藤医院に電話すると同時に、内科の大下クリニックにも至急報を入れていた。大下クリニックは戸田不動産ビル4階にクリニックを構えていた。診療は午前9

時半からだが、幸いなことに医師も看護師もクリニックにいた。

「すぐに湯川宅に出向く」

電話を切って10分も経ぬうちに、大下医師は看護師を伴って湯川宅まで駆けつけてきた。真理子の到着は大下医師に一足遅れたが、玄関先で一緒になった。

浜町店の亮介と田代。本店の慎太郎と真理子。

戸田不動産の千鶴子と健吾。

大下クリニックの医師と看護師。

曇天の午前9時頃に、住宅地の湯川宅前に総勢8人の男女が集まっていた。

通りを掃除していた住人が、なにごとが起きたのかという目を8人に向けた。

千鶴子が会釈を返した。

竹ぼうきの住人は古くから蠣殻町に暮らしている田中民子だった。戸田とも大下医師とも顔見知りだった。

「あなたが田中さんのお相手をして」

民子とのやり取りを健吾に任せて、千鶴子は医師と看護師、それに風呂敷包みを提げた真理子を伴って湯川宅に入って行った。

亮介・田代・慎太郎・健吾の男ばかり4人が玄関前に残ることになった。

「おはようございます」

「おはようございます」

健吾のあと、民子は穏やかな物言いで朝のあいさつを返した。

健吾も町会の手伝いで、民子とは何度も言葉を交わしていた。

「湯川さんに、なにか心配事でも？」

問い方も控えめだったが、心底、かおるの様子を案じているのが伝わってきた。

「廊下で転んだ拍子に、腰を強く打ったんだそうです」

外科の工藤医院には、すでに連絡をした。いまは大下医師がかおるの容態を診察していると民子に教えた。

「湯川さん、おひとり暮らしでしょう？」

「そのようです」

答えた健吾に、民子はいぶかしむような目を向けた。

「こんなふうに皆さんが集まっているのは、湯川さんの様子がおかしいと、どなたかが気づいたということですか？」

健吾は答える前に田代たち3人を見た。本店の慎太郎が民子と向き合った。

「わたしは纏慎太郎と申します。戸田不動産の社長とは、小学校の同級生です」

素性を明かしたあと、慎太郎は萬年橋と浜町で明慈の牛乳販売店を営んでいると告げた。

「湯川さんはうちの浜町店のお客様で、こちらの田代が週に3回、牛乳を保冷ボックスにお届けしています」

慎太郎は玄関脇に設置された保冷ボックスを示したあと、田代を紹介した。

田代はハンチングを脱いで民子に辞儀をした。

「あなたのことは存じています」

民子は親しげな表情を田代に向けた。

「今朝も6時前に、湯川さんのお宅に牛乳を配っておいででしたでしょう？」

田代の顔つきが硬くなった。

「ご近所に音が聞こえないように、気をつけていたつもりでしたが……」

音が聞こえてご迷惑でしたかと、案じ顔で民子を見た。

「まったく、そんなことではありません。たまたま今朝は起きていただけで、音が迷惑だなんて思ったことなど、一度もありません」

話の腰を折ってごめんなさいと詫びて、民子は話の続きを聞きたそうな顔を見せた。

慎太郎と目顔を交わしたあと、田代は話の続きを聞かせた。

「いつもなら湯川さんは、きれいに洗ったカラの牛乳瓶を保冷ボックスに返してくださるんですが、今朝はボックスがカラでした」

8時過ぎに出直してきたときも、今朝配達した牛乳がそのままボックスに残っていた。

「いつもとは様子が違うものですから、みんなで手分けして湯川さんにご連絡を取ろうとしました」

緊急の連絡先には、長女の名がお客様情報カードに記載されていた。

田代は差し支えのない範囲の話を、民子に聞かせた。

「長女って、育子さんのことでしょう？」

「その通りです」

田代に代わって健吾が答えた。

お向かい同士で数十年が過ぎているのだ。民子は育子のことも知っていた。

民子が育子の名を口にした、そのとき。亮介の携帯電話に育子からかかってきた。

「いま内科の先生が診察しているところです」

廊下で滑って腰を強く打っている。

外科の医院には搬送用の寝台車を手配していることも告げた。

「そうです、工藤先生です」

亮介の答え方から、育子が工藤医院の名を挙げたことが分かった。

「容態がはっきりしたところで、わたしから電話をさせていただきます」

亮介が通話を切ったとき、玄関から大下医師と看護師が出てきた。

「転んだ拍子に後頭部を強く打ったことによる脳震盪でしょう」

応急手当は済ませた。あとは工藤先生に任せればいいというのが大下医師の診断だった。

15

9時15分に工藤医院の寝台車が到着した。

若い竹田医師が同乗しており、直ちにかおるを触診した。

「腰椎を強く打っていますが、骨折には至っていないと思われます」

子細はX線撮影のあと、工藤医師が判断すると告げた。

「いずれにしろ入院は必要ですが、身体機能に障る心配はないでしょう」

ストレッチャーに乗せられたかおるに、竹田は温もりのある声で話しかけた。医師の言葉が患者を落ち着かせ、安心させると承知している物言いだった。

「それで……どなたが付き添いをされますか？」

竹田の問いには、ストレッチャーの後方に立っている真理子が答えた。

「ご長女の方と連絡が取れていますので、お見えになるまではわたしがご一緒します」

真理子が答えると、かおるは困惑顔になった。身内でもない真理子にさらなる迷惑をかけるのが、ひどく気詰まりなのだろう。すかさず亮介がかおるに話しかけた。

「育子さんとは細かに連絡を取り合っていますから、どうぞお任せください」

かおるは亮介とは初対面である。

この方は？　と、問いかけるような目を田代に向けた。

「纏ミルク浜町店の店長で、いまからご一緒する真理子さんの長男です」

「そうでしたか」

大下医師の応急処置で、気分は大きく回復しているようだ。

「真理子さん……」

かおるに呼びかけられた真理子は、ストレッチャーの枕元に寄ってきた。亮介、田代、慎太郎と並ぶ形になった。

「みなさんには、ほんとうにご迷惑をかけてしまって」

「いいんですよ、そんなことは」

真理子が答えているとき、亮介の携帯が鳴った。育子からだった。

「いまから工藤医院に向かうところです」

短く告げた亮介は、携帯をかおるに渡した。

「あなたにも心配かけるわね」

ストレッチャー周囲のだれもが聞いている電話である。かおるは堅い口調で用件だけを告げると、電話機を亮介に返した。

「工藤医院には、とりあえず母が付き添います」

送話口を手で押さえると、竹田に問うた。

「入院になるのですね」

「そうです」

竹田の答えを育子に告げて、このあとは真理子の携帯電話とのやり取りを頼んだ。

母の携帯番号を告げたあと、幾つかを取り決めて電話を切った。

「湯川さんのご長女が、入院などの手続きをなさるそうです」

それまでは真理子が付き添うと告げた。

「承知しました」

竹田は寝台車のドアを開いた。

車に収まるストレッチャーを、民子も竹ぼうきを手にしたまま見守った。

「田中さんにもご心配をおかけしたようで」

寝台車を見送ったあとで、千鶴子が民子に今朝の顚末を話した。

聞き終わった民子は、あらためて慎太郎・亮介・田代を順に見た。

目には敬いの色が宿されていた。

「牛乳の箱がカラだったというだけで、みなさんはここまでのことをしてくださったのですね」

訊いているのは民子だが、健吾も千鶴子も目には感謝の色を浮かべていた。

「湯川さんだけが特別扱いということではありません」

慎太郎が応対を引き受けていた。

「月水金もしくは火木土のいずれかのパターンで、お客様に牛乳などをお配りしています」

お届けする先で、なにか違和感や異変のようなものを感じたときは、できるだけ早くそのお客様と連絡を取ることに努める。

「お客様の口に入るものをお届けできるのも、配達する我々をご信頼いただければこそです」

饒舌にならぬよう気遣いつつ、慎太郎は牛乳宅配にかける真摯な想いを伝えた。

「うちにも配達いただけるかしら？」

民子と千鶴子が同時にこれを言った。

「ありがとうございます」

慎太郎たち纏ミルクの面々が返事を揃えた。

「育子さんがお見えになって、湯川さんの一件がきちんと片付いたら、あらためて伺わせていただきます」

慎太郎は、ひと息の間をあけることにした。

「今日の午後にでも、お伺いしてよろしいでしょうか？」

「あたしは構いませんが、戸田さんは？」

「午後なら何時でも結構ですよ」

ふたりが快諾したとき、ぽつりと落ちてきた。

凍えをたっぷり含んだ氷雨である。

「大事にならなくて、ほんとうによかった」

「この寒さ、尋常ではありませんものね」

民子と千鶴子がうなずきあう髪に、みぞれが落ちていた。

16

みぞれ模様となった1月8日の昼下がり。

玉枝はみきを伴い、汐留（しおどめ）の高層ビル街を歩いていた。

十棟以上も林立しているタワービル群は、形も色合いもまちまちだ。

晴天なら真冬でも、ビルのガラスが眩く陽を照り返しているエリアである。

が、今日はあいにく氷雨模様だ。

背にした鉛色の雲のなかに、ビルの高層部分は溶け込んでいるかに見えた。

まだランチタイム中だというのに、凍えた雨を嫌ったのだろう。行き交うひとの数も少なく、ビル街全体が色彩を失ったかのようだ。

ちらほら見かける傘は、どれも地味な色味の無地である。

寒々しさがへばり付いている舗道で、玉枝とみきだけが鮮やかな色彩を放っていた。

大きな説明会に臨もうとしている玉枝である。気持ちを奮い立たせるために、今朝は赤のダウンジャケットを着用して出勤した。

玉枝を尊敬し慕ってもいるみきも、同じ色味のダウンジャケット姿である。

さりとて今日は赤を着ると、玉枝はみきに教えたわけではない。

大勝負の始まりとなる今日の玉枝は、きっと赤を着てくると察しをつけたのだ。

読みは図星で、ふたりの赤が揃っていた。

玉枝はしかも、傘も飛び切り目立っていた。

親骨の長さが80センチもある、特大のドアマンズ・アンブレラである。

映画の雨降りシーンを見て、玉枝は気持ちを大きく揺さぶられたことがあった。

宿泊客に傘をさしかけたドアマンの仕草の美しさに、玉枝は魅了された。それと同時に、傘の大きなことにも強く惹かれた。雨降りの日、玉枝は著名なホテルを訪れた。

映画で見たものと同じ大型傘を、そのドアマンも使っていた。

「ドアマンズ・アンブレラと申します」

熱心に訊く玉枝に好感を抱いたのかもしれない。ドアマンは傘の製造元も教えてくれた。

「横田から教わったと言っていいですよ」

玉枝は早速その会社に電話した。

「小売りはしていないのですが、横田さんのご紹介ということなら」

特別ですからねと断ったうえで、１本を小売りしてくれた。

「まさか、あなたがこの傘を使うわけではありませんよね？」

製造元の営業担当は玉枝に確かめた。

男でも慣れるまでは使うのに難儀をするからと、営業マンは言い足した。

「しっかり練習します」

玉枝は声を弾ませて答えた。

親骨の長さが80センチ。開けば直径およそ1.4メートルにもなる特大アンブレラである。骨は丈夫なＦＲＰ素材が８本使われており、布部分は100パーセントのナイロン生地だ。

玉枝は純白のナイロンを選んだ。野外撮影の折に、不意の雨に出遭ったとき。

「どうぞ、この傘の内に」

玉枝は特大傘を開き、クライアント（顧客）にさしかけた。

「実川さんのあの傘に、わたしもぜひ一度は……」

真顔で雨天を期待する顧客までいた。

赤いダウンジャケットに黒のパンツスーツ、そして特大の純白アンブレラ。色の失せた氷雨降る汐留に、大輪の花が咲いたかのようだった。

背筋を伸ばした玉枝は、真っ直ぐに前を見てずんずんと歩いている。玉枝が柄を摑んだアンブレラは、びくとも揺れない。

目指すビルが正面に見えてきた。

歩みをゆるめた玉枝は、仕事始めの日にかかってきた幸運の電話を思い返していた。

＊

玉枝が電話を受けたのは2日前の月曜日、仕事始めの午前10時過ぎだった。

「エセックス国際法律事務所の飯島さんから、2番に電話です」

みきに言われたとき、玉枝は年賀状の整理をしているさなかだった。

しかも偶然にも、飯島からの賀状を読み始めたところだった。

エセックス国際法律事務所は、米国ボストンに本部のあるファーム（法律事務所）だ。汐留の高層ビルの1フロアを使う大手で、飯島はエセックスで働く弁護士だった。

日本進出から今年で25年目である。

多数の日本企業も顧客としており、毎年年賀状も出していた。

外資系の法律事務所に年賀状を提案したのも、初めての年賀状を制作したのも奥野デザインセンターである。金額的にはさほどに大きな仕事ではないが、奥野デザインにとっては記念碑的な制作なのだ。

「今回もコンペ（企画競争）をものにして、いいお正月を迎えましょう」

奥野から激励の声をかけられて、去年の10月初旬、恒例の年賀状コンペに参加した。エセックスが出す年賀状は3万通である。賀状の下部には制作会社のクレジット表記が許されていた。外資系法律事務所最大手のエセックスである。

「あの事務所の年賀状を制作できるとは、さすが奥野デザインさんだ」

受注金額の数十倍の効果がある、大事な仕事だった。

去年は玉枝がＡＤを務めて、３案をコンペに提出した。が、受注は果たせなかった。

日本サイドは米国人の責任者を含む全員が、玉枝のデザインを推していた。

「ボストンのトップに裏から手を回されて、他社のデザインに決められてしまった」

玉枝にそれを伝えたのが、今年の年賀状担当者だった飯島である。

「ありがとうございます」

決定に至った事情を教えてもらった礼は言ったが、玉枝は話をそこで打ち切った。

どんな事情があったにせよ、負けは負けである。子細を聞いても詮無いことだった。

玉枝の対応に感ずるところがあったのだろう。

「また実川さんと仕事ができればいいですね」

飯島の口調は外交辞令ではなかった。

玉枝が手に持っていたエセックスの年賀状には、飯島が手書きのメッセージを加えていた。

「新年には、いいチャンスが訪れます」

謎めいたメッセージは、なにを意味するのか。

あれこれ思案を巡らせていたとき、みきが電話だと告げたのだ。

「実川でございます」

抑えたつもりだったが、声は弾んでいた。

「飯島です、あけましておめでとうございます」

「おめでとうございます」

答えた玉枝の声は、さらに弾みを増していた。

「早速ですが実川さん、1月8日の13時に汐留までお越しいただけますか?」

「参ります」

玉枝はダイアリーを開く前に答えていた。今週はクライアントへの年始回りのために、一切の予定をいれてはいなかったからだ。

「それはよかった」

飯島も正味で嬉しそうな声で応じた。

「うちの或るクライアントが、今年全米でキャンペーンを計画しています」

予算は800万ドル（約8億円）で、新聞・雑誌・ネットワーク（全米のテレビ局）を使う大きな計画であるという。

「そのコンペに、ぜひ実川さんの会社にもご参加いただきたいのです」

今回はボストンが口を挟む恐れはない。純粋にアイデア勝負のコンペだと飯島は強い口調で請け合った。

「ありがとうございます」

玉枝にしてはめずらしく、大きな声を出した。周りの目が玉枝に集まった。

「プランナーと2名で参ります」

礼の言葉を重ねて、玉枝は電話を切った。

だれもが、問いたげな目を玉枝に向けている。

深呼吸をひとつしてから、玉枝は口を開いた。

「全米対象の800万ドルキャンペーンのコンペに、参加できることになりました」

「うわあ、凄い！」

スタッフが歓声を上げ、手を叩いた。

２０１４年は嬉しい幕開けとなった。

＊

エセックス国際法律事務所は33階である。高層階エレベータの前で、玉枝は背筋を伸ばした。ふたりの赤いダウンジャケットは、ビルの内でも人目を惹いた。玉枝が手にしている大型のアンブレラは、畳んでいても大きさと白さとが目立っていた。

「実川さん」

背後から呼ばれて、玉枝は振り返った。

デザインワークスの田宮吾郎（たみやごろう）が立っていた。

歯の白さに星が輝く、テレビＣＭのような、不自然な笑顔を見せている。

みきは聞こえなかったという顔で、玉枝の隣に立っていた。

ボストンに裏工作をして年賀状の仕事を獲（と）った、制作会社のＡＤが田宮だった。

「今年もやっぱり、その傘ですね？」

田宮はまた白い歯を見せて笑いかけた。

ボストンの大学卒で、英語はアメリカ人以上に堪能だと言われている。

東京では日焼けサロンに通い、全身をチョコレート色に焼いているらしい。

「ゴルフ場のクラブハウスのサウナで一度だけ一緒になったことがあるけど、後ろ姿のどこにも白い部分がなかった」

社のチーフカメラマンが、あきれ顔で玉枝に話したことがあった。

「顔色が濃ければ、歯の白さが目立って印象がよくなる」

身長180センチの田宮は、容姿を自ら売り物にしている節があった。

ADとして凡庸なら、商売敵は笑っていれば済む。が、田宮が手がけた仕事は、多数のクライアントが絶賛し、満足していた。

横取りされた年賀状にしても、仕上がりのよさを玉枝も認めていた。

「今回もまたコンペでご一緒するようですが、どうかお手柔らかに」

田宮が言い終わったとき、計ったかのようにエレベータの扉が開いた。

玉枝のわきに寄ってこようとした田宮に、大型アンブレラがバリアー役を果たしていた。

17

「本日の説明会は、オーバルオフィスで行います。これから皆さんをご案内します」

会議室に顔を出した飯島は、集まった制作会社4社のスタッフにこれを告げた。

オーバルオフィスで説明会だと聞いて、玉枝を含む4社の8人は、全員が目の色を変えた。まさか……と、小声でつぶやいた者もいた。驚きと期待の重なり合ったような表情に、だれもがなっていた。

4社とも、エセックス国際法律事務所とは長年の付き合いがある制作会社だ。うわさには聞いていたことのある部屋に、まさか入れるとは考えていなかったからだろう。オーバルオフィスとは、米国ホワイトハウスの大統領執務室を言う。部屋の形が楕円形であることが、名称の由来とされていた。

エセックス国際法律事務所のオーバルオフィスは、毎週金曜日にボストンの本部とテレビ会議を開く、最先端設備の整った会議室のことだ。パートナー（共同経営者）や上級弁護士24名が同時に着席できる楕円形のテーブルが、ここでは名称の由来だった。

24人掛けのテーブルには、20インチのモニターが斜めに埋め込まれている。音声はイヤホンから聞こえるし、発言は埋込マイクが明瞭に拾った。モニター画像は全員共通のものと、個人ごとのものとを切り替えできた。

今日の説明会に集まったのは、各社とも2名である。

映像制作を得意とするのは日本新社と東和映像の2社。グラフィック・デザインを得意とするのが奥野デザインセンターと、デザインワークスだ。4社とも、当該制作分野では広く名前を知られていた。

オーバルオフィスを使うほどの重要な説明会だというのに、エセックスからの出席は飯島ひとりだけである。巨大な楕円形テーブルは空席が目立っていた。

「それでは説明を始めます。みなさんの前にあるモニターをご覧になりながら聞いてください」

参加者全員がイヤホンを耳につけ、モニターに目を向けた。

『キャンペーン概要』と書かれた資料表紙が、モニターに映し出された。

「本件のクライアントは、マンハッタンに本部を置く日本企業の広報団体、ジャパンセンター・アメリカ（ＪＣＡ）です」

画像の表紙がめくられて、ＪＣＡの概要が解説されている。飯島は全員が資料を読み終わるまで口を閉じようとしていた。

ＪＣＡには米国市場でのビジネス展開を図ろうとする日本企業870社が、企業規模に応じて年会費（ＪＣＡ年間活動費）を拠出していた。

テレビ会議用のカメラが、各社スタッフの表情を捉えている。そのモニターを見ながら、飯島は全員がＪＣＡ組織概要を読み終わるのを待っていた。

３年前、飯島の積極的な働きかけでＪＣＡはエセックス国際法律事務所に業務委託を決めた。今年で４回目の受託となった日本紹介キャンペーンは、去年までの予算が倍増されていた。

この案件でエセックス国際法律事務所が受け取る業務受託料は300万ドル。制作会社に支払う800万ドルと合わせれば、一案件で１１００万ドルにも達した。しかもキャンペーン実施で使う媒体料は別途である。

去年までの3年間は、いずれも米国資本の制作会社が受注していた。本社オフィスがマンハッタンにあることで、ＪＣＡの理事たちが安心したからだ。

今年は違った。

訴求するテーマは、日本人なればこそ、文化の底に流れるこころを描き出すことができると、ＪＣＡ理事たちも納得したがゆえだった。

今年のキャンペーンを成功させて、来年以降も確実に業務受託を実現すること。

これは東京事務所の重要課題だった。

「今年は去年までとは違う」

東京事務所のボスは青く澄んだ瞳で、オーバルオフィスの使用許可を求める飯島を見詰めた。

「あの会議室の機能を存分に使って、効果的な説明をすればいい」

飯島から安堵の吐息が漏れた。ボスは目元をゆるめて話を続けた。

「クライアントの満足を得られるアイデアが、１週間後には山ほど出るのを期待しよう」

ボスは説明会のすべてを飯島に委ねた。

＊

「今年のキャンペーンテーマは、日本が世界に誇ることのできる、きめ細かなおもてなしの精神の訴求です」

日本ならではの文化だと、全米に自慢できることを訴えていただきたい……。

説明のまとめに差し掛かったら、モニターから画像が消えた。

全員の目が、説明役の飯島に向けられた。

「お集まりいただいた4社は、いずれもクリエイティブ能力の高さで知られた会社であると、われわれの評価は定まっています」

飯島は4社のＡＤを順に見廻した。

その見廻し方は厳密に等分・公平だった。

が、玉枝のモニターだけが突然、映像の再生を始めた。

マンハッタン14丁目にはユニオン・スクエアがあった。スクエアにはさほど大きくはないが、樹木の茂った公園があり、野生のリスが木々の間を走り回っていた。

半年に一度はＪＣＡを訪れている飯島は、公園を走り回るリスをビデオに収めていた。年賀状企画打ち合わせのコーヒー・ブレイクで、玉枝は飯島にこの映像を見せられた。リス大好きの玉枝は、しばし見とれた。

「実川さんもリスがお好きですか?」

玉枝が強くうなずいたら、飯島の瞳が輝きを帯びた。

「小さなドングリを抱えて走るリスを見ると、沈んでいたときでも元気が湧きます」

飯島の声には、玉枝に対する親しみが色濃く含まれていた。

「まったく同じです」

玉枝も声が弾んでいた。

「大事な制作やプレゼンテーションに臨むときは、この写真を見るんです」

玉枝は名刺ケースから一枚の写真を引き出した。動物カメラマンが撮影したリスで、ドングリを両手で抱え持っていた。

「この写真はわたしのお守りです」

いま玉枝のモニターには、飯島が撮影したあのリスの映像が再生されていた。

公園を走り回るリスたちが、玉枝にエールを送っていた。

18

野田育子が工藤医院に到着したのは、氷雨が雨脚を強め始めた午前11時半過ぎだった。

「湯川さんは2階の203号室です」

受付で病室の案内を受けた育子は、階段を一段飛ばしで駆け上がりかけた。が、踊り場の手前で足を止めた。

もしも階段を踏み外して自分まで怪我を負ったとしたらと、思い留まったのだ。

踊り場に立った育子は深呼吸をして、はやる気持ちを抑えた。

もう病院にいるのよ、落ち着きなさい。

かおるの口調で、自分を戒めていた。

＊

母親には纏ミルクの真理子さんが付き添ってくれているのは、電話で話して分かっていた。肉親でも遠縁でもないひとに、新年早々から付き添いをしていただいているとは……。それを思うと気が急いた。電車の乗り継ぎではなくタクシーを使ったのも、1分でも早く行き着きたかったからだ。

小伝馬町に向かう道は渋滞の連続である。ノロノロ動きのなかで、メーター料金だけが着実に上がった。

遅々としか進まない車中から、育子は2度真理子と電話で話をした。

育子が最初の電話で話したとき、真理子は検査室前の廊下にいた。

「いまX線の撮影中です」

検査結果が分かるのは20分後だと真理子から教えられた。

「年始とみぞれ模様とが重なったことで、タクシーがまったく動かないんです」

巻き込まれている渋滞状況を伝えつつ、真理子に詫びた。

「年始のお忙しいときでしょうに、ご迷惑をおかけして申しわけございません」

「いいんですよ、そんなこと」

真理子は明るい声で応じてくれた。

「結果が分かり次第、こちらから電話します」

渋滞に巻き込まれたら諦めるしかない。検査は順調に進んでいる。心配してイライラを募らせたりせず、気持ちを落ち着けて……。

真理子に優しく言われた育子は、携帯電話を持ったまま深くあたまを下げていた。

その電話から25分が過ぎても、タクシーはまだ江戸通りの手前を走っていた。目的地周辺までは2キロだと、カーナビに表示されていた。

あとどれくらいかかるのかとドライバーに訊いたところで、確かな答えは得られっこない。唇を嚙んで我慢しようとしたとき、電話が鳴った。真理子からだった。

「腰の骨にひびが入っていましたが、折れているわけではないそうです」

かおるは車椅子に乗せられて、病室に向かっている途中だ。大事には至らなかったから、くれぐれも焦らずに……。

進まない車中にいる育子の様子が、真理子には想像できているのだろう。穏やかな話し方が、育子の気持ちを大きく落ち着かせてくれた。

「ありがとうございます、安心できました」

安堵の声が車内に響いたとき、タクシーは昭和通りを越えて江戸通りに入っていた。

骨折ではなかったと教えられて、育子は大いに安堵した。

ノロノロ進みも気にならなくなった。

＊

もう一度踊り場で深呼吸をくれてから、階段に右足を載せた。

みぞれ模様の道をあたふたと駆け回っていた育子だったが、靴底は幸いにもタクシーのヒーターで乾いていた。それでも育子は一歩ずつ、足元を確かめながら階段を上った。

工藤医院の病室は2階の4室だけである。かおるの病室は階段からもエレベータ前からもすぐ近くだった。

ノックすると真理子がドアを開けてくれた。

「湯川かおるの長女で、育子と申します」

廊下に立ったまま、育子はあいさつをした。

「そんなところで言ってないで、お入りなさい」

かおるはすっかりいつもの口調である。達者な声を聞いて育子の両目が潤んでいた。

19

工藤医院の隣には平屋の喫茶店があった。

「純喫茶赤胴」。

個人経営の喫茶店が大きく減ったいま、純喫茶という看板を見ることもなくなった。

しかし赤胴は町内の常連客と、医院の入院患者が大事に支えていた。

工藤医院の入院患者の大半は足の骨折である。赤胴の先代店主は、工藤医院先代の頼みを聞き入れて、車椅子のまま患者が店に入れる造りとしていた。

このおかげで見舞客は病室ではなく、喫茶店で患者と向き合うことができた。

入院患者にしてみれば医院から外に出て、いっときながらシャバの空気を楽しめるのだ。赤胴は医院・入院患者・見舞客の三者から存在を喜ばれていた。

かおる・育子・真理子の3人も病室を出て、赤胴のテーブルを挟んで向き合っていた。車椅子の邪魔にならぬよう、テーブルは脚高である。

「わたしのこども時分から、このお店はあったんです」

小伝馬町育ちの真理子は、なつかしげな口調で赤胴と工藤医院の話を聞かせた。

「この町には鳶さん、左官さん、大工さんなどの職人さんが多く暮らしていました」

仕事仕舞いのあと、おとなたちは赤胴に集まってコーヒーやビールを楽しんでいた。

普請場で怪我をした職人はすぐに工藤医院に担ぎ込まれて、仲間から散々に言われた。

「職人が普請場で怪我するなんざ、半人前にもなってねえ証拠だ」

口ではわるく言いながら、仲間は毎日のように見舞いにきた。足を骨折した者は、車椅子に乗って赤胴で歓談していた。

「当時の大先生もいまの若先生も、地元の警察署で柔道を教えているんです」

町内のいたずら小僧たちは「工藤先生に連れて行くぞ」と言われるなり、直立して固まった。

「先代は大柄で毛深くて、黒い瞳が光っているように見えました。先生に睨まれたら、鳶のかしらでも背筋が伸びたと言われたものです」

長く入院させないのも工藤医院の流儀だと真理子が話し始めたら、かおるが深くうなずいた。

「わたしも明日からリハビリだと言われました」

「明日からですって?」

育子が思わず甲高い声を漏らしたところに、マスターがコーヒーを運んできた。

「入院した日からリハビリを言いつけられる患者さんも、めずらしくないですよ」

真理子と顔なじみのマスターは、笑顔を残して持ち場に戻った。

かおるは娘を見ながら話を続けた。

「わたしの歳になると、入院すると歩かなくなってしまい、足の筋肉が衰えて二度と歩けなくなるひとが多いそうなの」

入院患者を、自分の足で歩いて退院させる。

工藤医院はこれをかおるにも告げていた。

「ありがたいことです……」

呑み込めた育子は、感謝の思いを込めて言葉を漏らした。

「ありがたいというなら、まず先に真理子さんにでしょう」

娘を窘めたかおるは、育子と一緒になってあらためて礼を言った。

「牛乳を配達していただいているという、それだけのご縁でしかありませんのに」

「母の命を助けていただきました」

母と娘が渡り台詞のように礼を言った。

「てまえどもを信頼してくださすって、口に入るものの配達を毎日受け取ってくださるお客様です。いつもと様子が違う、なにか異変が起きているかもしれないと察したときは、必要な動きをするのは当たり前のことです」

真理子はまったく気負わず、当たり前だという物言いで応じた。

ひと息おいて、育子が口を開いた。

「夫の野田も、真理子さんと同じようなことをいつも申しております」

「えっ？」

いぶかしげな表情になった真理子に、かおるが娘に代わって話を始めた。

「野田は海上自衛官なんです」

制服を着用したその瞬間から、自衛官は防人となる。国民と国を守るために、規律正しく任務を遂行する責務を負っている。野田は将校だが、艦隊勤務の日々である。

育子はふたりの子と、留守宅を守っていた。

「毎日、母においしい牛乳を配達していただくのみならず、暮らしの安全にまで目を配っていただけていたのですね」

連れ合いの職業柄、育子は纏ミルクの顧客への気配りを深く理解できたようだ。

「今後とも、母をよろしくお願い申し上げます」

「ここでのやり取りを、田代にも伝えておきます」

「田代さん……て、どちらさまでしょうか」

「うちに牛乳を配達してくださる方ですよ」

田代さんのおかげで命拾いができたと、かおるは娘に教えた。

「どうか田代さんに、よろしくお伝えください」

育子はあらためて礼を言った。

マスターが新たなドリップを始めたらしい。カウンターからコーヒーの香りが漂ってきた。

20

みぞれは8日深夜には上がった。

1月9日は夜明けから、柔らかな朝日が大川の川面を照らしていた。

午前7時45分過ぎ。店先に出た亮介は、壁の時計を気にしながら品物の整理を始めた。いましなくてもよかったし、亮介がしなくてもいい仕事だったのだが。

「店先を片付けておかなくては」

朝の茶の途中で、亮介は店に出た。田代も栗本もあかねも、亮介の振る舞いの意味を分かっていながら、知らぬ顔を続けていた。店先の電波時計が7時48分へと針を進めたとき、玉枝が顔を出した。晴れてはいても、冷え込みが厳しい。

玉枝はあの赤いダウンジャケットの上から、純白のマフラーを首に巻いていた。

「おはようございます」

玉枝の声で初めて気づいたかのように、亮介は冷蔵ケースの後ろへ進んだ。わずかな隔たりだが、亮介の足取りは弾んでいた。

「牛乳でよろしいんですね？」

「はい」

玉枝の白い歯は、歯並びが美しかった。

差し出されたビンの封を切り、キャップを外したあと、玉枝は唇にあてた。ダウンジャケットに合わせたのか、唇も鮮やかな色味である。

牛乳の白と玉枝の唇が色比べをしている。

亮介は思う存分、見とれていたかった。

思いを抑えてそっと自分の足元に目を落とした。

玉枝の飲みっぷりのよさにも、亮介はこころを奪われていた。真冬でもほどほど冷やされている牛乳を、店先の玉枝は3回で飲み干した。

「ここでいただく一本が、会社までずんずん歩いて行ける元気をくれるんです」

玉枝の声は耳に心地よく響くアルトだ。亮介は玉枝が言ったことを後追いした。

「ここから歩いて通勤されるんですか？」

玉枝は大きくうなずき、カラになった牛乳ビンを冷蔵ケースの上に戻した。

「人形町の先に会社がありますから」

「それで昨日の朝、蠣殻町で……」

「そうでしたね」

出勤を急ぐのだろうに、玉枝はさらに話を続けようとした。

「あのあたりにも、こちらのお店で配達されるのですか？」

「蠣殻町なら近いほうです。築地の銭湯にも配達していますから」

「遠くまでご苦労さまです」

正味の物言いでねぎらった玉枝は、ふっと口調を変えた。

「昨日の朝お見かけしたときは、なんだか張り詰めたようなお顔でしたが……あのあたりで、なにかあったのですか？」

玉枝はごく普通の口調で問いかけた。

亮介はしかし、普通の返答ができなかった。

「ええ……まあ、ちょっとしたことが」

亮介の要領を得ない物言いで、これ以上訊いてはいけないと玉枝は察したのだろう。

「ごちそうさまでした」

会釈をくれて、玉枝は店から離れた。

「いってらっしゃい！」

玉枝は前へと歩きつつ、白いマフラーの端を振って応えた。

かなうことなら、玉枝ともっと昨日の朝の顚末を話していたかった。しかしあの出来事は、湯川かおる個人の事情にかかわる話である。

いかにこころを寄せている玉枝が相手だとしても、子細を話すことはできない。

湯川かおるに迫っていた危機から、力を合わせて救い出した話だ。世間に知られても、纏ミルクの行為は称賛されたとしても、なんら後ろめたさを覚えることではなかった。

纏ミルクのお客様は、店を信頼して電話番号や緊急連絡先などを登録してくれていた。お客様カードの取扱いについては、何重にも気を遣っている。原本は鍵つきロッカーに保管されており、鍵は店長が管理していた。

玉枝ともっと話をしたかったが、亮介は口を閉じた。歩き始めた玉枝の後ろ姿にかけた声に、亮介は精一杯の想いを込めていた。

＊

亮介が固く口を閉ざしたことの子細を、玉枝は思いがけない相手から聞かされた。

奥野デザインセンターでは女性週刊誌を含めて、6誌の週刊誌を定期購読していた。

ほかに各種月刊誌も購読しており、人形町交差点の書店には大事な顧客である。

1月9日の木曜日には、新春特大号の週刊誌が4冊揃って発行された。

新年初めての配達である。いつもの店員ではなく、店主の女房ときえが週刊誌を届けてきた。企画会議に臨もうとしていた玉枝が、たまたま受け取ることになった。世間話が好きで、話し始めたら止まらないときえである。

「本年もよろしくお願い申し上げます」

軽いあいさつで離れようとした玉枝を、ときえの口が引き留めた。

「新年早々、こんな嬉しい話が聞けたなんて、日本人に生まれてよかったです」

甲高い声で前振りをしたときえは、

「うちのお店のすぐ近くの蠣殻町でね……」

声が1オクターブ高くなっていた。

21

話し好きのときえは顚末のみを語るのではなく、あちこち寄り道をしながら話を続けた。企画会議が始まる予定時刻の7分前になっても、ときえの話は終点まで行き着いていなかった。

みきが玉枝を呼びにきた。今日の会議の主宰は玉枝なのだ。

「少しの間だけ、中座させてください」

ときえに断った玉枝は、みきと連れだって会議室に入った。時間厳守の奥野は、開始5分前なのにすでに席についていた。

「今日の会議の大事なヒントとなる話を、いま文鳥堂さんからうかがっているところです」

開始を20分遅らせてくださいと頼んでいるところに、他の企画チーム4組のADとプランナーたち8人が入ってきた。

「おカミさんが威勢のいい声で話していたようだけど、まだ終わってないのか？」

「まだです、ごめんなさい」

吉田組のチーフに玉枝が詫びたとき、奥野が口を開いた。

「11時半開始に変更しましょう」

奥野は30分遅らせることを受け入れていた。

「ありがとうございます」

一礼した玉枝は、急ぎ足でときえの元へと戻って行った。

＊

企画会議は11時30分に始まった。

受注できれば制作予算800万ドルの大仕事である。奥野デザインセンターの制作全5チームのＡＤとプランナー、そして奥野が出席していた。

実川組の出席者は玉枝とみきである。みきが仕上げたＡ４判２枚の概要書が、全員に配布された。説明は玉枝が受け持った。

「クライアントは米国のＪＣＡさんで、エセックス国際法律事務所さんが本件のＡＥ（予算執行仕切り役）です。４社の企画コンペで、競合相手は概要書の通りです」

資料を目で追った面々から、唸る声が漏れた。競合先が手強い相手ばかりだからだ。

「企画提出は来週水曜日の１月15日です。６日後ですが、ハッピーマンデーが挟まります」

１日短縮されると玉枝は言い添えた。

「提出までの時間が極端に短いのはクライアントの指示です」

米国の制作会社も、企画提出を強硬に申し入れしてきていた。１月25日になっても日本サイドが決定打を放ってこなかったときは、米国の制作会社に発注することになる。15日の提出は、25日決定のためにはギリギリのタイミングだった。

「そんな次第で、１時間も無駄にはできません」

玉枝はしかし、いつも通りの落ち着いた口調で説明を進めていた。

「正月早々、ブラックマンデーだなあ」

吉田が言ったことに、大半のスタッフが深くうなずいた。

締切に追われる仕事をこなす者たちだ。祝日を月曜日に置き換える連休制度が、往々にしてありがた迷惑だった。

「これだけ大きな企画提出なのに、１週間もないのは厳しいですね」

滅多なことでは弱音を吐かない田島ＡＤが、めずらしく声を曇らせた。

政府広報をクライアントとする田島組には、１月16日からスタートするプロジェクト３件が待ち構えていた。まったく予定外だったＪＣＡの立案は、田島組に負担を強いることになるのだろう。

田島の眉間には縦じわが刻まれていた。

「きついのは他の３社さんも同じでしょう」

奥野の抑えた声が、会議室の全員に届いた。

田島も田島組プランナーの時田も、得心顔で背筋を伸ばした。

「ところで玉枝さん」

奥野の目が説明役の玉枝に向けられた。

「文鳥堂さんのお話は、ヒントになったの？」

「はい！」

玉枝は概要書を卓に置いて、全員を順に見た。

「本来ならプランの粗筋を組み立ててから話すべきでしょうが、時間がありませんので口頭で話します」

ときえから聞き取った要点は、クリップボードのメモパッドに大書きしてある。話し始める前に玉枝はメモを読み返し、そして呑み込んだ。

「今回クライアントが求めているのは、日本人ならではのきめ細かなひととの接し方、つまり日本ならではの文化を、わかりやすい形で米国人に訴求してほしいということです」

全員の目が玉枝に集中している。みきは大きくうなずきながら説明を聞いていた。

「牛乳の宅配こそ、まさしく日本が世界に誇れる文化だと、たった今わたしは確信しました」

言い切ると、会議室にどよめきが生じた。

多くはなにを言い出すんだ！　と、玉枝の発言を強くいぶかしんだどよめきだった。

みきですら、戸惑い顔になっていた。

「浜町には明慈の牛乳宅配店、纏ミルク浜町店があります」

会議室のざわめきが残っているなかで、玉枝は話の続きを始めた。一気に会議室が静まった。

「『まといミルク』の『まとい』は、江戸時代の火消しが振った纏という漢字です」

固有名詞を説明するときは、手元のメモに目を落とした。

「蠣殻町にお住まいの年配女性は、纏ミルクから牛乳配達を受けるお客様です。そのお客様の命を、纏ミルクのスタッフが助けました」

玉枝が区切りをつけるなり、先ほど以上に大きなどよめきが起きた。

立ったまま目を閉じた玉枝は、猛スピードで思案を巡らせていた。

＊

いまの玉枝はクライアントではなく、自社のＡＤとプランナーたち、そして奥野にプレゼンテーション（企画の売り込み）をしていた。

ときえの話をヒントにした企画の推進。進めるには、いま会議室に詰めている仲間に売り込まなければならない。全社の力をこの企画推進に結集するためである。

さりとて、いま聞き込んだばかりの話で、話の信憑性すら検証できてはいなかった。

しかも話を聞かせてくれたのは、いわば町内の話好き・うわさ好きのおかみさんだった。不確かなことだらけだが、玉枝にはひとつの強い確信があった。

纏ミルクの若い店長への信頼感である。

昨日の朝、蠣殻町で行き合ったとき、店長は騒動の真っ只中にいたはずだ。張り詰めた気配を感じたがゆえ、玉枝は軽い言葉を交わしただけでその場から離れた。

今朝、昨日の出来事がなんだったのかと店長に訊いた。

気持ちよく応対をしてくれる店長なのに、この問いには答えなかった。

話したくないのだと察した玉枝は、笑顔を残して店先から出た。

ときえの話を聞き終えたとき、玉枝は若い店長の人柄に感銘すら覚えていた。

自慢する気なら、大声で玉枝に話しただろう。しかし店長は逆で、口を閉ざした。

お客様のプライバシーにかかわる出来事ゆえ、一切の口を閉じたのだと玉枝は推察した。世の中全体が、かつてなかったほどに饒舌な時代である。ＳＮＳにでも投稿すれば、一瞬のうちに美談として広まったに違いない。

配達先の顧客の身を案じたがこそ、纏ミルクのスタッフたちは蠣殻町まで出張った。その迅速な動きが功を奏して、顧客を窮地から救い出すことができた。

顧客を思うからこそ、一切の口を閉じた。

見返りを求めない纏ミルクの尊い行為に、こころ打たれた。

＊

「文鳥堂さんから聞かされた話は、なんの裏付けも取っていません。いわば町のうわさ話に過ぎませんが、それでもいまここで話をさせてもらっているのは、纏ミルクさんを存じ上げているからです」

「なんとまた……」

「どうして実川さんが、牛乳屋さんを知ってるんだ」

　ふたりのＡＤが玉枝を見詰めた。

「纏ミルク浜町店で、毎朝１本の牛乳をいただいてから出勤しているんです」

　真冬のいまでもほどよいチルドで、おいしい牛乳ですと、おどけ口調で話した。

　硬かった会議室の空気が、生じた笑い声で和らいだ。

　玉枝は表情を引き締めてあとを続けた。

「まったくの偶然だったのですが」

　蠣殻町で騒動が起きていた昨日の朝、現場で纏ミルクの店長たちと出会った。

「毎朝、店先で牛乳を売ってくださる店長は、とても感じのいい方です。今朝もお店で牛乳をいただいたとき、昨日のことを訊ねました」

　気持ちよい応対をしてくれる店長なのに、昨日のことにはひとことも答えてくれなかった。個人情報の漏洩が社会問題となっている昨今、店長の口の固さは特筆ものだと思っていた。

「話の真偽を店長に確かめたうえで、もしも本当の話だったとしたら、これを核に据えて企画をまとめます」

ご意見を聞かせてくださいと告げて、玉枝は説明を終えた。

会議室は静まり返っていた。

22

「今回の案件は時間との闘いよね？」

奥野が口にした言葉に、会議室の全員が深くうなずいた。

「ちょうどお昼どきだし、プランニングのキックオフをここにいるみんなで祝いましょう」

ランチで外に出る時間がもったいない。さりとて出前では、あまりに味気ない……。

「日本橋の宇田川さんに、カツサンドを人数分調理してもらうというのはどうかしら？」

「いいプランです。宇田川のカツサンドなら、勝つにつながって縁起がいい」

五十路を越えたＡＤの野木が、響きのいい声で賛成した。他のスタッフに異存のあるはずもなかった。

「宇田川さんに電話するから、手の空いているひとが受け取りに行って」

言い終わる前に、奥野は携帯電話を手にしていた。

「宇田川さんにはわたしが行きます」

みきの声を聞いて、太田組のベテランプランナー、新道聡美（しんどうさとみ）も手を挙げた。

奥野の急な頼みを、宇田川の親方は聞き入れてくれたようだ。

「縁起担ぎのカツサンドだと知って、親方は特別の折り詰めを作ってくれるらしいわよ」

タクシーで往復するようにと、奥野は聡美に言いつけた。大事なキックオフのランチなのだ、奥野はタクシー利用を無駄遣いとは考えていないようだった。

「わたしにも提案があります」

みきたちが出る前に、玉枝が手を挙げた。

「カツサンドには牛乳がぴったりです」

みきたちが宇田川を往復する間に、浜町店から牛乳を買い求めてくると申し出た。

「カツサンドには牛乳がいいという言い分には賛成だが、なにも浜町まで出向かなくてもいいだろう」

「近所のコンビニでも牛乳は売っているぞ」

吉田と太田が異を唱えた。

「宅配用のビン牛乳は、おいしさが違います」

以前、店長から聞かされたことを、玉枝は受け売りした。

浜町店で初めて牛乳を立ち飲みした朝、玉枝はそのおいしさに驚いた。

「いまお飲みいただいているビン牛乳は、宅配専用の商品です。ビン牛乳は口あたりがよくて、おいしさも違うように思うとお客様の評判は上々です」

店長の説明に深く得心のいった玉枝は、翌日から毎朝1本のビン牛乳を飲んで出勤していた。

「おれはコンビニで買える便利なほうがいい」

吉田に、他のADたちも納得顔を向けた。

「飲めば分かることでしょう？」

奥野に言われた玉枝は強くうなずいた。

「ちょうどいい機会だから、ふたつの牛乳を味わってみましょう」

近くのコンビニと浜町の纏ミルクから、「明慈おいしい牛乳」を買い求めてくることになった。

「浜町店の場所は玉枝さんしか知らないから、手間だろうけどあなたが行ってちょうだい」

奥野は玉枝を名指しした。

「もちろんです、行かせてください」

玉枝の弾んだ声を聞いたみきは、聡美と連れだって宇田川に向かった。

「あなたもタクシーを使いなさい」

奥野が指図をしたとき、吉田組のプランナー、中川香（なかがわかおり）が立ち上がった。

「わたしのバイクで行きましょう」

言うなり香は、更衣室に向かった。身長170センチの香はＢＭＷの大型バイクを愛車にしていた。ハードケースが車体の両側についたモデルである。

プレゼンに出向くとき、香はハードケースに資料を収めて顧客先に向かった。

大柄な香が町中でバイクを止めると、通行人の目が集まった。様子のよさに見とれて感嘆の吐息を漏らす者もいた。素早く革のライダースーツに着替えた香は、玉枝のヘルメットとグローブを手にして会議室に戻ってきた。

「ひとり2本ずつでも22本、ハードケースに収まります」

香から受け取ったヘルメットは艶のある赤だ。ダウンジャケットを羽織り、白のマフラーを首に巻いて、玉枝は香を追った。

ふたりの後ろ姿にＡＤたちが見とれていた。

23

カツサンドと牛乳のキックオフランチは、大好評を博した。

「冷めてもおいしいカツサンドというのが宇田川さんの売り文句だけど、その通りのようね」

「ソースが染みたトーストが、美味さを引き立てています」

田島組のプランナー時田雄作は、頬張ったままの顔を奥野に向けて美味さを称えた。

「久しぶりに、牛乳のおいしさを味わいました」

飲み干した2本目の牛乳を、奥野は紙皿の脇に置いた。

「みんなのなかで、小学校の給食で脱脂粉乳をミルク代わりにしたひとはいないでしょうけど」

あれはひどい味だったと奥野が言いかけるとＡＤの野木とプランナーの島倉太一が同時に手を挙げた。

「わたしも島倉も東京の小学校です」

今年で56歳になる野木と島倉は、東京都江戸川区の同じ小学校卒業である。中学・高校は別々だったが、美術大学でまた同級生となった。

「他の県に比べて東京は牛乳への切り替えが遅かったもので、わたしたちは給食であのひどかった代物(しろもの)を飲まされました」

奥野・野木・島倉の3人とも小学校の給食を思い出したのか、互いにうなずき合った。

「母親に初めて飲ませてもらった牛乳の美味さには、正直、飛び上がって驚きました」

島倉は野木を見ながら話した。

「大学の学食で売ってた牛乳も」

野木はカラになった牛乳ビンを手に取った。

「これと同じビン入りだったよな?」

「いや、同じじゃない」

野木はきっぱりとした口調で否定した。

「あのころのビンはもっと武骨で、空きビンは重たかったよ」

「そうねえ……確かにもっと重たかったわね」

脱脂粉乳から牛乳ビンへと話が移っている。奥野・野木・島倉以外のスタッフは、カツサンドとビン牛乳を賞味しながら、ボスたちの会話に耳を傾けていた。コンビニで購入した牛乳の多くが、手つかずになっていた。

「おれはつい意地を張ってコンビニで買ったほうから飲み始めたけど、確かにビン牛乳のほうが美味い気がする」

吉田は玉枝の言い分を受け入れていた。

が、ＪＣＡへの提案を牛乳宅配で進めるということには、まだ納得していなかった。得心していないのはプランナーの時田も同じだった。政府広報担当の時田は、諸外国の各情報を手早く検索できる男だ。

「宅配が日本だけの文化だと実川は言ったけど、ロンドンでも牛乳宅配はされている」

ランチの支度が調うまでのわずかな間に、時田はこの情報を入手していた。

「ただし実川が例に挙げたような、顧客の暮らしの安全までケアしているかどうかまでは、調べられなかった」

時田に続いて、新道聡美が話を始めた。

「宅配ということなら、新聞配達も同じだと思います」

そうだった……という小声が漏れた。

「わたしの兄は新聞配達の奨学金で大学に通ったあと、同じ新聞社に就職しました」

兄に訊けば、新聞配達の実態が分かると付け加えて話を閉じた。

奥野は玉枝に目を向けた。

「あなたはどうして牛乳配達が日本の文化だと思ったのか、もう一度聞かせて」

「はい」

歯切れのいい返事をした玉枝は、その場に立ち上がった。

「わたしの実家は呉で、高校までは呉で過ごしました」

坂の多い町で、玉枝の実家も坂の途中にあった。その坂道を毎朝早く、牛乳配達のおにいさんが上ってきた。

部活の朝練に出る玉枝と坂道で出会ったときは、おにいさんに声をかけられた。

「ビンをきれいにしてくれて、ありがとう」

行ってらっしゃいと、威勢のいい声をくれた。

「あの声に背中を押されて、わたしは朝練に向かいました」

配達員は小分けした牛乳ビンを帆布のバッグに詰めて坂道を上ってきていた。

「母は空きビンを返すとき、いつも洗っていました。わたしは無駄なことせんねと、母に言ったことがあります」

洗って返したところで、どうせまた洗い直されるに決まっている。そんなことは無駄だと、高校生だった玉枝は思った。いまは違っていた。洗い直されると分かっていても、母はそのままでは返せなかった。配達のおにいさんもそれを承知のうえで、母のしたことに礼を言ってくれたのだ。

「これこそ、互いに相手を思いやる日本人の気遣い、文化です」

ひと呼吸をおいて、さらに話を続けた。

「うちでは牛乳を買っているとはいわず、とっていると……牛乳をとっていると言ってました」

「わたしの家でも、そう言いました」

ライダースーツを着たままの香が、玉枝の話に相づちを打った。

「わたしはこのこともまた、日本の文化だと思っています」

牛乳宅配は毎月の後払いである。

配達する者は、代金は払ってもらえると信じて後払いで牛乳を届けている。

配達を受ける者は、届けられる牛乳は安全な品だと信頼している。ゆえに保冷ボックスから取り出した牛乳や乳製品に安心して口をつける。

「お互いが信頼しあっているからこそ、纏ミルクさんに緊急時の連絡先まで、顧客は明かしているのだと思います」

話に区切りをつけたところで、玉枝は牛乳ビンを手に持った。真新しい1本である。

全員が見詰めている目を意識して封を切り、キャップを外した。まだ冷たさが残っており、ビンには露がついていた。口にあてた玉枝はゴクン、ゴクンと喉を鳴らし、ただ一度の息継ぎで1本を飲み干した。

「お見事！」

野木の物言いには感嘆符がついていた。

「おれは玉枝ちゃんのプレゼンに1票いれる」

「おれも1票だ」

「わたし、何票でもいれます」

みきの言ったことに爆笑が起きた。

それを鎮めたのは奥野だった。

「わたしも玉枝さんの案には賛成だけど、ふたつ大きな問題があると思います」

奥野に示されて、玉枝は腰を下ろした。

「ひとつはこの話を、纏ミルクさんが受けてくれるかどうかという点です」

纏ミルクの人助けを耳にしたことから、会議室での玉枝のプレゼンが始まっていた。

すべては救助された年配の女性と、牛乳販売店の意向次第である。玉枝はまだ救助された女性の正確な名前すら、纏ミルクの店長から聞かされてはいなかった。

「総額800万ドルのキャンペーンです。単なる人命救助のエピソードだけでは、クライアントを満足させるのは無理でしょう」

奥野はランチを楽しみながらも、ポイントをメモ書きしていた。

「PR映像をメディアに流すには、精一杯長くても180秒が尺（長さ）の限界です」

それ以上の長いものを制作しても、ひとは集中して見てはくれない。

JCAも納得しないだろう。

ADやプランナーの全員が、奥野の意見に賛意を示した。

「とはいえ180秒の長さを満たす映像制作のためには、奥の奥まで深く掘り下げなければなりません」

助けられた女性や纏ミルクのみならず、宅配事業を推進しているメーカーにも取材が必要となるだろう。

「もしかしたら牛乳のもとになる酪農農家にも取材が必要になるかもしれません」

食の安全に対しては、全世界が強い関心を抱いている昨今である。

「安全な牛乳を配達するのは纏ミルクさんのような販売店さんでしょうが、それを作るメーカーこそ、安全神話を成り立たせる源です」

安全な牛乳を製造する過程を掘り下げるには、もとのミルクを納める酪農農家にまで取材範囲を広げることが欠かせないと、奥野は考えていた。

「大きな裾野が広がっていますが、それらの先々ときわめて限られた時間のうちに、交渉しなければなりません」

玉枝もみきも、息継ぎを惜しんで奥野の指摘に聞き入っていた。

「問題のふたつ目は、聡美さんが指摘したことです。確かに新聞配達も個別配達をしていますし、これは玉枝さんが言ったことですが、新聞も後払いです」

そしてやはり買うとは言わず、新聞をとると言うと告げた。

会議室にざわめきが生じた。だれもが奥野の指摘に思い当たったからだろう。

軽い咳払いで、奥野はざわめきを静めた。

「わたしはあえて問題点がふたつだと言いましたが、玉枝さんの発案は、まさに日本人の心を言い当てています」

時間がもったいないから、やる・やらないの無駄な議論はしませんと、奥野は断言した。

「わたしはこのプロジェクトに賭けます。経営者としての勘が、これを進めろと強くわたしの背中を押しています」

奥野は玉枝と聡美を立ち上がらせた。

「牛乳と新聞。この2本柱で企画を推進してください。180秒の尺で2本を制作します」

直ちに関係各所に働きかけて、可能性を検証すること。

牛乳班と新聞班は綿密に連絡を取り合い、情報を共有すること。

エセックス国際法律事務所へのプレゼンが完了する15日までは、すべての機能を本件2案のプランニングに集中すること。

「異議は一切認めません。既存クライアントへの事情説明や詫びなどは、わたしが矢面に立って行います」

今年5月で68の奥野玲子が宣言した。

身長155センチ。髪型のショートカットは、芸大美術学部時代から変わっていない。

奥野の話が終わるなり、全員が足取りを速めて会議室を出た。

入れ替わりに入室してきたデザイナー3名が、会議室の片付けを始めていた。

＊

部屋に戻った奥野は、神棚下の椅子に座った。

グラフィック・デザインでも映像でも、奥野が手がけた制作は常に時代をリードしてきた。おかっぱ髪の可愛らしさに惑わされるな。競合相手は、ショートカット・ヘアと企画勝負することを、いまでも本気で恐れていた。奥野が現役ＡＤだったときは、汲めども尽きぬアイデアとその秀逸さに誰もが舌を巻いた。

しかし競合相手が本気で奥野に畏(おそ)れを抱き始めたのは、経営者専従になってからだった。

この勝負をものにする。

奥野がそう決めたときは、会社を挙げて取り組んだ。そして勝利を手にした。

ただ一度だけの失敗が、昨年のエセックス国際法律事務所の年賀状だった。真っ向勝負で臨んできた奥野は、裏工作で制作が競合相手に横取りされるなど、考えたこともなかった。

今回は絶対に取る。

カツサンドと牛乳のランチを摂りながら、奥野はそれを決意した。

新道聡美が新聞も宅配だと話し始めたとき、奥野はこれで勝てると確信を深めた。

芸大図案科の同級生に小柳誠一（こやなぎせいいち）がいた。

渋谷区生まれの小柳は、高校時代に新聞配達をしていた。

１９６１年には、渋谷区のど真ん中にアメリカがあった。米空軍将校の住宅、ワシントンハイツである。小柳はハイツのなかで英字新聞の配達をしていた。

「アメリカ人の配達ボーイは、丸めた新聞を玄関に向けて放り投げるんだ」

狙いが外れて玄関まで届かなくても、ボーイは知らぬ顔である。それが米国流儀の新聞配達だったからだ。小柳は一軒ずつ、玄関ドアの隙間から新聞を差し入れた。雨のときは濡れぬように、高い隙間から玄関の内に落とした。

「大喜びした将校から、アメリカ製品を毎月プレゼントされたよ」

話してくれた小柳は去年の夏、心筋梗塞に襲われて急逝した。企画を通せば小柳も喜ぶと、彼の声を思い出していた。

牛乳と新聞の宅配は、まさに世界に誇り得る日本らしい文化……立ち上がった奥野は、神棚に深く一礼した。

奥野は縁起担ぎである。いまの場所に会社を構えたのも、水天宮に近かったからだ。この勝負はかならず勝ち取る。

椅子に座った奥野が、あらためて胸の内でつぶやいていたとき。

「失礼します」

玉枝がノックした。

「お入りなさい」

ドアが開き、玉枝とみきが入ってきた。

「いまから纏ミルクさんを訪問します」

22本の牛乳の買い出しのとき、玉枝は電話番号を教わっていた。店長は店にいるとのことだった。デスクの引き出しから鑽り火道具を取り出した奥野は、玉枝とみきをドア前に立たせた。

チャキッ、チャキッ。

験のいい音を立てて、鑽り火が飛び散った。

「あなたたちが行けば大丈夫！」

澄んだ声で奥野はふたりを送り出した。

24

真理子は、午後1時前に浜町店に立ち寄った。

慎太郎とあかねは、キッチンで昼食後のコーヒーを楽しんでいた。

「亮介はどこ？」

真理子に問われたあかねは事務所を指差した。

「大事なお客様が、もうすぐお見えになるの」

あかねは声も表情もほころんでいた。

「どなたなの、大事なお客様って」

湯川さんにかかわりのある方かと、真理子は娘に問うた。

あかねは大きく左右に首を振った。

慎太郎も意味ありげな笑みを浮かべている。事務所からは、大慌てで片付けている物音が聞こえていた。大して広くはない事務所だし、片付けるといってもたかが知れている。

それなのに、物音は大きく響いていた。

「どちらさまがお見えになるの？」

空いている椅子に座った真理子は、娘に答えをせっついた。

「毎朝ここで牛乳を飲んでくださる、とっても素敵なひと」

毎朝7時45分ごろに店に立ち寄る女性が、亮介に話があっていまから来店するという。

「とっても美味しそうに1本を飲んだあとは、蠣殻町のほうに向かってずんずんと歩いて行くんだけど、そのひとが今日のお昼過ぎに、牛乳を22本も買いにお見えになったの」

「22本を、おひとりで?」

驚き声で真理子が問いかけたとき、慎太郎が声を挟んだ。

「バイクで来店されたんだよ」

還暦を過ぎたいまでも、慎太郎はバイク乗りである。後部座席には真理子が座り、タンデム(ふたり乗り)のツーリングも楽しんでいた。

「そのひとがバイクで?」

「そうじゃない」

慎太郎は胸元で大きく手を振った。

「タンデムで見えた」

ライダーの女性も、毎日立ち寄ってくれるその彼女も、見とれてしまうほどに素敵だったと、印象を真理子に伝えた。

亮介、あかねと慎太郎が22本の牛乳をバイクのサイドケースまで運んだ。

慎太郎とライダーの女性とは、立ち去るまでバイク談義を続けていた。

「そのひと、実川さんとおっしゃる方なんだけど、これから来店されるそうなの」

人形町の広告制作会社に勤務する者だと、玉枝は電話で亮介に素性を明かしていた。

「広告会社のかたが、どうしていまからお見えになるのかしら？」

真理子が感じた疑問は当然である。

が、玉枝は詳細は会ってから話すと伝えていたようだ。

あかねはほころんだ顔で話を続けた。

「6日の御用始めの朝から、実川さんは毎朝お店に立ち寄ってくださるのよ」

去年から朝の立ち寄りは続いていると、あかねは言い足した。

「あのひとだったら、おにいちゃんが気にするのも当然だと思う」

22本の牛乳を慎太郎とバイクに運んだとき、玉枝はふたりを気遣った。

「急な注文でご迷惑をかけますって、たくさん買ってくださるのに本気でお詫びを言われたの」

その振る舞いと詫びる声には、あかねも強く惹かれたらしい。

「どんなご用があるのかは分からないけど、おにいちゃん、大好きなコロッケパンも食べ残して事務所を片付けているんだから」

あかねはテーブルに目を落とした。

大きなコッペパンには、丸ごとのコロッケ2個が挟まれている。1本では足りない顔をすることもある亮介だったのに、電話を受けたあとは半分も食べ残していた。

「実川さんにお会いしたいわね」

真理子の物言いには気持ちがこもっていた。

あかねは強くうなずいてから母親を見た。

「わたしもそう思うけど……」

テーブルに載せた両手を組み合わせた。

「広告会社のひとが、おにいちゃんにどんな話があるのかなあ」

あかねは思案顔になっていた。

「様子が分かるまで、おれたちもここに残ることにするか？」

慎太郎を見る真理子の顔がほころんでいた。

25

鑽り火を浴びた玉枝とみきが会社を出たとき、新道聡美は兄と電話で話していた。

玉枝の提案で動き出した企画の概要を、聡美は兄に話した。朝夕刊宅配の現状を、兄から教えてもらうためだ。電話することの承認は奥野から得ていた。

「実川さんというＡＤの発案も、おまえの考えも、どちらも素晴らしい」

電話口の兄は昂ぶった声で妹に応じていた。

「まさしく牛乳と新聞は、ひとの手で毎日個人宅に配達されている。実川さんが指摘した通り、これらふたつは日本らしい文化だ」

「たけちゃんがそんな声で話すのを、わたし、いま初めて聞いたわ」

兄・武則の予想外の好反応に、聡美は驚き声で答えた。

「おれはいま販売局にいるんだ」

武則は昂ぶった調子のまま、話を続けた。

「宅配は新聞の生命線そのものだ。この制度を堅持するために、全国の新聞各社は毎日汗を流している」

一般社団法人日本新聞協会が毎年選考・発表している『地域貢献大賞』の概要を、武則は聡美に聞かせた。

先を急ぐ話し方は早口なため、聡美は何度も聞き返した。

「新聞各社の販売店さんと、顧客である宅配先とのつながりを密にするために、さまざまな活動を行っている」

武則が例を挙げたなかには、配達先の安否を気遣う日々の活動も含まれていた。

「新聞受けに朝刊夕刊が何部も溜まっていたときは、大丈夫なのかと声をかけたりもしている」

兄から聞かされた話は、つい先刻、玉枝が発表した牛乳配達の一件と同じ内容だった。

「詳しいことを聞かせてもらうとしたら、どこに行けばいいの？」

考えてもみなかった話を聞かされて、聡美もすっかり気を昂ぶらせていた。

「日比谷の日本プレスセンタービルに、日本新聞協会が入っている」

おまえが出向くなら、おれから担当部署に電話をいれておくと武則は告げた。

「いまから日比谷に出向きます」

電話を切るなり、聡美は身支度を調え始めていた。

＊

玉枝・みきが浜町店に着いたのは、午後1時15分ごろだった。2脚のパイプ椅子が、来客ふたりのため事務所に用意されていた。

人影が地べたに描かれるほどの晴天だが、外光の差し込まない事務所は凍えている。キッチンで使われている電気ストーブが、事務所に運び入れられていた。

「こんな狭い場所でごめんなさい」

来客に茶を供しながら、あかねが詫びた。

「こちらこそ、勝手に押しかけてきて申しわけございません」

椅子から立ち上がった玉枝とみきは、あかねにあたまを下げた。

「地元のもので申しわけありませんが、なにしろ急ぎでお邪魔させていただきましたので」

みきは人形焼きの手土産を差し出した。

「兄の大好物です」

正味の声で喜んだあかねは、すぐさま支度を済ませて戻ってきた。

「お持たせでごめんなさい。なにしろ兄は、人形焼きに目がないものですから」

陶磁器の菓子皿に移された人形焼きを、兄と客に差し出した。

妹が告げた通り、亮介はいまでもこの菓子が大好きである。

「遠慮なしにいただきます」

先に頬張り、来客にも勧めた。

「じつはわたしも大好きなんです」

声を弾ませたみきは、玉枝よりも先に人形焼きを口にした。

「祖母はこれが大好きなんです」

足が達者だったころは、人形焼きを買いたくて水天宮への参詣を続けていた。

奥野デザインセンターに就職したことをだれよりも喜んだのは、いまも同居しているみきの祖母だった。人形焼きの町に、孫娘の勧める会社があったからだ。

「大事にしてあげてください」

手土産がきっかけとなり、3人の隔たりが大きく詰まることになった。

菓子皿から人形焼きが消えたところで、玉枝が用向きを切り出した。

「お客様先に、エセックス国際法律事務所さんという会社があります」

社名を聞いた亮介の表情が大きく動いた。

「エセックスさんをご存じなのですか？」

「たぶん知っていると思います、そんなにある社名ではないはずですから」

茶を飲み干した亮介は、妹を呼び寄せた。

急ぎ事務所に入ってきたあかねは、カラになった兄の湯呑みを見た。

「お代わりですか？」

「お茶もほしいけど、おまえ、光太郎（こうたろう）さんが勤めている会社名を覚えているか？」

「覚えているけど、どうして？」

妹の問いには答えず、亮介は会社名を言ってくれと促した。

「汐留のエセックス国際法律事務所さんです」

玉枝とみきに断りを言ってから、あかねはキャビネットを開いた。そして今年浜町店が受け取った年賀状の束を取り出した。

何葉も繰らないうちに、目当ての年賀状が出てきた。

「これがそうでしょう？」

あかねが兄に渡した年賀状を見て、今度は玉枝とみきの目が見開かれた。

どうして驚き顔になっているのか、事情の分からない亮介である。菓子皿を脇にどけて、年賀状を置いた。

「実川さんが言われたのは、この会社のことではないですか？」

玉枝はうなずき、みきは口に溜まった固唾を呑み込んだ。

「こども時分、小名木川の河岸でよく遊んでもらった飯島光太郎さんが、エセックス国際法律事務所に勤めているんです」

いまでも3年に一度の富岡八幡宮本祭りは、一緒に見物に行っている。年賀状のやり取りも続いていると明かしてから。

「実川さんはいま、エセックス国際法律事務所がお客様だと言われましたよね？」

「申し上げました」

玉枝は気を落ち着けようとして、いつも以上にアルトの声音を低くして答えた。

「法律事務所が実川さんの会社に、デザイン制作を頼んだりするんですか？」

広告業界とは縁のない亮介である。問いかけたことは至極当然のものだった。

「直接にデザイン制作のご注文をいただくのは、それほど多くはありません」

外国の企業や組織からの広告制作依頼などを、エセックス国際法律事務所が仲介してくれるのだと亮介に聞かせた。

「それならぼくにも分かります」

得心顔を見せた亮介だったが。

「今日こちらにおうかがいしたのも、エセックス国際法律事務所の飯島さんが窓口となる案件についてなんです」

「ええっ！」

亮介の声に驚いたらしい。急須を載せた盆を抱え持ったあかねは、断りも言わずに事務所に入ってきた。

「ぼくが光太郎さんと幼なじみだったことは、実川さんはご存じないですよね？」

「わたしも植木も、心底驚いています」

みきはまだ見開いたままの目で、亮介を見詰めていた。

玉枝は茶で口を湿し、気持ちを落ち着けてから用向きに戻った。

「わたくしどもの提案を、最初に審査してくださるのが飯島さんたちエセックス国際法律事務所の方々です」

東京の審査をパスした企画がニューヨークに送られると、玉枝は続けた。

「わたしも兄と一緒に、実川さんのお話をおうかがいしてもいいですか？」

あかねは亮介の脇に立ったまま話に加わった。

「もちろんです。ぜひそうなすってください」

あかねの同席を玉枝は本気で願っていた。

キッチンの椅子一脚を兄の脇に置き、あかねはそこに座した。

「日本ならではの文化を全米に伝えたいというＪＣＡからの依頼を、エセックス国際法律事務所さんから聞かされました」

この依頼がきっかけで、纏ミルクを訪れることになった。玉枝はＪＣＡの説明から始めた。

「北米市場でビジネス展開する日本企業が、資金を拠出しあって運営している広報組織です。ニューヨークに本部があります」

ＪＣＡに関する一通りの説明を玉枝が終えたとき、亮介が口を挟んだ。

「日本ならではの文化と纏ミルクとが、なにか関係があるんですか？」

玉枝が目の前にいることで、いつになく勢い込んだらしい。話の途中で割って入った兄に、あかねは諌（いさ）めるような目を向けた。

ふうっ。

妹の目を察したのか、亮介は深呼吸して気持ちを落ち着かせた。

「まだ話の途中なのに口を挟んでしまって、ごめんなさい」

亮介は気持ちを込めて、不作法を詫びた。

「纏さんに謝っていただくなんて、とんでもないことです」

玉枝の目は亮介を見詰めていた。

「纏さんにかかわる用件がなにかを、先にご説明すべきでした。お詫びするのはわたくしどもです」

椅子を引いて座り直してから、今回の企画で纏ミルクがどうかかわるのかを話し始めた。

「昨日の朝のあの顚末を」

玉枝が指示語のような表現をしたら、亮介とあかねが同時に息を吸い込んだ。

「纏さんがなさった人助けのあらましを、文鳥堂さんから聞かせていただきました」

玉枝がここまで口にしたとき、事務所の内でチャイムが鳴り響いた。ドア脇に取り付けられたインターホンが押されたのだ。

「ごめんなさい」

玉枝に断り、あかねはインターホン応答用の受話器を取った。

「あっ……田代さん」

あかねは驚いたような声を出したあと、解錠ボタンを押した。外から出入りする事務所ドアは、電子ロックで施錠されていた。

午後1時を大きく過ぎており、いつもなら田代が顔を出すような時刻ではなかった。入ってきた田代も、表情が変わった。

事務所に来客ありとは、思ってもいなかったのだろう。しかも纏ミルクでは見かけることのない、若い女性がふたりもいたのだ。

「お話し中に邪魔をして、失礼しました」

詫びた田代が玉枝を見た。田代はひとの顔を覚えるのが得意だ。

昨日朝、蠣殻町で玉枝と出会っていた田代である。毎朝店先で牛乳を飲んでくれる玉枝に、亮介が気持ちを寄せていることも知っていた。

その玉枝が事務所にいたのだ。理由が分からぬ田代は、あとの口を閉じた。

玉枝も田代には見覚えがあった。

昨日の朝と同じハンチングを、土間に立っている田代はかぶっていたからだ。

椅子に座したまま、玉枝は軽く会釈をした。田代はハンチングを取り、玉枝に応えた。立ち上がった亮介が口を開いた。

「どうかされましたか？」

「様子を聞かせてもらおうと思って立ち寄ったんだが、出直そう」

来客を気遣い、田代は主語を省いた物言いをした。ドアノブに手をかけようとした田代を、あかねが呼び止めた。

「母がキッチンにいますから、ここから上がってください」

強く言われた田代は靴を脱ぎ、あかねのあとに従ってキッチンに向かった。

ストーブの調整をしてから、亮介は椅子に座り直した。

玉枝もみきも、きれいに背筋が伸びていた。

26

「そんな凄い企画に取り上げていただけるとは、本当に身に余る光栄です」

玉枝の説明を聞き終えた亮介は、よそ行きの物言いで返事をした。口で言うだけではなく、本気で身に余る光栄だと感じていた。

一緒に話を聞いたあかねも、兄とまったく同じ思いを抱いているのだろう。上気して、頰のあたりが淡い朱に染まっていた。

「お引き受けいただけますか？」

「もちろんです！」

亮介はなんら迷わずに承知したあと、言葉を続けた。

「嬉しくて、つい大声で応えましたが、あくまでもぼく個人の返事です。この話を進めるにはいろんな方の了承をいただく必要があります」

亮介の表情が引き締まっていた。

みきはクリップボードに挟んだ大型メモパッドと、６色のサインペンが詰まったペンケースを膝に置いた。

「なにより最初に必要なのは、いま入院中の湯川さんのご了承をいただくことです」

工藤医院に入院するまでの顚末は、プライバシーにかかわる重要事項だ。

企画が採用されたあとは、全米に放送されることになる。

「これは素晴らしい企画です」

言葉を重ねて企画を褒めつつ、亮介は考えを話した。

「しかし湯川さんの身に生じた一件を取材撮影し、放送することを承知されるかどうかは、ぼくには分かりません」

まず、湯川の承諾を得ることからだとの言い分に、玉枝もみきも納得して聞いていた。

「日本ならではの文化として牛乳宅配を取り上げてくれるなら、纏ミルクはなんでも対応します」

お客様に安心して飲んでいただけるよう、細部にまで気を使っている。

「たとえば真冬のいまでもお届け先の保冷ボックスには、牛乳と一緒に保冷剤を収めます」

おいしく飲んでいただける適温を保つ配慮です……亮介が説明している間に、あかねは保冷ボックスと保冷剤の現物を運んできた。

みきはサインペンでスケッチを始めた。

「宅配のことならどんな協力もできますが、纏ミルクだけでは不十分です」

亮介の口調が変わった。玉枝は膝に手を重ねて亮介を見ている。

スケッチ途中のみきは、手を止めて亮介に目を向けた。

「宅配する牛乳を製造している明慈さんにも話を通せば、よりスケールの大きな企画を進めるためのご協力をいただけます」

玉枝とみきは、同時に深くうなずいた。

「タイミングよく、うちの社長がここにいます」

この場に呼んでもいいかと玉枝に訊ねた。

「願ってもないことです」

時間の制約のなかで企画を固めなければならない玉枝たちである。亮介の申し出はありがたかった。

「母も田代さんもいます。どうせなら、みんなで話しませんか？」

あかねが口にした提案も、玉枝たちには願ってもないことだった。

＊

「あなた方が進めるこの企画なら、きっと通ります」

玉枝の説明を聞き終えたとき、慎太郎はきっぱりと言い切った。

玉枝の目は嬉しさゆえか、輝いて見えた。

「明慈さんへは、わたしが責任を持って話を通します」

慎太郎が請け合ったのを聞いて、真理子はキッチンに向かった。明慈の担当部署に電話をかけるためである。

限られた時間を無駄遣いしないために、だれもがてきぱきと動いていた。

電話はすぐにつながり、真理子は慎太郎を呼んだ。

中座を断った慎太郎は、急ぎ足でキッチンに向かった。戻ってきたときは、電話機の子機を手にしていた。

「今日の16時以降なら、明慈さんは時間がとれるそうですが、あなた方は？」

「16時にうかがいます」

玉枝は手帳も見ずに返事をした。

すべてに優先してこの企画に取り組むという、姿勢のあらわれだった。

電話を切った慎太郎は、明慈本社の所在地を玉枝に告げた。浜町店からは、道さえ空いていればタクシーを使って20分で行けそうだった。

「素早いお手配をいただけて大助かりです。重ねまして御礼申し上げます」

玉枝は身体を小さくして礼を言った。

さほど広くない事務所に、パイプ椅子だのキッチンの椅子だのが6脚。それに加えて、亮介が座っている肘掛け椅子がある。全員が両膝を合わせて窮屈そうに座っていた。が、事務所は快適そうな気配に満ちていた。

この場にいる全員が、玉枝の企画に賛同の思いを抱いていたからだ。

「いま別のチームが、新聞配達のことを調べています」

「そうか！」

慎太郎が膝を叩いた。

「確かに新聞も牛乳と同じように、毎日お客様の戸口まで配達している」

遠い昔、慎太郎は家業を手伝って牛乳配達をしていた。配達区域は小伝馬町、馬喰(ばくろ)町(ちょう)などの住宅300軒である。

昭和30年代後半の小伝馬町周辺では、多くの個人住宅が塀や生け垣を連ねていた。

毎朝同じ場所で行き合う新聞配達のにいさんと、中３の慎太郎は親しくなった。

「新聞配達のにいさんと夜明けの町で、何度も物々交換をしたもんです」

玉枝が口にしたことがきっかけで、慎太郎は過ぎた昔を思い出したようだ。

真理子と慎太郎は、小伝馬町の同じ小学校に通った同級生である。昔話を始めた慎太郎に、真理子は慈しむかのような眼差しを向けていた。

時間がないのよ……あかねは目でそれを、父親に訴えた。

思い出話を打ち切った慎太郎は、ひとつの提案をした。

「牛乳配達は三者が互いに協力し、自分たちの責務を果たすことで成り立っています」

乳牛から牛乳を採取する酪農家。

集められた牛乳を製品化する乳業メーカー。

製品を顧客に配達する販売店。

この三者があって成り立っていると、慎太郎は用紙に図を描いて説明した。

「日本ならではの文化を紹介してくださるなら、三者を漏れなく扱ってください」

明慈の担当部署と話すとき、このことを忘れずにと玉枝に助言した。

「ありがとうございます」

椅子から立ち上がった玉枝は、田代にも深い辞儀で礼の気持ちを示した。

湯川かおるさえ承知してくれるなら、登場人物のひとりとなることを了解したからだ。自分の出演を承知したのみならず、湯川に働きかけることも田代は引き受けていた。牛乳チームの動きが本格スタートした。

27

新聞班のプランナー新道聡美は、日比谷公園のベンチに腰を下ろしていた。面談に出向く日本プレスセンタービルまでは、ゆっくり歩いても10分もかからず行ける距離だ。急な申し入れにもかかわらず、日本新聞協会の担当者は時間を割いてくれることになった。

「15時40分以降なら身体が空いていますから」

兄の口添えも功を奏しただろうが、『地域貢献大賞』のあらましを訊きたいという申し出を、喜んだがゆえに得られた急なアポイントだった。

「新聞販売店のひとたちも、浜町の牛乳販売店さんと同じようなことを全国で展開している」

纏ミルク浜町店の一件を聞かされたあとで、兄は聡美にこれを告げた。

「新聞配達先に対して販売店ができる貢献とはなにかを考え、日常的にさまざまな活動をしている」

全国各地の貢献活動を取りまとめ、一年に一度、地域貢献大賞として顕彰している。

「その組織が日本新聞協会で、日比谷にある」と、聡美に教えた。

「ありがとう」

「新聞配達も日本の文化として紹介してもらえるなら、新聞各社も協会も大いに助かる」

弾んだ兄の声に背中を押されて、聡美は日比谷公園まで出向いてきた。

約束の時刻にはまだ30分以上の間があった。

終日日陰となる樹木の根元には、まだ雪が残っていた。日向の雪は跡形もなく解けており、まばらな残雪が景観のあしらいとなっている。

眺めに惹かれた聡美は、ベンチに腰を下ろしていた。

公園の空気は凍えているが、日向のベンチは暖かである。西空に移り始めた陽光は、どこか頼りない。そんな陽をコートに浴びながら、雪の残った景色に見入った。

日向と日陰が聡美の目の前で同居している。光に照らされた地べたは乾いているが、日陰の草には雪がかぶさったままだ。

やがては解けるにしても時間がかかる。

公園に憩うひとたちが、雪などすっかり忘れているころになっても、あの雪はまだ残っているに違いない。

いつかは草木の渇きを癒やすために、解けて水に返る日陰の雪……。

陽の当たるベンチに座して、西空から降り注ぐ淡い温もりを聡美は肌に感じていた。

企画会議で玉枝が発表した、牛乳宅配を日本ならではの文化として紹介するというアイデア。

いかに自分がものを知らなかったかを、ベンチに座して痛感した。

聡美がいま暮らしているのは、勝鬨橋近くの賃貸マンションである。独身ゆえに仕事が生活の中心に座っていた。大きな企画が複数同時に進行しているときは、日付が変わった深夜のタクシー帰宅もめずらしくなかった。たとえ午前2時に帰宅しても、翌朝は9時半前には出社した。だれもがそれを当然として働いていたからだ。

撮影の立ち会いで出張も数多い。不規則な暮らしのため、牛乳も新聞もとってはいなかった。

新聞は出社すれば全国紙もスポーツ紙も読むことができた。

牛乳を飲みたければコンビニで購入できた。

まだ解けずに残っている雪を、いま目の当たりにするまで、どちらの宅配をも受けようとは思わずにきていた。牛乳も新聞も、都内に降った雪のなか宅配を続けていた……。舞う雪をいとわずに配達している姿を、聡美は思い浮かべた。

しかも、ただ配達するだけではない。

玉枝が企画を思いつくきっかけとなったように、顧客の様子を気にしながら配達を続けているのだ。木の根元で固くなっている雪のように、終日陽の当たらない路地や北向きの塀ぎわなどには、まだまだ雪が残っていた。

1月の都内は午前6時を過ぎても暗い。

凍って滑りやすい足下を気遣いつつ、明日の夜明け前には牛乳も新聞も宅配されるだろう。顧客の信頼を裏切らぬよう、雪の日も暴風が吹き荒れる朝でも、配達は続けられている。

今の今まで、配達するひとの尊さを考えたことなど、一度もなかった。

玉枝の着想は、日本人ならではの文化を紹介せよという命題に、見事に応えている。

ただモノを配るだけではない。宅配する牛乳や新聞に気持ちを込めて、顧客の安泰を願いながら届けているに違いない。これぞ日本らしさだと、いまは聡美にも確信が抱けた。

座っていたわずかの間に、陽は西へと移っている。公園に落ちている影が大きくなっていた。

立ち上がった聡美は、プレスセンタービルを目指して歩き始めた。

舞い降りていた鳩たちが、羽音を立てて飛び上がった。

28

湯川かおるの車椅子を田代が押していた。赤胴に車椅子が入るなり、ボーーーンと重厚な音が時を告げ始めた。先代マスターが購入したグランドファザー・クロックが、午後4時を告げようとしていた。背の高さが2メートルもある大型時計である。響きのいい音を聞きながら、田代は車椅子をテーブル前に止めた。

「いらっしゃい」

マスターはかおるに声をかけた。すでにかおるは赤胴の馴染み客なのだろう。

正面に座った田代は、卓上メニューを手に取った。なかほどまで見たとき、目元がゆるんだ。

「ミルクコーヒーとは、なつかしい名前です」

「田代さんにもなつかしいんですね？」

かおるの両目も三日月になっていた。

「こども時分、親父に連れて行ってもらった映画館で飲んだ、瓶入りの美味さに夢中になったもんです」

田代は迷うことなくミルクコーヒーを注文した。きっぱりとした頼み方に好感を抱いたのかもしれない。

「わたしも同じものをお願いします」

かおるのオーダーを聞いて、マスターは笑顔でうなずいた。

「近頃はカフェ・ラテだの何だのと、面倒な名前をつけているようですが」

田代が言い始めるなり、かおるは何度もうなずいた。

「ミルクコーヒーと呼んでこそ、あの味が口のなかに広がります」

「本当にその通りです」

かおるの答え方も田代に劣らずきっぱりとしている。田代の目がかおるに向けられた。

「遠い昔ですが、主人と一緒にニューヨーク駐在員を務めたことがあるんです」

かおるは唐突に夫が商社勤務時代の思い出を話し始めた。近親者以外にかおるがこんな話をするのは、田代が初めてだった。蠣殻町の町会とは長い付き合いだが、代々の町会長にもニューヨーク時代の話を聞かせたことはなかった。

「夫がニューヨーク勤務の辞令をいただいたのは１９７１（昭和46）年の5月でした」

なぜ昔話をする気になったのか、田代には理由が分からなかった。が、口を挟むことはせず、かおるが語るに任せていた。

「うちのひとは献立には何も文句を言わなかったのですが、ひとつだけ、あの味が恋しいと言い続けていたものがありました」

話している途中で、マスターがふたりの注文の品を運んできた。背の高いグラスの縁まで注がれたミルクコーヒーである。

「お待ちどおさまです」

マスターは金属の把手を摑んでテーブルに置いた。湯気の立つ熱々の飲み物でも、把手を摑めば手に持つことができた。

強い湯気とともに、甘い香りが立ち上っている。かおるが先にグラスを持った。

「夫が恋しがったのが、このミルクコーヒーだったんです」

豪州で横死して16年になろうという湯川誠次（せいじ）を、いまもかおるは忘れてはいない。亡き夫と一緒に味わうかのように、湯気の立つ飲料に口をつけた。

没して久しい夫をいまも慕っているかおるに、田代は強く心を打たれたようだ。言葉は口にしないまま、かおるに付き従うかのようにミルクコーヒーに口をつけた。

その瞬間、田代は顔色を大きく動かした。

カウンターの内に戻ったマスターのほうに、身体ごと振り返った。

「このミルクコーヒー、明慈の牛乳を使っていませんか？」

「その通りです」

言い当てられたマスターが驚き声を漏らした。

「浜町の纏ミルクさんから、毎日配達してもらっています」

「ええっ！」

今度は田代が驚く番だった。かおるには明慈の牛乳だと分かっていた。

育子と3人で赤胴に入ったとき、真理子からその話を聞かされていたからだ。

が、かおるもミルクコーヒーを注文したのは、いまが初めてだった。

赤胴に牛乳を配達しているのは亮介である。

ほぼ毎回、亮介と朝の茶を共にしている田代だが、赤胴に牛乳を配達していることは知らなかった。

それも道理で、田代は今日まで純喫茶赤胴の存在をも知らなかったのだ。

「わたしも浜町店で牛乳配達をしています」

田代が素性を明かしたことで、マスターは牛乳を言い当てられたことに得心したようだ。

いまどき東京ではめずらしい純喫茶。その店で味わう、温かくて美味しい飲料。その飲み物に接したことで、思いがけずもかおるが自ら遠い昔の話を語り始めたのだ。訪れた用向きの切り出しをしばし控えた田代は、かおるの話に付き合おうと決めていた。

「それで湯川さん、ご主人はニューヨークでミルクコーヒーを飲めたのですか？」

「はい」

明瞭な返事のあと、かおるはまたニューヨークの話に戻った。

「あのころの日本人駐在員は、いまとは比較にならないほど少なかったんです。お醤油が買えたのはマンハッタン59丁目のカタギリというお店だけでした」

フラッシングというエリアに、当時の日本人駐在員は多数暮らしていた。7番の地下鉄を使い、途中の駅で乗り換えながら59丁目のカタギリに向かった……かおるは手に持った飲み物に口をつけた。

「カタギリさんは明治時代からマンハッタンでお店を続けておいででした。買い物は週末ごとに主人と一緒に出向きましたから、あるとき主人がカタギリの店員さんにお尋ねしたんです」

ミルクコーヒーの飲める場所はマンハッタンにないだろうかと、湯川誠次は問うた。

誠次と同年代だった店員は、得たりとばかりに顔をほころばせた。

「ここで飲めます」

どのような甘さがお好みですかと問われた誠次は、嬉しさと驚きとで気が昂ぶっていた。店員を見詰めたまま、すぐには返事ができなかった。

「1974年に帰国辞令を受け取るまでの3年間、主人はカタギリさんでこれを」

把手を持ち、かおるはグラスを掲げた。

「週末の買い出しのたびに飲んでいました」

話に区切りがついたのだろう。ほどよく冷めていたものを、かおるはゴクン、ゴクンと続けて飲んだ。

「湯川さんのアメリカ駐在は、ニューヨークの3年だけでしたか?」

「サンフランシスコにも3年と少し駐在しました」

長女はニューヨークで生まれ、長男は帰国後に東京で生まれた。2度目の米国駐在となったサンフランシスコには長女も長男も連れて赴任したと、なつかしげな口調で田代に聞かせた。

「アメリカはお好きですか?」

「大好きです」

この返事も、かおるは明瞭だった。

「まだまだ日本人も日本という国も、アメリカのひとには馴染みが薄い時代でしたから」

駐在員の妻たちには、重要な使命が課せられていた。

日本に対する理解を深めてもらうために、駐在員の妻が力を尽くすという使命である。近隣の住人や、取引先の家族との交流を深めるために、ホーム・パーティーを開いた。

「握り鮨を拵えたり、醬油味のステーキを焼いたりもしましたが、あのころは日本食に人気はありませんでした」

かおるのグラスがカラになった。

田代は手に持っていたグラスをテーブルに置き、居住まいを正してかおるを見た。

「じつは今日、ある頼み事を携えてきました」

玉枝から受けた依頼を、細部まで説明した。

田代が話し終えるまで、かおるはひとことも口を挟まなかった。

「この話の依頼主はマンハッタンに本部を置いているＪＣＡという組織です」

日本企業の活動や日本という国の文化などを、全米に広報する組織である……田代は玉枝から受けた説明を、そのままかおるに聞かせた。

「久しぶりに、ＪＣＡというなつかしい名称を聞きました」

かおるは車椅子から身を乗り出した。ＪＣＡを知っていたかおるに、田代は驚いていた。

29

「湯川さんはＪＣＡをご存じなのですか？」

かおるはゆるい動きでうなずいた。

「うちのひともわたしも週末を使って、何カ月もＪＣＡの設立準備を手伝いました」

当時の情景を思い浮かべたのか、かおるは遠い目になって茶をすすった。

＊

「北米でのビジネスを円滑に進めるためには、米国人に日本を知ってもらう必要がある」

１９７２年２月。月に一度開いていた駐在員会合でこう切り出したのは、湯川誠次の上司・ニューヨーク支店長だった。支店会議室に集まった面々は、深くうなずきあった。

１９７０年には大阪で万国博が開催された。米国館にはアポロ12号が持ち帰った『月の石』が展示された。入館まで４時間待ちのこともあったが、炎天下でも人々は長い長い列を作った。

大阪万博には多数の米国人観光客も来日した。高度成長を続ける日本を、目の当たりにして帰国したはずだったのに。

あの時代、米国人の日本に対する理解度は低かった。日本のイメージはと問えば、悲しいことに多くの米国人が「フジヤマ・ゲイシャ」と答えた。大阪万博は大成功裏に閉幕したが、米国人が抱いている日本のイメージは変わっていなかった。

「米国市場を相手にするなら、日本の文化や正しい姿を全米に伝えるのは我々の仕事だ。近代的な工業国家だと認識してもらわなければ、自動車も家電製品も売れるはずがない」

理解促進のための広報機関を立ち上げる。

運営費用は、機関設立に名を連ねる各社が企業規模に応じて負担額を決める。

支店長の発案には、会議室で賛成の声が渦巻いた。直ちに準備活動が手分けして始まった。日本の本社を説得しなければならないし、米国での組織立ち上げ認可も申請が必要だ。

週日は各社スタッフとも膨大な業務と向き合っていた。駐在員数は限られていたが、市場は日本に比べて桁違いに広大だったからだ。

日本の本社が承認していないことに、日常の勤務時間を使うことはできない。

ＪＣＡ設立準備活動は、各社スタッフが週末の休日を当てて動いた。

１９７２年当時の日本企業の土曜日は、半ドン勤務が大半だった。

週休２日制が定着していたニューヨークでは、週末を使って準備を進めることができた。駐在員の妻も夫を支えて手伝った。

１９７２年には育子を授かった。育児をしながら、かおるは誠次を手伝った。

ＪＣＡが設立されたのは１９７４年２月。湯川一家が帰国する10カ月前のことだった。

＊

「主人と同い年で航空会社勤務だった北岡さんは、奥様ともどもグリーンカードを取得されて、いまもニューヨークに暮らしておいでです」

定年後はＪＣＡに再雇用されたと書かれたクリスマスカードを、数年前に受け取ったとかおるは話した。

「田代さんがご一緒してくださるなら、喜んでＪＣＡのお手伝いをさせていただきます」

微笑みを浮かべたかおるは、菓子皿に残っていた板チョコを口にした。

柔らかな甘さが広がったらしい。

田代を見る目元が一段とゆるんでいた。

30

楕円形の重厚な木製テーブルが設置された会議室で、担当者と聡美との面談が始まった。

「毎年一回9月初旬に、この部屋で『地域貢献大賞』の最終選考会が開かれます」

担当者の中畑雄一（なかはたゆういち）が説明を始めた。

「新聞各社の販売店さんは、配達区域の購読者に密着したさまざまな地域貢献活動を展開しておいでです」

中畑は『日本新聞協会地域貢献大賞２０１３年』と表紙に書かれた冊子をテーブルに置いた。

「２０１３年版の冊子を作成した時点では、日本の新聞発行部数は約４７７８万部です。その95%近くに当たる約４５３６万部が毎日、全国の読者宅や会社などに配達されています」

膨大な部数の新聞宅配を支えているのが全国1万８３６７の販売店と、36万８０００人近い従業員です……中畑は資料も見ずに、各種数字を諳（そら）んじた。

「たとえば新聞受けから新聞や郵便物などが溢れ出ている状況が続けば、配達員がそのお宅に声をかけたりもします」

毎日配達していればこそ、新聞受けの様子から配達先の異変を察知したりもできる。

「ひとり暮らしのお客様の様子を気にかけていることも、地域貢献のひとつです」

聡美は話を聞きながら、牛乳宅配と同じだと大書した。

「今日の東京は晴天です。昼休みの日比谷公園では多くのひとがベンチに座って、降り注ぐ陽を浴びていました」

聡美はメモ書きの手を止めて深くうなずいた。ここに来る前に、聡美自身がベンチに座っていたからだ。

「ひとたび雨になれば、今の時季は東京でも氷雨です。指先が凍えてしまい、配達先の新聞受けに新聞を投入するのも大変です」

中畑の物言いには、いまが厳冬期だと実感させる響きがこもっていた。

「わたしが新聞社に入社したときは、新人教育の一環として販売所で新聞配達を体験させられました」

中畑は真冬の1月の研修を願い出ていた。東京都内で体験できるのは、正月明けの1月しかなかった。

「夏でも朝の4時起きはきついのに、真冬のおまえは大変だぞ」

すでに体験を終えた同期入社の何人もから、冬場の厳しさを言われた。

4月の入社から9カ月が過ぎて、やっと中畑の配達体験が始まった。

「わたしは渋谷区富ヶ谷の販売所に、1週間住み込ませてもらいました」

その年の1月は例年にない厳冬で、氷雨と雪にたたられた。

「1週間の研修初日が氷雨、翌日は明け方から雪に変わりました」

ダウンジャケットに厚手の手袋で、中畑は雨天の配達に備えた気でいた。

「午前4時に起きて梱包をほどく手伝いを始めたのですが、凍えた指先は動きが鈍くてカッターナイフが持てず、梱包された紙バンドを切ることができませんでした」

すでに15年前になる体験を、中畑は両手をこすり合わせながら話した。

「配達区域に着いたときは手袋がすっかり氷雨を吸い込んでいて、まったく防寒の役には立ちませんでした」

中畑はフード付きのダウンジャケットを着込んでいた。配達員は厚手のゴム製合羽（かっぱ）だった。

「雪のゲレンデで着ても平気だというダウンでしたが、朝刊配達の終わりごろには雨に濡れたジャケットが重たくて冷たくて……」

中畑は体験初日に、朝刊配達の厳しさを自分の身体で思い知った。

「氷雨の翌日は降りしきる雪のなか、まだ暗い坂道を上り下りする朝刊配達を体験しました」

エアコンが利いて心地よく暖かな会議室にいながら、中畑は当時を思い出しているようだ。何度も手をこすり合わせつつ話を続けた。

「今日の東京はこのあと、きれいな夕焼け空となるでしょうが、東北各県も北海道も吹雪(ふぶ)いています」

一夜の積雪が数十センチ、ときには1メートルを超えるような猛烈な雪のなかでも、新聞社は販売所に新聞を配送している。

販売所では配達員たちが梱包をほどき、雪を蹴散らしながら朝刊配達に向かう。

「読者が朝刊を待っていることを、配達員たちは分かっています。荒天でも配達を休むことはありません」

中畑は居住まいを正して聡美を見た。

「新道さんが電話でおっしゃった通り、新聞宅配と牛乳宅配とは、日本が世界に誇ることができる文化だと確信しています」

配達員がいかに新聞を大事に扱っているか。

配達先の購読者のことを、いかに気遣いつつ宅配を続けているか。

「これらを全米に紹介してくださるなら、可能な限りの協力をさせていただきます」

ぜひともこの企画を通してくださいと、中畑は熱い口調で聡美を励ました。

「企画が採用されたときは、配達現場を撮影させてください」

聡美も熱い口調で頼んだ。

真冬の西日が会議室に差し込んでいた。

31

15日のプラン提出まで、奥野デザインセンターでは連日朝10時から企画会議がセットされていた。日曜日もハッピーマンデーも出勤が決まっており、明日の土曜日だけが休みとなっていた。

せめて一日だけでも身体を休めるようにと、奥野が決めたことである。

その代わり他の日はハードワークが続いた。

始業は午前9時半だが、制作スタッフはどの組も9時過ぎには出社している。玉枝とみきはいつも通り8時半にはデスクに座っていた。

始業時刻より1時間も早いというのに、ふたりは一番乗りではなかった。

格別のことがなければ、築地から通っている奥野玲子が一番である。

奥野も玉枝と同じで、自宅から徒歩通勤だった。いや、玉枝のほうが奥野を真似て、徒歩で通える浜町にマンションを借りていた。

玲子・玉枝・みきの3人が、奥野デザインセンター毎朝の一番乗り組である。コーヒーの支度はみきの役目と決まっていた。一番の年下でもあるが、コーヒーのいれ方はみきが図抜けて上手だった。

みきの実家は下北沢で喫茶店を営んでいた。

こども時分からコーヒーの香りに包まれて育ったみきである。豆の美味さを存分に引き出す、巧みないれ方ができた。３人分の豆をいれたドリッパーに、みきが熱湯を注いでいるときに電話が鳴り出した。

まだ８時37分である。

「わたしが出ます」

玉枝が受話器を取った。

「奥野デザインでございます」

「日本新社の藤田です」

今回のコンペ相手の一社、日本新社の社長・藤田三樹男からの電話だった。

昨年暮れ、あるクライアントの忘年会で玉枝は藤田と名刺交換していた。

「おはようございます、実川でございます」

「奥野さんはおいでですか？」

藤田は用件も言わず、奥野の出社を問うた。

「ただいま確かめてまいります」

出社しているのは分かっていたが、玉枝はつながず保留にした。

奥野は藤田に携帯番号は教えていなかった。その番号を知っていれば、こんな早朝のことである。奥野の携帯にかければ済むことだ。藤田はいま一番デリケートな間柄の競合相手だ。うかつには取りつげないと考えての保留だった。

「1番に日本新社の藤田社長から電話が入っていますが」

社長室へ行き、つないでもいいかと問いかけた。

「出るわ」

言うなり奥野は受話器を取り上げた。玉枝は辞儀をして、社長室を出た。デスクに戻ったら、熱々のコーヒーができていた。

「社長に持っていくのは待ったほうがいいわ」

藤田社長からの電話が終わったら、新たにコーヒーをいれよう……電話機のランプが消えるのを待ちながら、玉枝はみきとコーヒーを味わっていた。

通話は10分近く続いた。ランプが消えると同時に、奥野が部屋から出てきた。滅多に気を昂ぶらせた姿を見せない奥野が、調子の高い声でみきに告げた。

「飛び切り熱いコーヒーをお願いね」と。

藤田からの電話について、ひとことも奥野は触れなかった。が、尋常ならざる様子の元がいまの電話にあるのは、容易に察しがついた。

強い湯気の立ち上るコーヒーは、玉枝が社長室に届けた。

「ありがとう」

奥野の声はかすれ気味だった。玉枝のいる前で、奥野はコーヒーに口をつけた。噛みしめるようにひと口を味わうと、玉枝に目を向けた。

「今朝の会議は10時まで待たず、全員が揃い次第始めましょう」

奥野はいつもの声に戻っていた。1月10日の企画会議は午前9時4分から始まった。だれもが始業時刻よりも相当早くに出勤していた。

企画会議の飲み物は、各自が好みで用意するのが奥野デザイン流だ。

会社近くのチェーン・コーヒー店で求めたカフェ・ラテがスタッフの好みらしい。同じものを何人もが会議テーブルに置いていた。

奥野が立ち上がると、スタッフ全員が目を向けた。小柄だが、立ち姿からはグラフィック・デザイン界の重鎮としての威厳を漂わせていた。

「今朝8時半過ぎに、日本新社の藤田さんから電話がありました」

「ええっ？」

スタッフがどよめいた。コンペ相手の一社が、なんの用で……と、小声が飛び交った。

ざわめきを制して奥野は続けた。

「自社提案はせず、我が社と共同でプレゼンをしたいとの申し出を、藤田さんから受けました」

　一瞬、会議室が静まり返った。

　数秒後、さきほど以上のどよめきが起きた。

　玉枝とみきも驚き顔を見交わした。藤田の電話を取ったのは玉枝だったが、内容を知ったのは他のスタッフ同様、いまが初めてだった。奥野に制されるまでもなく、騒ぎはすぐに静まった。だれもが先を聞きたかったのだ。

「昨日の午後、藤田さんはデザインワークスの田宮さんから電話を受けたそうです」

＊

　藤田の携帯電話にかけてきたのはＡＤの田宮吾郎ではなく、社長の田宮道元（どうげん）だった。

「今回のプレゼンも勝ち目は我が社にある」

　道元は自信たっぷりに言い放った。今年の年賀状が我が社のデザインに決定したのも、つまりはエセックス国際法律事務所とデザインワークスとの強い結びつきの表れだ。

「余計な企画を考える無駄などやめて、うちと組んだほうがいい。映像制作はあんたの会社に任せてもいいと思っているが、どうだろう？」

　藤田を下請けと呼ばぬばかりの電話だった。

「申し出の趣旨は分かりましたが、うちにもクリエイターはいます」

怒りを胸の内に抑え込んで藤田は答えた。

「一緒にはやらないと言うことかね？」

田宮はなおも傲岸な物言いで質した。

「まったくその気はないということです」

穏やかに応じたら、田宮は牙を剥いた。

「うちが獲るのは決まったようなもんだが、映像制作はあんたには頼まんぞ」

言うなり田宮は電話を切った。直ちに藤田はクリエイターを集めた。そして田宮からかかってきた電話の内容を話した。

藤田への電話は会社にではなく、藤田個人の携帯電話にだった。番号は外部にはほとんど明かしていない。なのに田宮は藤田の携帯にかけてきた。なんでも知っていると言わぬばかりの電話だったと、クリエイターに事実を話した。

「奥野デザインと組みましょう」

チーフクリエイターの八木義則が口を開いた。

「田宮さんが言ったことでひとつだけ正しいのは、勝ち目のない勝負に時間をかけるなということです」

映像制作なら日本で一番だとの自負はある。しかし企画力には、幻想を抱いていない。優秀な企画会社とがっぷり四つに組み、それぞれが得意分野で力を発揮すればいい。

「奥野デザインの実川さんならベストのパートナーです」

八木の口調に迷いはなかった。去年の年賀状コンペでデザインワークスがボストンに手を回したことを、八木は知っていた。

玉枝はひとこともそのことで、デザインワークスを非難しなかった。業界のなかで広まったうわさを、クリエイターたちは高く賞賛していた。手を回されたとしても、負けは負けである。

愚痴らず、前を見詰めて進もうとする姿勢が称えられたのだ。

「デザインワークスの鼻を明かすためにも、ベストのパートナーと組みましょう」

限られた時間のなかの勝負ですと、八木は藤田に訴えた。

「奥野さんとうちとが組めば、世界一の企画を映像化できます」

八木が言い切ったことを受け止めて、藤田は熟慮を重ねた。未明に決断し、8時半過ぎに電話をかけた。

思いを伝えれば、かならず奥野は応えてくれると確信してかけた電話だった。

縁があるということだろう。藤田の電話を取ったのは玉枝だった。

＊

「田宮さんのことですから、東和映像の前田(まえだ)社長にも同じアプローチをしているはずです」

スタッフの間から吐息が漏れた。

東和映像社長の前田由起枝（ゆきえ）は、奥野より年下の53歳だ。当人は映像ともグラフィック・デザインとも無縁の雑貨輸入商社を営んできた。

東和映像の前社長が内臓疾患で入院したとき、前田に社の舵取りを委ねた。

前田の辣腕ぶりを買ってのことである。

社長は退院できずに逝去し、銀行筋からの要請で前田が社長に就任した。

スタッフの信頼を得るには実績作りが一番と考えた前田は、新規顧客の開拓に邁進した。エセックス国際法律事務所の社会的信用度に着目したあとは、同事務所との取引があることを顧客開拓の武器に使った。

「うちにはボストン本部からも仕事をいただいている、グローバルな視野があります」

前田の営業スタイルはオーバー・スペック（誇大広告）だとの批判が陰で交わされている。他方では、受注した仕事は請負金額以上の成果を納品するとの評価もあった。

田宮道元と前田由起枝が組めば、相当に手強いライバルとなるのは目に見えていた。

「日曜日の企画会議から日本新社のみなさんにも加わっていただきます」

賛意を示す拍手が会議室に起きた。

映像制作はどうすればいいのかと、密かに思案を続けていた玉枝である。日本新社がパートナーとなってくれるなら、願ってもないことだ。

玉枝はみきに、心底からの笑みを向けていた。

32

キッチンには大型の日めくりカレンダーが掛かっていた。

玉枝の母親が毎年送ってくる、酒屋の配り物の日めくりである。

「あんたの仕事には縁起担ぎが大事だから、毎日、しっかり日めくりを見なさい」

母の心遣いに感謝しながら、玉枝は毎朝、暦をめくった。

プレゼンまでの間で、ただ一日の休みが今日なのに、仏滅に三隣亡が重なっていた。

この日に家を建てたとしたら、いつか火事を生じてしまう。自分の家を焼失するに止まらず、近隣三軒までも亡ぼすという災厄の日だ。

今日は新たなプランは考えず、ここまでを振り返ってみようと玉枝は決めた。

急な申し出だったにもかかわらず、明慈のスタッフは全面協力を約束してくれた。

面談の折に聞かされたことを、玉枝はノートに書き留めていた。

「いつも新五千円札で支払うひと」

書き留めた一行が、あの日のやり取りを思い出させてくれた。

商談室で宅配部門のスタッフと面談したとき、玉枝は纏ミルクの話をした。

「ただ牛乳を配るだけでなく、お客様の暮らしまで気にかけておられるのだと、今回のことで初めて知りました」

ほかにもエピソードがあれば聞かせてほしいと、玉枝は頼んだ。

「全国どこの販売店様も、お客様のことを気にかけておられますが……」

たとえばと、スタッフは事例を話し始めた。

「集金にうかがうと、いつも真新しい五千円札で支払われるお客様がいらっしゃいます」

東京・八王子の事例だった。

集金にうかがうたびに、その顧客は真新しい五千円札で支払いをした。

毎度ピン札を持ち帰ることを不思議に思った販売店店主は、わけがあるのかと当該集金スタッフの大川に問うた。

「わたしとお話がしたいんだそうです」

大川は声を弾ませて答えた。

顧客Aさんは80代で、ひとり暮らしの女性だった。

保育園に通うこどもふたりを育てている大川は、33歳である。ゆるい上り坂の途中に、Aさんの一戸建てはあった。

真夏はひたいに汗を浮かべながら、大川は集金に向かった。Aさんは冷えたおしぼりと一緒に、新品の五千円札を差し出した。

「ありがとうございます」

汗を拭った大川に、Aさんはこどもの様子をたずねた。ふたりの子持ちだと、何カ月か前の集金で話したことがあった。

大川は集金バッグの釣り銭を数えながら、問われたことに答えた。

「ふたりとも、ありがたいことに真っ黒に日焼けしながら遊んでいます」

Aさんは目を細めて、大川の話に聞き入った。

次の月も、その次の月も、Aさんは大川に五千円のピン札を差し出した。そして釣り銭を受け取るまでの間、あれこれ大川に話しかけた。

釣り銭をまさぐる手を止めて、大川も雑談に応じてきた。

去年11月、大川はなぜ毎月ピン札で支払うのかとAさんに尋ねた。

Aさんは五千円札を手に持ったまま、大川に微笑みかけた。

「あなたとお話ができるからですよ」

言われたことの意味が理解できず、大川は戸惑い顔になった。

「牛乳代をちょうどの額で用意していたら、あなたは領収書と引き換えに代金を受け取るだけになるでしょう？」

考えたこともなかったが、Aさんの言う通りだった。一軒でも多く、そして早く集金を済ませたいとの思いを抱えて、大川は顧客宅を訪れていた。

Ａさんは笑みを浮かべながら、そのことを指摘していたのだ。

「五千円札で払えば、あなたはおつりを用意してくださるわよね？」

そのわずかな時間に世間話ができる。大川が何気なく話したこどもふたりのことを、Ａさんは自分の孫であるかのように思っていた。毎月の集金の折に、保育園児の様子を聞けるのが大きな楽しみだったのだ。

「おつりを用意していただくのに、古いお札では申しわけありませんからね」

Ａさんは毎月、坂の下の郵便局まで出向き、五千円札を新札と取り替えてもらっていた。一度の交換で一枚だけである。

毎月集金日が近くなると、Ａさんは郵便局に向かった。それもまた楽しみだった。女性局員もＡさんを覚えていた。貯金するでもなく、郵便物を差し出すでもなく新札への交換に出向いてくるＡさんを、だ。

「そろそろ両替にお見えになるころだと思って、お待ち申し上げておりました」

Ａさんは牛乳代をピン札で支払うことで、大川と女性局員のふたりと世間話ができていた。

「歳になると、だれかと無駄話のできることが、元気を保つ秘訣なのよ」

その日Ａさんから受け取った五千円札を、大川は大事に集金バッグに納めた。

＊

「このAさんは、とてもわきまえのあるお客様でしてね。集金の大川さんとの間合いを必要以上に詰めようとはなさらず、良好なお付き合いをいただいています」

　真新しい五千円札での支払いが続いていますと、担当者は締めくくった。

　エピソードに深い感銘を覚えた玉枝は、言葉が出てこなくなっていた。

「いまのAさんのようなお客様は、全国にいらっしゃるんでしょうね？」

「おいでです」

　担当者はきっぱりとした口調で答えた。

「お客様に信頼されていればこその、素敵なつながりですね」

　玉枝が言ったことに、担当者は強いうなずきで応えた。

「牛乳は酪農家の方々から集めた原乳に、なにも加えずに処理をほどこして製品となります」

　食の安全を厳守するのも大事な一面です……担当者の口調が熱を帯びていた。

「酪農家の方々が原乳を搾られ、それをわたくしども明慈が加工します。出来上がったビン牛乳は、販売店スタッフの手でお客様に宅配されるわけです」

　この三者の連携があってこそ、牛乳宅配が続けられます……口調は熱かった。

「企画が通りましたら、いまうかがった三者すべての取材をさせていただきたいのですが」

玉枝の申し出を、担当者は快諾した。

「企画が通りますことを願っています」

彼はビル玄関まで見送りに出てくれた。

＊

明慈本社でのやり取りを思い返した玉枝は、無性にみきに会いたくなっていた。明日の企画会議からは、日本新社のクリエイターたちも加わることになっていた。新しいことを始めるには今日は厄日だった。が、ここまでのことを振り返るのは問題ない。時刻は午前10時過ぎである。休日の朝寝を楽しんでいたとしても、もう起きているだろうと考えて、玉枝はみきの携帯電話を呼んだ。

わずか2回のコールで、みきが出た。

「わたしもいま、先輩に電話したいなあって思っていたところです」

これから浜町に出向きますと言う。

「わたしもあなたに会いたいから、途中まで出ましょうか」

「いいです、わたしが浜町に行きます」

纏ミルクのビン牛乳を飲みたいからと、みきは本気で来たがっていた。

「だったら水天宮の交差点で落ち合いましょう」

纏ミルクが土曜日も店を開いているか確かめておくと、みきに伝えた。

「今日は仏滅の三隣亡ですが、新しいことをしなければ平気ですよね？」

玉枝に憧れているみきは、特大の日めくりカレンダーを自室に掛けていた。

「大丈夫よ」

応えた玉枝の両目がゆるんでいた。

33

水天宮の交差点で落ち合った玉枝とみきは、新大橋通りを浜町に向けて歩き始めた。

町には穏やかな冬の陽差しが降り注いでいる。ふたりが着ている深紅のダウンジャケットは、まるでお揃いであるかに見えた。

みきも、髪はショートカットだ。ブーツも黒のジーンズも、似たような色味である。

陽を背に浴びて歩くふたりからは、仲のいい姉妹のような雰囲気が漂っていた。

「あれって先輩……」

足を止めたみきが前方に見えている人だかりを指さした。

「鏡開きのおふるまいですよね？　都会のど真ん中の蠣殻町なのに、嬉しい習わしが残ってるんですね」

みきの声が弾んでいた。しかし呉で生まれ育った玉枝には、おふるまいがなんのことだか分からないらしい。

水天宮裏の辻で、みきは前方の人だかりを指さしながら説明を始めた。

「お正月の鏡餅を砕いて、お汁粉に仕立てて振る舞うんです」

玉枝に話す口調は滑らかだった。みきの叔父は下北沢で鳶宿を営んでいた。本来なら長男であるみきの父親が鳶宿を継ぐのだが、弟に譲っていた。

「おれはこの町で喫茶店をやりたい。鳶はおまえのほうが合っている」

こども時分から家業を手伝ってきた弟の鳶宿継承は、だれもが賛成した。

みきには先祖の血が濃く流れているのだろう。小学校高学年のときには半纏を羽織り、正月飾りの屋台売りを手伝っていた。

門松飾りに始まる一年の行事を、みきは身近に感じながら育っていた。

1月11日の鏡開きは、喫茶店を営む父親も大事にしていた。

店の鏡餅を砕き、餅に生えたカビを包丁で削り落とすのは、いまもみきと妹の役目である。

母親が拵えた汁粉に、砕いて水に浸けてから焼いた鏡餅を加えて仕上げるのだ。

店の常連客の多くが、鏡開きの汁粉を楽しみにしていた。

ここまで話したあとで、みきは前方の人だかりの多さに驚き声を漏らした。

「うちはせいぜい20人前ぐらいですが、あの人だかりはとってもそんな人数じゃないです」

みきは玉枝のダウンの袖を引っ張った。

「見に行きましょう、先輩」

みきは足を速めた。玉枝があとを追った。

鏡開きの汁粉を振る舞っていたのは、蠣殻町の戸田不動産だった。戸田不動産ビルの前には近所のこどもたちが何十人も長い列を作っていた。

「慌てなくてもたっぷりあるからね」

白い割烹着姿の戸田千鶴子が、汁粉をよそいながらこどもたちに声をかけている。

千鶴子の隣に立っている健吾は、器を受け取ったこどもに箸を手渡していた。

「あの器を見てください、先輩」

小声のつもりなのだろうが、気を昂ぶらせたみきの声は調子が高かった。

千鶴子が汁粉をよそっている器も、健吾が手渡している箸も、どちらも竹でできていた。

器は孟宗竹を輪切りにしたもので、胴には今年の干支である『午（馬）』が焼き印されている。箸は竹を細く割いただけの簡単な作りだった。

みきは器と箸を手にしたこどもたちに近寄った。玉枝も一緒に動いた。

「そのお汁粉って、毎年ここで振る舞われるの？」

「そうだよ」

みきたちと同じような色味のダウンジャケットを着た男児が、竹の器を掲げ持った。

「今日の鏡開きには、有馬（ありま）小学校の仲間がいっぱいくるんだ」

有馬小学校には蠣殻町や浜町の児童が通っている。この土地のこどもたちは、小学生でも鏡開きの行事を知っていた。呉では一度も耳にしたことのなかったおふるまいである。新春の行事が根付いている町を、玉枝はうらやましく感じていた。

こどものひとりが玉枝に器の焼き印を見せた。

「うちには去年の巳年竹カップもあるよ」

「おいらも持ってたけど、ママはヘビが嫌いだから捨てられちゃった！」

みきと玉枝を取り囲んだこどもたちは甲高い声で、ここの汁粉振舞いは恒例行事だと教えた。その声が千鶴子に聞こえたようだ。

「そこのおふたりさんも、どうぞ」

千鶴子に手招きされて、みきと玉枝はこどもたちの列に並んだ。

千鶴子の真後ろでは社長の戸田平三郎が、大型の火鉢で餅をあぶっていた。五徳の上の丸網には、ひと口大に切られた餅が何十個も載っている。

わずかに焦げ目がついた餅を菜箸で摘んだ平三郎は、竹の器にポイッ、ポイッと投げ入れた。その器に千鶴子が汁粉を注いで出来上がりである。

例年行事を続けてきたことで、平三郎・千鶴子・健吾の息遣いは見事に揃っていた。

「はい、おまちどおさま」

千鶴子が差し出した器から、汁粉の甘い香りと竹の青さが重なり合って立ち上っている。

「おめでとうございます」

両手で受け取ったみきは、新年の寿（ことほぎ）を口にした。

「鏡開きまでは大威張りで、あけましておめでとうございますを言ってもいいんだ」

鳶の叔父からこれを聞かされて育ったみきは、御礼の言葉が寿となった。

千鶴子の表情が大きく和んだ。みきの初春のあいさつを了としたのだろう。

「この辺りでは見かけないお顔だけど、住まいはご近所なの？」

「先輩が」

みきはまた、玉枝の袖を引いた。

「この先の浜町に住んでいるんです」

玉枝が軽く辞儀をして顔を上げたとき、千鶴子は汁粉の器を差し出した。

「浜町ならお隣さんだもの、どうぞ遠慮しないで召し上がってちょうだい」

町の不動産屋さんならではの、親しさに満ちた物言いである。

「いただきます」

声を揃えたふたりに、健吾が竹の箸を差し出した。

列から離れたみきと玉枝は、こどもたちと一緒になって汁粉を味わった。

軽く焦がされた餅の割れ目に、汁粉が染みこんでいる。口に運ぶと餡と焦げ目の香ばしさが混ざり合った。ひと息遅れて餅のやさしい甘味が仲間に加わり、竹の香りがそれらを包み込んでいた。

＊

纏ミルク浜町店に行き着いたとき、玉枝もみきも竹の器を手に持っていた。

「ごめんください」

「はあい」

玉枝の声に応じたのはあかねだった。

「あらっ……おふたり揃って、どうされたんですか？」

「ビンの牛乳を飲みたくて、先輩とお邪魔したんです」

みきが答えていると、奥から亮介も出てきた。ふたりに会釈した亮介は、玉枝が手に持っている竹の器を目に捉えた。

「おふたりとも、戸田さんの鏡開きに行かれたんですね」

「とってもおいしいお汁粉をいただきました」

答えているみきに、あかねがビン牛乳を差し出した。玉枝にも同じものが渡された。

「その器、ここに置いてください」

ふたりが持っていた器をあかねが受け取り、冷蔵ケースの上に置いた。

「いただきます」

みきと玉枝は同時に牛乳に口をつけた。

半分まで飲んだ玉枝は亮介を見た。

「口の中に残っていたお汁粉の甘味を、牛乳がきれいに流し込んでくれています」

残りを一気に飲んだ玉枝は、カラになったビンをあかねに返した。

「ごちそうさまでした」

同時に飲み終わったみきは、空きビンを冷蔵ケースの上に戻した。

「言われた通り牛乳とお汁粉の味が混ざったようで、とってもおいしかったです」

牛乳に別の味が加わったことで、いままで知らなかった味覚を経験できましたと、みきは喜んだ。

その言い方が亮介には新鮮に聞こえたらしい。

「もし時間があるなら、いまから赤胴に行きませんか？」

亮介は玉枝に問いかけた。

「工藤医院の隣の喫茶店ですが、おいしい名物があるんです」

「だめよ、おにいちゃん、無理にお誘いしたら」

あかねが兄の右腕に手を置いた。

「もしお邪魔でなければ、ぜひご一緒させてください」

答える玉枝の脇で、みきが強くうなずいた。

「本当にいいんですか？」

問い返すあかねに、玉枝とみきが「お願いします」と声を合わせた。

亮介を見たあかねの目が嬉しそうである。

兄以上に、玉枝たちと一緒に赤胴に行けることが嬉しそうだった。

34

「ここはコロッケサンドとミルクコーヒーが昭和30年代からの名物なんです」

玉枝と向かい合わせに座れたことで、亮介は気持ちが昂ぶっているのだろう。早口でしゃべる兄の肘を、あかねが突っついた。

　玉枝の隣に座っているみきが、ミルクコーヒーと聞いて両目をゆるめた。

「父の店ではカフェ・ラテと呼んでいますが、本当はミルクコーヒーとメニューに書きたいんだって、いつも言っています」

　下北沢ではカフェ・ラテのほうが、若いお客様への通りがいいので……土地柄を明かしたみきは、赤胴名物の2品を注文した。

「わたしもおなかが空いていますから」

　玉枝も、みきと同じ注文をした。兄と目を見交わしたあかねも、ミルクコーヒーとコロッケサンドふたり分をオーダーした。

「出来上がりまで、少し時間をください」

　赤胴はマスターひとりで切り盛りする店である。断りを言ったあとは、てきぱきとした動きで調理に取りかかった。

　喫茶店とは思えないほどに、フライパンや寸胴がカウンターの内に置かれている。調理器具のどれもが天井からの照明を浴びて、銀色の輝きを放っていた。

　15分が過ぎたところで4人前が同時に出来上がった。マスターの厚手のエプロンは、洗い立てのような白さだった。

　みきも玉枝も、同時にミルクコーヒーに口をつけた。熱々をすすったふたりは……

「おいしい！」

玉枝とみきの声が重なり合った。

「赤胴さんには昔から、うちが牛乳を配達させてもらっています」

亮介が言うと、みきは手に持っていたグラスを見詰めた。口をつけ、飲み込んでから亮介に目を向けた。

「このおいしさの一端は、あのビン牛乳にあるんですね？」

亮介が静かにうなずくと、みきはさらにひと口を喉に流した。

「帰りにもう一度、纏ミルクさんに立ち寄ってもいいですか？」

ビン牛乳を買って帰り、父にも試してもらうと声を弾ませた。

みきを見て、あかねが顔をほころばせた。

「ご実家は喫茶店だったのですね？」

ここまでの話で、あかねは察したようだ。

「何度も父のカフェ・ラテを飲んでいますが、赤胴さんのミルクコーヒーとはまったく違う飲み物です」

すっかり美味さに魅了されたみきは、グラスを卓に戻し、コロッケサンドに手を伸ばした。

玉枝も一切れを口にした。

サクッと乾いた音を立てて、トーストしたパンとコロッケが千切れた。しっかり味わってから、玉枝は飲み込んだ。そして手に残っていた半分を、続けて味わった。

「どうですか、赤胴名物は？」

「トーストしたサンドイッチが、わたしは大好きなんです」

玉枝に代わってみきが答えた。

「ミルクコーヒーもサンドイッチも、作るひとが気持ちを込めてくださっているのが、美味しさにあらわれています」

その答えに、あかねは心底同感だったのだろう。みきを見詰めて何度もうなずいた。

「ひとの口に入るものを拵えるということは、本当に大変なことなんですよね」

ミルクコーヒーのグラスを手に持ったまま、亮介は戸田不動産のことを話し始めた。

「戸田さんたちは全員が、今朝は清洲橋のたもとで水垢離(みずごり)をされています」

「えっ！……」

玉枝とみきが息を呑んだ。

＊

戸田不動産が鏡開きの汁粉振舞いを始めたのは、会社創業50周年となる２００２年のことだ。

有馬小学校は戸田平三郎・千鶴子・健吾の全員が卒業生である。

昭和40年代半ばまでは、人形町の都銀が鏡開きの汁粉を振る舞っていた。女子行員の着物姿は、新春の風物詩でもあった。

「鏡開きの汁粉を食わねえと、春が明けた気になれねえやね」

町内鳶のかしらが、正月三日の新年会でこれをつぶやいた。折しも戸田不動産創業50周年の正月だった。

「50周年の記念行事として、地元のこどもたちと一緒に鏡開きを祝おうじゃないか」

平三郎の発案には千鶴子も健吾も賛成した。すぐさま顔つきを引き締めたのは千鶴子だ。

「ひとさまの口に入るものを拵えるんですからね。支度は念入りにしましょう」

新年4日に水天宮に祈願をしてから、戸田一家は支度を始めた。

「7日に松がとれたあとは、方々から門松を引き揚げることになる。汁粉の器と箸は、縁起のいい門松を使ったらどうだ？」

かしらの提案に従い、鳶の若い衆が100個の器と箸を拵えた。地元の食品会社に依頼し、消毒を済ませて当日まで保管してもらった。

鏡開きの朝は、日の出とともに清洲橋に向かい、大川端に下りた。そして水天宮で汲み入れたポリタンクの清水を浴びて水垢離をした。

江戸時代から大川端には何カ所もの水垢離場が設けられていた。旅立ちなどの前には、大川の水で身を清めた。戸田一家は古式に倣ったのだ。

身もこころも器までもしっかり清めたうえで、汁粉の振舞いに臨んだ。

12年が過ぎた今年も、まったく同じ手順を踏んでいた。開始当初と違っているのは、ただひとつ。振舞いの数が200に増えたことだった。

＊

「ひとの口に入るものを扱う心構えを、わたしは父と赤胴さんと戸田さんから教わりました」

話し終えた亮介はマスターが片付けをしているカウンターを見た。

ステンレス張りのカウンター内側は、照明を浴びた鏡のように輝いていた。

35

1月12日日曜日の企画会議には、日本新社のスタッフが加わった。

社長の藤田三樹男、チーフクリエイターの八木義則、ディレクター谷口典子（のりこ）の3人である。

会議室の全員が自己紹介を終えたあとで、藤田が話を始めた。

「奥野デザインさんの企画力がどれほど素晴らしいものであるかは、我が社スタッフの全員が存じ上げています」

提携の願い出を受け入れてもらえて、こんな嬉しいことはない……藤田はもったいぶったことは言わなかった。

「奥野デザインの下で、持てる力を発揮したい」

藤田は明確に言い切った。

「映像制作に関しては、日本新社は業界一だと自負しています」

藤田が立つと、両脇の八木と谷口も同時に立ち上がった。

「我が社の持てる能力を、たった今から、存分に活用してください」

３人が一礼して座ると、進行中の企画内容の討議に入った。

藤田たち日本新社の面々にも、企画概要が配られた。植木みきがまとめた牛乳宅配の概要と、新道聡美がまとめた新聞宅配の概要である。

藤田たちにも現況を理解してもらうために、みきと聡美がそれぞれ5分ずつ、企画骨子の説明をした。日本新社の３人はこの場で聞かされた内容に、深い感銘を覚えたという表情になっていた。

「あらためて奥野さんと組ませていただけたことに、深い感謝の念を抱いています」

藤田の物言いには実感がこもっていた。この時点までの進捗状況は聡美が先に新聞宅配を説明し、玉枝が牛乳宅配の説明をした。日本新聞協会も明慈も、企画推進には全面的協力を約束してくれていた。

「10分間、休憩しましょう」

奥野は新しい一本に火をつけた。

世を挙げて禁煙街道を突き進んでいるが、奥野デザインの企画会議室は違った。20人が集まれるこの部屋には、強力な換気装置と空気清浄装置が設置されていた。クリエイターと煙草は相性がいい。

「時代に逆行するようだけど、この企画会議室だけは喫煙お咎めなしとしましょう」

100万円超の費用を投じて、奥野は喫煙可能な会議室に改修した。奥野自身がいまも愛煙家である。が、会議が始まってから1時間が過ぎたときには、灰皿は吸い殻で盛り上がっていた。が、換気装置のおかげで、部屋の空気はクリーンだった。

今日の企画会議のために、みきは店からタンブラーを人数分持参していた。

銘々が煙草を楽しんでいる間に、みきは給湯室で忙しく立ち働いていた。先輩の玉枝が、いまはみきの手伝いについていた。

＊

休憩時間に赤胴直伝のミルクコーヒーを拵えて、全員に供する。みきは昨夜から準備を進めていた。

昨日の赤胴のマスターは、惜しげもなくみきに作り方を伝授してくれた。

「親父さんに、よろしく伝えてください」

みきの実家が同業で父親も同年代だと分かったマスターは、親近感を抱いたようだ。

昨夜、閉店後にみきは父親太一郎と一緒に、教わった通りのミルクコーヒーを調えた。

「牛乳の違いがこれほど味に出るとは思わなかった」

ビン牛乳の美味さを実感した太一郎は、宅配を受けることに決めたと娘に告げた。

「明慈のおいしい牛乳でなければ駄目よ」

「念押しにはおよばないが、どこに頼めばいいんだ？」

一瞬、みきは答えに詰まった。が、すぐにあかねから携帯番号を教わっていたことを思い出した。

「企画を進めるなかで分からないことが生じたときは、時間を気にせずに電話をください」

あかねが差し出した名刺には、手書きで個人の携帯電話番号が記されていた。

時刻は午後10時を過ぎていた。遅いかなとも思ったが、父親が牛乳の宅配を受ける気になっているのだ。思い切ってかけた電話は、5度目のコールでつながった。

「奥野デザインセンターの植木です。昼間はありがとうございました」

名乗ると、あかねは明るい声で応じた。歳が近く、赤胴でも話が弾んでいた。

「赤胴さんから教わったミルクコーヒーの、ビン牛乳の美味しさに父はとても驚いたんです」

明日から毎日、8本ずつビン牛乳の配達を受けたいのだが、どこに頼めばいいのか教えてもらえないかとあかねに尋ねた。

「ありがとうございます」

あかねは纏ミルクが配達するわけでもないのに、心底のお礼をみきに言った。

「配達受け持ちのお店に連絡しますから、そちらの住所などを教えてください」

「いますぐメールします」

電話を切ったみきは、屋号と住所、店主名と電話番号をあかねに送った。送信後、5分も経たないうちに下北沢受け持ちの販売店から電話がかかってきた。

毎日8本からスタートすることで、販売店と話がついた。

「ビン牛乳のおいしさに驚いたよ」

太一郎の正直な声を聞いた相手は、喜びに満ちた声で返答を続けていた。

「ありがとうございます。明日から午前10時にお届けいたします」

礼の言葉を重ねてから、販売店スタッフは電話を切った。

顚末を報告する電話をあかねにかけた際、みきはひとつの思いつきをした。

「日曜日の朝から申しわけありませんが、明日朝9時に牛乳を20本、人形町の会社まで配達していただけませんか?」

「喜んで!」

あかねの返事は、受話器から漏れそうなほどに弾んでいた。

みきは大型リュックに企画会議参加者分のタンブラーを詰めて、店から持ち出していた。

＊

「昨日の午前中、植木とわたしは蠣殻町で鏡開きのお汁粉を振る舞われました」

ひとの口に入るものを作るときの心構え。

そのことを不動産会社や喫茶店、そして牛乳販売店から教わったと、玉枝は話した。

「この企画が採用されたあとは、製造工場や、牛乳のもとになる酪農農家にまで取材を広げるつもりです」

どの過程でも食の安全には万全の配慮がなされていることを、映像で紹介する。

「きめ細やかな心遣いこそ、日本固有の美徳であり文化であることを訴求します」

玉枝が発言を終えると、日本新社の八木と谷口が顔を見交わした。発言許可を求めたのは八木だった。

「酪農家の実態については、うちの谷口が相当に詳しく知っています」

　ある民放局のドキュメンタリー番組制作で谷口たち撮影クルーは、20日間も宮城県の酪農農家に寝泊まりしていた。全員の目が谷口に集まった。

「ぜひあなたが体験されたことを、この場で聞かせてください」

　奥野の求めで、谷口は立ち上がった。

36

　奥野デザインセンターの企画会議室には、映像再生装置が設置されている。今日の会議参加に備えて、日本新社の谷口は何種類もの資料映像をＤＶＤで持参していた。

　そのなかには酪農農家を取材した映像資料も含まれていた。

　奥野の求めで立ち上がった谷口は、玉枝に話しかけた。

「わたしたちが取材させていただいた酪農農家は、宮城県大崎市古川（ふるかわ）の今野（こんの）さんご一家です」

　偶然にも、明慈に原乳を納めている酪農家だと谷口は明かした。

　会議室に低いどよめきが生じた。

　谷口が用意してきたＤＶＤのなかに、明慈にかかわりのある一本が含まれていた。

その偶然に幸先の良さをだれもが感じたのだろう。

谷口は玉枝を見詰めたまま、問いを発した。

「あまりに当たり前の質問ですから、気をわるくしないで答えてください」

玉枝は笑みを浮かべてうなずいた。

「牛乳はなにからできているかを、実川さんはご存じですよね？」

まさに当たり前そのものの質問である。

「乳牛から搾った、牛のミルクです」

搾取したミルクになにも加えていないのが牛乳ですと、玉枝は言い添えた。木曜日に明慈の担当者から教わっていた。谷口は、さらに問いかけた。

「牛のミルクって、どうして搾ることができるのかもご存じですか？」

「それは……」

深く考えたこともない質問だった。束の間戸惑ったものの、すぐに答えを思いついた。

「ミルクがたくさん出る品種の牛……乳牛だから搾ることができると思います」

玉枝の答えには、奥野を含めたスタッフ全員が賛意を示していた。

「半分は正解ですが、残りの半分は大半のひとが抱いている誤解です」

みきに目を移して谷口は話しかけた。

「ホルスタインなどの乳牛は、ミルクがたくさん出るように改良された品種です」

谷口はひと息をおいて、話を続けた。

「酪農家が世話をしているのは、いつでもお乳が出る牛だと思っていませんか？」

「はい、そう思っています」

みきの答えにも、反対したり疑問を抱いたような顔をする者はいなかった。

「いまの植木さんのお答えが、多くのひとが抱いている誤った理解なんです。わたしも今野さんご一家を取材するまでは、植木さんたちと同じ理解でしかありませんでした」

谷口は口調を変えて、ベビーを授かった女性の話を始めた。

「出産を機に、母体から母乳が出始めます。誕生した我が子のために、母親の身体が作り出すのが母乳です」

乳牛もまったく同じです……谷口の言葉を聞いて、会議室の面々は息を呑んだ。

言われてみれば至極当然の道理である。

しかし、乳牛は「いつもミルクを作っている牛」なのだと、玉枝を含めた奥野デザインの全員が思い込んでいた。

＊

「酪農農家に数日泊まり込んで、酪農の実態を取材させていただきたい」

日本新社から依頼を受けた宮城県の民放局は、明慈を介して古川牧場を紹介した。

谷口をチーフとするドキュメンタリー番組取材班は、２０１３年11月に古川牧場を訪れた。

乳牛30頭を飼育する牧場は、今野直樹（なおき）さん・久美子（くみこ）さん夫妻で切り盛りしていた。

視聴者の大半が、酪農の実態を知らない。

「視聴者と同じ素人の目線で、酪農の実態と向き合わせてください」

そのほうが視聴者の理解を得やすいとの理由で、谷口は予備知識なしの取材を始めた。

「一日のおもな働きぶりから聞かせていただけますか？」

今野夫妻を取り囲んだ撮影クルーは、谷口の質問が合図であったかのように一斉にメモを取り始めた。

「搾乳は一日2回で、12時間の間隔をあけます。うちでは午前9時に仕事を始めます」

久美子さんの答えを聞いて、谷口は一瞬、いぶかしげな表情を見せた。牧場の仕事は朝まだ暗いころに始まるものだと思い込んでいたのだ。

「多くの牧場が午前5時とか6時とかに仕事を始めますが、うちはまだ学校に通うこどもたちがいますから」

家事との兼ね合いで、古川牧場は朝9時を仕事開始としていた。こうすることで久美子さんは朝食作り、弁当作りもできるのだ。

しかし朝の開始が遅いために、２回目のスタートは毎晩9時だった。

「飼料を食べさせること、糞を運び出すこと、牛舎を清掃すること、そして搾乳することが一回あたりの仕事で、およそ3時間です」

あらましだけの説明に留めてもらい、あとは翌日朝に実際に見せてもらうことにした。

谷口を含めて5人の撮影クルーのために、今野家では2室を用意してくれていた。

長男は県内の農業大学酪農学科の学生である。

「寮生活で家を出ていますから、遠慮しないで使ってください」

まだ中学生の次女は撮影期間中、19歳の長女の部屋で一緒に寝起きするという。

谷口が次女の部屋を使い、撮影クルー4人が長男の部屋で寝起きすることになった。

２０１３年11月12日。撮影初日は快晴で明けた。みちのくの夜明けの空は、午前6時半には藍色に染まっていた。

「朝夕の冷え込みはきついですからね」

あらかじめ聞かされていたクルーたちは、全員が防寒具を身につけていたのだが

……

「牛の吐く息が真っ白になっている！」

洗顔のあとで牛舎に入った谷口は、凍えをはらんでいる朝の冷気に驚いた。

古川牧場では予定通り午前9時から、この日1回目の仕事が始まった。

「なにを撮影しても結構ですが、牛を驚かさないように注意してください」

直樹さんから注意を受けたクルーは、白い息を吐きながら撮影を始めた。

上背があって脚の長い久美子さんは、ジーンズがよく似合う。ふくらはぎまで隠れるゴム長を履き、両手には軍手をはめて一輪車（荷車）を押していた。

牛舎では湯気の立っている糞をスコップですくい、一輪車に運び入れ始めた。

ガシャッ、ガシャッ。

牛舎の床にぶつかったスコップが、硬い音を立てる。20回ほどスコップですくうと、一輪車の荷台が山盛りになった。

糞の掃除はまだ始まったばかりである。

「これを堆肥場所に運び出します」

車を押し始めた久美子さんを撮影クルーが追いかけた。

山盛りの糞は水分が多く、一輪車を押すのは力仕事だ。牛舎裏手の堆肥場所までは、運びやすい平らな道が設けられていた。

「これらは牧草を育てるための良質な肥料となります」

彼女は積み重ねられた堆肥を示した。

牛舎の周辺には4ヘクタールもの広大な牧草地が広がっていた。建造物は一切なしの、牛が食べる牧草を育てるための緑の大地だ。

「30頭の牛に食べさせるために、4ヘクタールの牧草地を用意していますが、それだけでは足りません」

他所にも土地を借りており、時季になると種まきをするという。

「種まきというのは……なにか作物も一緒に作っているのですか？」

問いかけた谷口と同じ質問を、何度も受けていたのだろう。久美子さんの目は、こどもたちに酪農を教える先生のような色を宿していた。

「あそこに見えている牧草地は……」

牛舎を取り囲んで広がっている牧草地を、久美子さんは指さした。

11月中旬の牧草地に降り注ぐ、みちのくの陽差しは柔らかだ。刈り取られた草の根元と大地の色とが溶け合い、枯草色に映えていた。

「もしかして谷口さんは、牧草を自然に生えてくる雑草のようなものだと思っていませんか？」

「そうではないのですか？」

質問に質問で答えた谷口の表情を、カメラマンは思い切りズームアップした。

「酪農に対して多くのひとが持つ誤解のひとつが、牧草についてなんです」

久美子さんはわかりやすい言葉で、牧草の説明を始めた。

「30頭の牛が食べる牧草は、一年間で９０００キロを超えます。これだけの量の牧草を確保するには、そこに広がっている４ヘクタールだけでは足りません」

1ヘクタールは1万平米だ。4倍なら1万2000坪以上……牧草を育てるために必要な途方もない広さの土地に、谷口は驚いた。

そして牧草を育てるには一年に3回、種まきと刈り取りをするという。

「5月に刈り取った草は、冬を越していますから一番栄養に富んでいます」

久美子さんの顔に笑みが浮かんだ。

「牧草が美味しければ牛も喜びます。美味しさが足りないときはモオーと鳴いて、不満を訴えるんです」

牛の鳴き真似をした久美子さんは、飼育している乳牛を慈しむような話し方である。

聞いていた谷口の表情が引き締まった。

「牛の餌が牧草だとは知っているつもりでしたが、まさにわたしは広大な大地に生えている野草を牛が食べているものだと思っていました」

種まきをして牧草を育てる。その肥料には牛の堆肥をまく。

見事なリサイクルのチェーンができていた。

「広い土地の牧草刈り取りはトラクターを使います。種まきから刈り取りまで、すべて主人が行います」

刈り取った草は水分が飛んだところでロール状に巻いて保存する。

谷口たち取材クルーは、牧草作りが酪農の大事な一角を占めていることを初めて知った。話の区切りで、久美子さんは一輪車を押して牛舎に戻った。運び出しを待つ膨大な量の糞が、まだまだ待っているのだ。

スコップですくい、一輪車に入れる。そして手押しで運び出す……これを続けた。

取材クルーは、いまも白い息を吐きながら撮影を続けていた。風が通り抜ける牛舎は、午前10時を過ぎても空気は冷えていた。

久美子さんひとり、ひたいにうっすらと汗を浮かべて作業を続けていた。

清掃作業の撮影に区切りがついたころ、直樹さんが近寄ってきた。

「寒くて大変でしょうが、牛には寒さは恵みなんです」

あたまを撫でられた一頭が、直樹さんにグフフッと鼻を鳴らして応えた。

「久美子が牧草のことを話したと思いますが、もうひとつ、先に説明しておくことがあります」

直樹さんは種付けの話を始めた。

「ここにいる30頭は、もちろんすべてメスです。牛からミルクを搾れるのは、メスが出産したあとの10カ月ぐらいです」

出産した子牛を育てるために、乳牛はミルクを作る。

「乳牛からミルクを搾れるのは、子牛のために作る期間に限られているんです」

説明した直樹さんは谷口を見詰めた。

「乳牛からはいつでもミルクを搾れるんだと思っていませんでしたか？」

「そう思い込んでいました……」

語尾が消えそうになった谷口を、カメラは追い続けていた。

「出産後の数日は、黄色の初乳が出ます。これは子牛の命綱で、これを飲めなければ子牛は死んでしまいます」

初乳は冷凍保存をし、他の牧場に分けることもあると直樹さんの説明は続いた。

「出産後、2カ月ぐらいの時点で種付けをします。母体（乳牛）を大事にしながら、妊娠のタイミングも上手にコントロールすることで、寿命を延ばすことを心がけています」

酪農を知らない者が多く持つ誤解を、直樹さんは優しい物言いで解きほぐしてくれた。

＊

取材映像が終わったとき、奥野デザインのスタッフから拍手が湧き上がった。

「牛乳宅配と新聞宅配をテーマに企画を進めると言いながら、酪農のイロハをまったく理解していませんでした」

日本新社に加わってもらえて本当によかったと、玉枝は思いのこもった礼を口にした。玉枝のあとには聡美が立ち上がった。

「谷口さんのところには新聞配達の実態を取材した映像もあるんでしょうか？」

「残念ながら、それはありません」

谷口の答えに、聡美は真顔で「残念……」とつぶやいた。

「手分けして調べてみましょう」

奥野が話を引き取った。

「日本新社さんの映像から、酪農農家のひとたちがいかに乳牛を大事に思っているのか。言葉を換えれば、食の安全をいかに気遣っておいでかが伝わってきました」

日本の文化の神髄は牛乳宅配・新聞宅配で訴求できるのは間違いないと、奥野は断言した。

玉枝が立ち上がると、残る全員が続いた。

どの顔も必勝の思いで引き締まっていた。

37

日曜日の夜でも六本木は賑やかだ。

1月12日、午後8時。デザインワークスの田宮道元と東和映像の前田由起枝は、六本木ヒルズの葵飯店個室にいた。

「ここはコースもいいが、単品が飛び切り美味い。そうだろう？」

「お褒めいただき、ありがとうございます」

黒服の男が道元にあたまを下げた。

「わしなら麻婆豆腐と回鍋肉にする」

「それで結構です」

前田は勧めに従い、2品を頼んだ。

「田宮様はいかがいたしましょうか？」

男は大仰な物言いをして道元に近寄った。

「わしはもう、ここの料理は食い厭(あ)きた」

黒服の顔を見ようともせず、横柄な物言いを投げつけた。

「茶漬けと漬け物にしてくれ」

予約が取りにくいことで有名な葵飯店で、茶漬けに漬け物……黒服の表情が硬くなった。そんな不作法を押しつけられる客だと、道元は前田に見せつけたいらしい。

前田は聞こえぬふりをして、高層階からの夜景に目を移した。

「それでは田宮様、当店隣のゆずから、ご注文の品を取り寄せます」

硬い表情のまま返答した黒服は、足を急がせて個室から出ていった。

前田の2品と道元の茶漬けが出揃うまで、前田は眼下に広がる夜景を話題にした。

道元と共通の話題など、あるとは思えなかったからだ。

厨房は相当に気分を害したのかもしれない。供された回鍋肉も麻婆豆腐も、辛さだけが際立った味付けだった。

料理はどちらも半分以上が残っていた。

前田は両方に酢を加えて尖りを薄め、小皿に取り分けた分だけを口にした。

道元はぐちゃぐちゃと音を立てて茶漬けを平らげた。歯に隙間ができているらしく、太めの楊枝で隠そうともせずに前歯をつっついた。

小皿の料理を食べ終えた前田は、象牙の箸をテーブルに戻していた。

「あんたの口には合わないらしいな」

残したことが不満そうな口ぶりである。

「どんな話を田宮さんがなさるのか、それが気がかりで食事が喉を通りません」

「そうか」

道元は前田の言い分が気にいったらしい。

「聞こえてくるうわさとは違って、あんた、気が小さいようだな？」

気がかりで喉を通らないとの言い分を、道元はまるごと真に受けていた。

「どうぞこのお料理は下げていただいて、お話を聞かせてください」

穏やかな前田の口ぶりを了としたらしい。道元はテーブルの小鈴を振った。黒服ではなく、料理を供したチャイナ服の女性が入ってきた。

「料理は下げていい。急いであの普洱茶を用意してくれ」

無言で辞儀をした女性が下がると、道元は普洱茶の講釈を垂れ始めた。

「わしがいま注文したのは、1グラムで2万円もする極上の茶だ」

値段を強調したが、前田は黙したままである。鼻白んだのか、道元は声の調子を大きくした。

「一杯飲めば、あんたの身体から余分な脂肪がそぎ落とされるぞ」

道元は前田の胸元を見た。前田はわずかに胸を突き出して道元を見詰めた。

道元は咳払いをして話に戻った。

「ていねいに熱湯で蒸すために、急がせないと出てくるまでに20分もかかる」

道元がしたり顔で話し始めるなり、茶が運ばれてきた。言いつけてから、わずか3分しか経っていなかった。

先に道元に供され、同じ茶が前田にも出た。

湯呑みのふたを取り、香りをかいだ道元は厳めしい顔で「よろしい」とうなずいた。

前田は込み上げる笑いを抑え、神妙な顔で極上普洱茶なる代物に口をつけた。

「いい茶だろうが」

「そうらしいですね」

前田は給仕役の女性を見ながら応えた。

「この茶の値段なら美味くて当然だ」

ぞんざいに言った道元は、チャイナ服の女性に目を向けた。

「呼ばない限り、ここには近づくな」

横柄な物言いで命じられた女性は作り笑いを浮かべた。無言のまま辞儀をして個室を出たあと、外から戸を閉じた。

密談もできる造りなのだろう。金龍の描かれた戸が閉まると個室は静まり返った。

「そろそろ、あんたがメシも喉を通らなかったという話を始めよう」

「お願いします」

前田はこの夜初めて、気持ちを込めて答えた。

「話というのはほかでもない、15日のプレゼンの件だ」

前田を見る道元の両目が光を強めた。

「あんたのところもいまごろは、しゃかりきになって企画を進めておるだろうが、わしと組めば勝ち馬に乗れるぞ」

これだけ言った道元は、ポットの湯を湯呑みにさした。2煎目・3煎目用として、熱い湯がポットに用意されていた。湯を注ぐ道元を、前田は静かな目で見詰めた。が、自分から問いかけることはしなかった。個室の沈黙に道元は焦(じ)れた。

「勝ち目のない勝負は受けないのが、わしの流儀だ」

問われもしないのに、自分の口で答えを語り始めた。

「受けて立つと決めたときは、下駄を履く前に勝てる段取りをかならず講じてきた」

道元は湯呑みの普洱茶を、ずずっと音を立ててすすった。

「今朝の10時過ぎ、日本新社の藤田はふたりの部下を引き連れて奥野デザインを訪れた。奥野の軍門に降(くだ)りおったのだ」

「まさか……」

前田の正味の驚きを、道元はどうだ！　という顔で受け止めた。

「あんたがわしと組むと決めたなら、あの連中がどんな企画を進めているか、今日の夕刻まで話し合っていた企画の全容を教えてもいい」

敵の手の内さえ分かっていれば、それを超える企画を出せばいいだけの話だと、道元はうそぶいた。

「奥野組と藤田組とが手を結んで、どんな企画を進めていたのか……わしはあの連中の息遣いの音まで摑んでいる」

乗るなら勝ち馬に乗れと、道元は迫った。

「あんたが奥野に対抗心を燃やし、隙あらばと爪を研いでいるのを、わしは見通しておる」

道元はまた音を立てて茶をすすった。

「あの連中がどんな企画を進めているか、ここに来る前にうちの連中に教えてきた」

今日からプレゼンの直前まで、徹夜続きで、敵を上回る企画を作る……肉のたるんだあごを道元は突き出した。

「わしと組むなら、800万ドルの仕事をあんたにも分けよう」

分けよう、の部分に力を込めた。

「勝ち目のない自社企画などこの場で捨てて、うちの仲間になると決めるのが、社員を思う社長の仕事だろう」

道元は椅子の背にもたれかかった。

前田は返事をする前に、普洱茶の湯呑みを手にした。すっかり茶葉は開き、底に沈んでいた。

ぬるくなっていたが、ひと口すすってテーブルに戻した。

「わたしは常に、奥野さんに対抗心を燃やしています。同時に深い尊敬心も抱いています」

日本新社の藤田社長に対しても、まったく同じです……前田の物言いに迷いはなかった。

「奥野さんも藤田さんも真っ向勝負でいまの評価を築いてこられた、尊敬できる先輩です」

前田はバッグを手にして椅子から立った。

「組むとしたら奥野さん、藤田さんの仲間に加えてもらいます」

道元に口を挟む間を与えず、前田は自分の手で個室の戸を開いた。

分厚い戸だが、難なく開いた。

戸口にはチャイナ服の女性が立っていた。服には似合わない耳栓型のイヤホンを右耳に着けている。前田に見詰められた彼女は、首を右に振って耳栓を隠した。

道元もまた盗聴されているらしい。

冷ややかな目で相手を射貫いてから、前田は確かな歩みで出口に向かっていった。

38

道元を個室に残して葵飯店を出た前田は、地下駐車場で車に乗った。

「お疲れさまでした」

前田の右腕でもあるCP（チーフ・プロデューサー）の山内義男が、運転席で待機していた。

「デザインワークスという会社の正体がいかにひどいものか、よく分かったわ」

後部座席に座った前田は、個室で聞かされた内容を山内に話した。

「奥野さんのところの会議室に、盗聴器が仕掛けられているということですね」

小さくうなずいた前田は、車を奥野が暮らすマンションへと向かわせた。

奥野と前田は広告制作業界ではライバル同士だと目されていた。実際は前田が自分の口で道元に告げた通りだ。対抗心を抱きつつも、前田は奥野を深く尊敬していた。

奥野も前田を認めており、ふたりは互いに携帯電話番号も住居も教え合っていた。

奥野のマンション近くに停車し、車内から前田は電話をかけた。奥野は在宅だった。

「たったいまデザインワークスの田宮社長と別れたところです」

運転席のデジタル時計は午後10時17分を示していた。

「奥野さんは今朝、日本新社の藤田さんたちを加えて企画会議を開かれましたね？」

前田の差し迫った口調に、感ずるところがあったのだろう。

「よくご存じですね」

素直な物言いで答えた。

「会議室には盗聴器が仕掛けられています」

会議室で交わした内容が、道元には筒抜けになっていると教えた。

「ここ数日のなかで、奥野さんは会社を休みにされましたか？」

「昨日の土曜日は全員に、強制的に休みを取らせましたが……」

前田に答えながら、奥野はひとつの事実に思い至った。企画会議室の空気清浄装置の点検を許可したことに、である。

日曜日の会議から、日本新社が加わることが決まっていた。喫煙者がさらに増えると思っていた矢先に、空気清浄装置のメンテナンス会社から電話があった。

「土曜日にお願いします」

その日、奥野が出社して空気清浄装置のメンテナンスを受け入れた。作業中、うかつにも奥野は社長室で仕事を続けていた。

「盗聴器を仕掛けられたのには、思い当たることがあります」

前田を信用して事実を明かした。

「奥野さんは盗聴ガード会社と付き合いはありますか？」

「ありません」

「信頼できる会社と一緒に、明日の朝、わたしも奥野デザインに出向きます」

申し出を、奥野はありがたく受け入れた。

＊

1月13日、月曜日。

成人の日の祝日で、日本人の多くがハッピーマンデーの連休を満喫していた午前10時。

奥野デザインセンター企画会議室の100インチモニターには、体操着姿の女性3人が映し出されていた。

画面中央の女性は椅子に座っており、左右のふたりは直立姿勢である。

大半の日本人が聞き慣れた、あのラジオ体操第一のイントロが鳴り始めた。

「腕を前から上に上げて、大きく背伸びの運動から……はいっ！」

これまた耳に馴染んだ、体操開始を告げる男性のかけ声である。画面の女性たち3人が、一斉に腕を大きく振り上げた。

「いち、にっ、さん、しい……背筋を充分に伸ばしましょう」

その場にいる日本人なら、思わず身体を動かしてしまう映像と音響だ。

しかし奥野デザイン、日本新社、東和映像の面々は背筋を伸ばしたまま画面を見詰めていた。耳がすっぽりと隠れる業務用ヘッドホンを装着した男女4人が、企画会議室の四隅に立っていた。

「手足の運動、いち、にっ、さん、しい……さあ、かかとの上下運動をしっかり行いましょう」

かけ声に合わせてスクリーンの女性は上下運動に移った。ヘッドホンを装着した4人が、同時に動き始めた。男女とも、指向性の強いマイクを取り付けた棹（さお）を手にしている。

「足を開いて胸の運動、横振りは軽く……」

体操がここまで進んだとき、女性ふたりがデスクの天板下をめがけて棹を動かした。男性ふたりも別のデスク天板下で、同じ姿勢で棹を上下に振っていた。

企画会議室には合計6個の盗聴マイクが仕掛けられていた。

男性ふたりが棹を手に持ったまま、前田と奥野が並んでいる場所に近寄った。

「半径100メートル以内に、受信機があります。それ以上は電波は飛びません」

小声を隠すようにピアノの音量が増していた。

39

奥野デザインセンターの隣には、6台駐車できるコインパーキングがある。撮影機材などの搬入搬出時には、奥野デザインも活用している時間貸し駐車場だ。

背中に『浜町』と染め抜かれた藍色の半纏を羽織り、股引(ももひき)に紺足袋、雪駄履きの男ふたりが、台車を押してコインパーキングに入ってきた。

使い古した正月飾りが縁からはみ出した段ボール箱2個が、小型の台車に積まれていた。

ふたりの見た目は下町の鳶職人のようだ。が、股引も紺足袋も、身体には馴染んでいなかった。

男たちはワゴン車の真後ろで台車を止めた。

奥野デザイン隣の駐車場は、商店や商業ビルに近い好立地である。朝早くから夜9時ごろまで、ほとんど空きスペースがなかった。

しかしハッピーマンデーの今日は違った。

駐車しているのは2台だけで、一台は窓がミラー加工されたワゴン車である。もう一台は荷物運搬用の軽自動車だった。

軽は配達に出ているのか、人の姿はなかった。

ワゴン車はエンジンをかけたまま駐車している。マフラーから薄い色の排気ガスが出ていた。

台車に積んだ正月飾りの隙間から、男のひとりが箱の中に目を落とした。納得できたらしく、小さくうなずいた。

「これだけ駐車場が空いてるなら、慌てることはなさそうだな」

「のんびり出てこいと電話してやろうぜ」

車の中にまで聞こえそうな声を交わしてから、ふたりは台車を押して出て行った。

10分も経たないうちに、台車は奥野デザインの入り口前に運ばれていた。

棹を持った男ふたりが台車に近寄ってきた。

「隣のコインパーキングに停まっている、焦げ茶色のワゴン車に間違いありません」

半纏姿のひとりが正月飾りを取り除いた。段ボール箱の底には黒い計測器と15インチのモニターが並んでいた。

「カメラはスタンバイできてるかしら？」

奥野の問いかけに日本新社の藤田は目で答えた。

「うちのミニバンは、駐車場を出た角にいる」

コインパーキング前の細道は一方通行である。駐車場を出たあとは、ミニバンの前を通るしかなかった。

「うちもスタンバイできています」

東和映像の前田も奥野に告げた。東和の車もミニバンで、表の一方通行大通りの路上パーキングに駐車していた。どちらの車にも、助手席にカメラマンが乗車している。

放送局用のビデオカメラだが、片手持ちできるほどの軽量・小型だった。

日本新社の別班はビデオカメラとスチルカメラで、ビル屋上から駐車場を狙っていた。

奥野デザインの新道聡美は、双眼鏡を手にして眼下のワゴン車を見張っていた。

左手にはＡＤの太田とつなぎっ放しの携帯電話を握っていた。

半纏姿の男は奥野にメモを手渡した。ふたりとも盗聴防止コンサルティング会社のスタッフである。コインパーキングに駐車しているワゴン車の色とナンバーがメモには書かれていた。

「ありがとう」

礼を言い、メモを受け取った奥野は企画会議室に入った。電話機を持った太田が続いた。

ラジオ体操は第二のイントロが始まっていた。奥野は深呼吸してから話し始めた。

「おはようございます、デザインワークスさん。休日の朝からご苦労さまです」

明るい口調で奥野は盗聴車に話しかけた。奥野の脇に立った太田は、その声を聡美に聞かせた。さぞかし盗聴車は驚いたらしい。

「ワゴン車が小刻みに揺れています」

聡美の抑えた声は笑いを噛み殺していた。

太田は親指を立てて奥野にビンゴ！　と伝えた。ひと息をおいて、奥野は話に戻った。

「車のナンバーも分かっています」

奥野はことさらゆっくりとナンバーを告げた。

「盗聴などという恥ずべき行為はここまでにして、あなたがたもクリエイターなら、クライアントに認めていただけるプラン作りと向き合いなさい」

これ以上スパイ行為を続けるなら、クライアントにすべてを伝えます……奥野の口調が厳しいものに変わっていた。

「日本新社・東和映像・奥野デザインの3社は力を合わせて、15日のプレゼンに臨みます」

当日は真っ向勝負です！

奥野はきっぱりと言い切り、企画会議室を出た。またラジオ体操第一が始まった。

ワゴン車から飛び出したドライバーは、周囲を見回した。どこにも見張りの目がないことを確かめてから、精算機に向かった。タイヤを軋ませるようにして逃げ出し始めたワゴン車を、藤田と前田の車が追っていた。

屋上のカメラも、一部始終を撮影していた。

40

亮介から玉枝に電話がかかってきたのは、正午を30分ほど過ぎたときだった。

企画会議室の空気清浄装置を最大レベルにして、愛煙家たちは一服と談笑を楽しんでいた。玉枝・みき・谷口、そして東和映像の女性ディレクター・三浦藍（みうらあい）の4人は、朝の駐車場での顚末を聡美から聞いていた。

電話がかかってきたのは、そのときである。

「亮介です。いまお話しして大丈夫ですか」

電話の弾んだ声が、吉報を予感させた。

「もちろんです」

玉枝も明るい声で応えた。

今朝もビン牛乳30本を、奥野デザインまで配達してくれた亮介である。昼休みだと見当をつけて、この時間に電話してきたのだろう。

「田代さんと湯川さんが、ビデオ出演を快諾してくれました」

「うわあっ、とっても素敵です！」

玉枝に似合わない高い声で応えた。談笑していた面々の目が玉枝に向けられた。

「玉枝さんに喜んでもらえて、ぼくも嬉しいです」

亮介は我知らず「玉枝」と名前で呼んでいた。

「それともうひとつ、嬉しい報せです」

「ちょっと待ってください。みんなで聞かせてもらいますから」

携帯電話のスピーカー機能で全員が聞ける形にした。

「どうぞお願いします」

玉枝に促された亮介は、話すまでに間があいた。全員が聞いていると言われて、緊張したのかもしれない。

「湯川さんとご主人がニューヨークにいらしたとき、ＪＣＡの立ち上げを一緒に進めた方が、いました」

会議室が静まり返り、亮介の言葉だけが響いた。

「その方はいまでもＪＣＡの役員としていらっしゃるそうです」

うおおう！　喫煙を楽しんでいる面々が声を上げた。

「必要なときは、湯川さんが連絡をとってくださると、田代さんから聞かされました」

「素晴らしい成り行きです」

玉枝は、電話機を持って話を続けた。

「企画の細部を詰めたあと、今日中にお店にうかがわせていただきます」

「お見えになる前に、電話をください」

「もちろん、そうさせていただきます」

ていねいに礼を言って電話を切った。

「ブラボー！」

会社の枠を超えて、男性スタッフが大喝采した。奥野は自分から玉枝に近寄った。

「ものごとが巧く運ぶときって、幾つもの良縁が重なるものよね」

奥野は右手を差し出し、玉枝の手を握った。

企画の肝となる湯川と田代。そして纏ミルクも明慈も、全面協力を約束してくれていた。日本新聞協会も新聞宅配の現場取材、『地域貢献大賞』関連の取材に、力を貸してくれるという。

日本新社と東和映像が一丸となって、映像制作を引き受けることになった。業界のトップ2社が味方なら、映像制作に不可能はなくなる。

そして極めつきが、いま亮介からかかってきた電話の後段部分である。

今回のクライアントであるＪＣＡが、湯川さんときわめて深い関係にあるらしい、と。子細はまだ分からないが、これほどの僥倖はない。

「思えば今回の企画は、あなたが先週水曜日の朝、纏ミルクさんと蠣殻町で行き合ったことが始まりでしょう？」

玉枝は奥野にこくんっとうなずいた。

「良縁って、出会ったそのときには分からないものなのよね」

小人は縁に気づかず。

中人は縁を生かせず。

大人は袖すり合う縁も縁とする。

「中国の古い箴言だと、何十年も前にこれを聞かされました」

玉枝を見て話す奥野の言葉に、その場にいる全員が聞き入っていた。

「今回のプロジェクトは、大きなご縁に導かれている気がしてなりません」

言葉を区切った奥野を、全員が輪を作って取り囲んでいた。

「デザインワークスさんが妙な振る舞いに及んでくださったことで、思いがけず藤田さん、前田さんとご一緒に仕事ができることになりました」

「デザインワークスさんのおかげですね」

太田がおどけ口調で言い、みんなが破顔した。

「少し時間が早いけど、午後の部に入りましょう」

奥野はみきを見た。

「今日もあれを全員に飲ませてもらえるわね？」

「紙コップですが、用意できます」

みきは明るい声で請け合った。

＊

「ウエザーリポート社によれば、今日と明日は全国的に晴天が期待できるそうです」

日本新社の八木が天気予報を告げた。ビデオ撮影には正確な天気予報が欠かせない。

日本新社には24時間、全国の最新気象情報が提供されていた。

八木が言い終わると藤田が立った。手にはミルクコーヒーの入った紙コップを持っていた。

「奥野さん、前田さんと話し合ったことだが、プレゼンは映像で行いませんか？」

藤田は奥野デザインの面々、なかでも今回の企画発案者のひとりである玉枝にこれを問いかけた。

玉枝は仲間の顔を見回した。だれもが玉枝に任せるという表情を見せた。

「きわめて時間が限られていますが、それができますよう、力を貸してください」

立ち上がった玉枝は藤田と前田にあたまを下げて頼んだ。

「ぜひやらせてください」

前田も立ち上がって答えた。これでビデオによるプレゼンが決まった。

藤田は腕時計を見た。1月13日、午後1時5分だった。

「会議を15時で打ち上げたい。その後は前田さんとうちとで、撮影クルーを2チェーン（2班）ずつ撮りに出す」

映像的に美しい場所を背景にして、企画の説明をしてもらいたい……藤田は玉枝、聡美、谷口、そして三浦に企画の趣旨説明をさせるプランを考えていた。

玉枝は牛乳宅配の概要説明を。

聡美は新聞宅配と地域貢献大賞の説明。

酪農農家が安全な牛乳作りのために、いかにひとの知らぬところで汗を流しているか。これを谷口が説明する。

三浦は高校時代、部活の一環として郷里の鹿児島で朝刊配達を経験していた。

「あの一年で心身ともに鍛錬できたおかげで、いまでもきつい現場を楽しめています」

漆黒の大きな瞳を輝かせて、三浦は鹿児島まで一泊の突貫撮影に向かうと告げた。

「わたしは呉で企画説明をさせてください」

立ち上がった玉枝は、気持ちを落ち着けるために紙コップの残りを飲み干した。

「呉は坂の多い町で、牛乳配達さんにはご苦労続きです。だからこそ、宅配の大事さがアメリカのみなさんにも伝わるはずです」

玉枝の言い分を受け入れた奥野は、藤田組の1チェーンを呉に差し向けてもらいたいと頼んだ。藤田はもちろん快諾した。

「プレゼンビデオの全体ナレーションは、あのひとに頼もうと思うのだが……」

藤田が挙げた名は滑舌の美しさで知られた、往年の大女優だった。だれも異論はなかったが、制作は明日である。

「仮押さえは済ませてあります」

八木の手配に抜かりはなかった。

「気の早い話かもしれませんが、本番のナレーションはハリウッド俳優に頼みましょうよ」

バイク乗りの中川香が提案した。

「全米に人気のあるひとなら、きっと評判を呼ぶでしょうから」

香の提案を受けて、東和のチーフ・プロデューサー山内が立ち上がった。

「いまハリウッドで一番人気の男優はレオナルド・ディカプリオ、女優はアンジェリーナ・ジョリーです」

ふたりとも環境問題に関心が高い。交渉のパイプはあると山内は請け合った。

「制作費用は潤沢です。採用となったら、ハリウッドまで交渉に出向いてください」

奥野の指図で会議室が大きく盛り上がった。

「纏さんには、あなたが説明に行って」

「まっかせてください、先輩！」

みきの声が会議室に響いた。まだ15時前だったが、全員が次に向かって動いていた。

41

玉枝は纏ミルクの件をみきに託して、プレゼン映像撮影のため郷里のロケに旅立った。玉枝を見送ったあと、みきは教わった亮介の携帯に電話した。

「奥野デザインの植木です。実川の依頼で電話をさせていただきました」

販売店の電話ではなく、亮介個人の携帯電話にかけたのだ。実川から番号を教わりましたと、みきは断りから話を始めた。

「どうも……はじめまして……」

すでに面識があったのに、亮介の返事はちぐはぐである。

先輩からの電話を待っていたのだろうなと、みきは察した。

「18時までは外の仕事が続いています」

詳しい説明を聞きたいが、いまは出先で手が離せない。

「勝手なことを言って申しわけありませんが、19時以降に電話をいただければ助かります」

遠慮気味な答えを聞きながら、みきはひとつのプランを思いついた。

「その時刻に、お邪魔してもいいですか？」

言葉が勝手に口から出た。

「もちろん構いませんが、植木さんにご迷惑じゃありませんか？」

「わたしなら、まったく問題ありません」

明るく答えて電話を切った。今日からプレゼン本番の15日まで、奥野の許可もあり箱崎（はこざき）のビジネスホテルに泊まろうと決めていた。

玉枝も聡美も、その他のスタッフたちも、手分けしてロケや作業に飛び出していった。まったく予定外の成り行きとなったのだが、だれもが最善・最高のプレゼンに向けて骨惜しみをしていなかった。

すべての始まりは蠣殻町周辺から。

亮介との会話のさなかに、みきはこれに思い当たった。

自分で納得できる仕事をこなすためにも、蠣殻町近辺に泊まり、この町の空気を吸って企画を煮詰めるのが一番だと感じた。

徹夜仕事が続くとき、奥野デザインでは箱崎のビジネスホテルを利用してきた。スタッフの仮眠などのためにである。幸いにも今日から3日間、空室があった。

15日のプレゼン終了後は、スタッフと底なしに飲みたい。そのためにも、みきは15日も泊まることにしたのだ。急ぎ帰宅したあとは、数日分の着替えなどを詰めたキャリーケースを転がして、箱崎のビジネスホテルにチェックインした。

ひと休みのあと、部屋を出た。ホテルから纏ミルクまでは、ほぼ一本道である。すっかり暮れた冬空を星が埋めていた。

明日は全国的に晴天だと聞かされていた。纏ミルクのひとたちは明日の朝、この星がまだ残っているときに配達をするんだ……。

星空を見上げて歩くみきに、凍えがまとわりついてきた。燃え立つような赤色のダウンジャケットが、厳寒を感じ取って膨らんでいた。

玉枝も聡美も、この時刻には目的地に着いているに違いない。

わたしも頑張っていますから！

胸の内で声を張りながら、みきは浜町店へと向かった。

店先には19時2分前に立った。

亮介とあかねは事務所を暖かくして待っていた。田代も一緒に、みきを迎えた。

「実川はロケ隊と一緒に、今はもう呉に着いているはずです」

みきは最初に玉枝の話をした。亮介が聞きたいだろうと思ったからだ。

「実川だけではなく、他の撮影クルーも鹿児島や四国の撮影に向かっています」

企画会議で決まった概要を、亮介たち3人に聞かせた。

東和映像撮影班のひとつが、四国の高知にいた。八十八カ所巡りのお遍路さんの取材のためである。これは今回の企画とは関係なく、東和が独自に進めていた撮影だった。

「お遍路さんをお迎えするご接待も、今回のテーマの支えにはぴったりでしょう」

明日はプレゼンに挿入する画像を撮影したあと東京に呼び戻すと、前田が提案した。

「山里や名刹などは、米国人に大受けする画像でしょう」

奥野は前田の提案を喜んで受け入れていた。

奥野デザイン・日本新社・東和映像。

これら3社が全力投球で、今回のプレゼンに臨んでいます、とみきは説明した。

口を開いたのは田代だった。

「あなた方が進めているのは、まだ企画提案の段階ではなかったですか？」

「その通りです」

みきは田代を見つめた。

田代もみきの目を見ながら話を続けた。

「まだ企画が採用されたわけでもないのに、あなた方の言うプレゼンのためだけに、撮影部隊まで各地に派遣するのですか」

「はい」

みきは強い口調で答えた。

「纏ミルクさんや明慈さんにも、お力を貸していただく企画です。いまできることは、なんでもやります！」

みきの返事を聞いたあかねは、亮介の脇で深くうなずいていた。

＊

２０１４年1月14日6時前。

モーニングコールが鳴る前に、みきは目覚めた。

バスルームに入り、ぬるめに調節したシャワーを浴びた。身体がぬるさに馴染んだあと、湯温を熱くした。

肌がヒリヒリするほどの熱いシャワーを浴び続けたことで、身体の芯まで温まった。

このビジネスホテルにはパジャマ兼用の薄手のバスローブが用意されている。バスタオルで短い髪を拭きつつ、窓のカーテンを開いた。

晴れているのだろう、見上げた空には星が煌めいていた。

手早く身なりを整えて部屋を出た。

「散歩してきます」

みきが声をかけたフロントマンは、いぶかしげな目を見せた。

真冬の夜明け前である。散歩というには時刻が早すぎたのかもしれない。

水天宮前交差点の交番では、警察官が立ち番をしていた。

「おはようございます」

みきが明るい声であいさつをしたら、警察官は敬礼で答えた。

東の空の根元が薄いダイダイ色に変わっている。腕時計が午前6時半を指していた。

みきはゆるい足取りで、田代が受け持っている蠣殻町を歩いた。が、田代は月・水・金が配達日である。あいにくなことに配達のジャイロはなかった。

昨夜の話し合いで、今朝は田代の配達が休みであることは聞かされていた。それを承知で、みきは夜明け直後の蠣殻町を歩いていた。

町はまだ寝静まっており、通りに人影はなかった。空の高いところには、夜の名残の星がまだ幾つか見えた。

いつもなら、みきもまだ眠っている時刻だった。息を吐くたびに、口の周りが真っ白に濁った。夜明けを迎えたいまも、凍えは町に居座っていた。

纏ミルク浜町店につながる道を歩きながら、みきは考えを巡らせた。

寒さは厳しいが今朝は晴れているから、歩くのは楽だった。

もしも雨降りなら、傘をさして氷雨に濡れた道を歩くことになるのだ。思っただけで、気が重たくなった。

しかし牛乳配達のひとは、氷雨が身体にまとわりつくなかでも、配達を休まない。

雪が降ったら、翌朝の道は凍りついているだろう。そんななかでも、全国の田代さんたちは牛乳配達を続けている。

朝日が届き始めた道を歩きながら、みきは荒天の朝を思い描いた。

わたしがぬくぬくと眠っている朝、白い息を吐きながら配達を続ける田代さんたち。

しかも、ただ配達するだけではないのだ。

保冷ボックスの牛乳が、もしもそのままだったら、お客様の身を案じて、なにができるかを考えることまでしてくれていた。纏ミルクで宅配の実態を知ったことで、身体の芯から突き上げてくるような昂ぶりを覚えた。

先輩もきっと、同じことを感じたからこそ、この企画推進を思いついたに違いない……

気持ちの弾んだみきが、熱い息を吐いた。

かならずプレゼンを成功させる！

身体の芯から意気込みが湧き上がってきた。纏ミルクさんでビン牛乳をいただき、田代さんと同じように……みきの歩みが速くなった。

朝日を浴びて輝く隅田川の川面を見ながら、清洲橋に立って飲むんだ！

纏ミルクに向かうみきの口には、おいしい牛乳の、あの濃い美味さが広がっていた。

42

1月14日、午後10時。

東京都港区虎ノ門（とらのもん）の日本新社第1スタジオ調整室には、座りきれない人数のスタッフが詰めていた。

テレビ番組も収録できる1スタの調整室に詰めるのは、本来なら番組プロデューサーとディレクター、そして調整卓を操作するエンジニアだ。

ときに番組スポンサーの担当者も同席することはあった。が、そのときでも総勢5

〜7人しか詰めないのが調整室だった。

いまは今回のプレゼンに携わっている3社の20人以上が、収録開始を待っていた。椅子を並べるスペースなど、調整室にはない。プレゼン・テープ制作の責任者である日本新社の八木とディレクターの谷口、そして卓を操作するエンジニアの3人だけが椅子に座っていた。調整卓のガラス窓越しに1スタが見えていた。天井の高さが5メートルもあり、撮影カメラが3台配された本格的な造りである。

天井には鋼鉄素材の頑丈なパイプが、縦横に渡されている。1台の重さが15キロを超える照明器具を、30台以上吊り下げるためのパイプだ。

スタジオの中央には、車椅子に座った湯川かおるがいた。車椅子の把手は田代が握っていた。もしもの事態に備えて工藤医院の院長が、スタジオ後方のカメラ死角に待機していた。

3台のカメラにはすでにカメラマンがついており、それぞれが湯川を狙っていた。

「2分後から撮り始めます」

ヘッドセットをつけたFD（フロア・ディレクター）がかおると田代に告げた。

「何度でも撮り直しはできますから、気を楽にしてください」

声をかけたFDは29歳の女性、日本新社の川田美保（かわたみほ）である。

「ありがとう、美保さん」

かおるは一度名乗られただけの川田の名前を覚えていた。

川田の両目は潤んでいるかに見えた。

＊

1スタに入ってきたかおる・田代・工藤の3人を、全員が人垣を作って出迎えた。

3社の代表者がそれぞれかおるにあいさつをしたあと、収録責任者の八木が前に立った。

「撮影にはこの3台のカメラを使います。湯川さんを撮っているカメラは、ここに赤いタリーランプを点灯しています」

カメラの説明をしたあと、八木はフロアで指示を出すFDを紹介した。

「この川田から、湯川さんと田代さんに指示を出させていただきます」

八木は川田を呼び寄せた。

かおると向き合ったとき、川田は息を呑んだような顔つきになった。が、すぐに表情を戻して川田美保だと名乗った。

「あなた、わたしを見て驚かれたようでしたが、どうかしたのですか？」

「祖母とあまりにそっくりでしたから……」

川田が口にしたことを聞いて、3社の代表者たちは表情を硬くした。祖母にそっくりと言われたかおるの心中を、おもんぱかったのだ。

かおるは穏やかな笑みを浮かべて、車椅子を押してきた田代に話しかけた。

「わたしももう、こんな大きな孫がいる歳なんですね」

しみじみとした物言いだったが、聞いた川田は顔を引きつらせた。

「そんなつもりで申し上げたのではありません。申しわけありません」

うろたえ気味に詫びる川田の手に、かおるは優しく触れた。

「あなたのような女性のおばあちゃんに似ているのなら、とっても光栄ですよ」

相手を気遣うかおるの物言いに、その場に居合わせただれもが魅了された。

「なんとしても、このプレゼンは成功させるぞ」

かおるをプレゼンに起用することを提案した藤田は、想いのこもった目で奥野にささやいた。

奥野はかおるを見ながら、うなずき返した。

＊

スタジオで3台のカメラに向かうなど、かおるには初めての体験だった。しかもカメラを前にしてなにを語るかも、まったく決まってはいなかった。

玉枝が概要を話しただけだったのだ。

「本番ではきちんと台本を用意させていただきますが、今回はＪＣＡの方々に、この提案趣旨を理解していただくための収録です」

田代が異変に気づいたことで、かおるは大事に至らずに済んだ。

牛乳宅配は、ただビン牛乳を配達するだけではない。顧客の安泰を願う、配達スタッフのこころも一緒に届けている。

それは新聞宅配もまったく同じである。

宅配に示す細やかな心遣いこそ、日本人が大事に育み続けてきた文化……。

「これをＪＣＡの方々に伝えていただけるなら、どんな言い回しをされても結構です」

説明を聞いたかおるは、ひとこと答えた。

「日本の文化がわたしを助けてくれました」と。

43

14日の23時過ぎ。電話するには遅いかとためらったが、玉枝は飯島から携帯番号を教わっていた。登録済みの名前に触れたら、ドングリを抱えたリスの写真が表示された。

もちろん玉枝当人の仕業だった。リスを見たことで、気持ちが弾んだ。

「奥野デザインセンターの実川です」

とはいえ、名乗ったときには緊張した。

「こんな遅い時間に申しわけございません」

まだ言い終わる前に、飯島が答えた。

「問題ありません、起きていますから」

明るい声が玉枝の耳に心地よかった。

「明日のプレゼンのことで、どうしても飯島さんにお訊ねしたいことがあったものですから」

前置きを聞かされた飯島は、堅い口調で玉枝に話しかけた。

「実川さんの問いに答えることで、他の3社の方々に不公平になる恐れはありませんか？」

玉枝は思わず口ごもった。飯島が質したことは、公平さを保つ者として当然の質問だった。玉枝はそこまで思い至らずに、電話をかけていたのだ。深呼吸をしながら、考えをまとめた。

飯島への電話は、デザインワークスに不利にはならないと確信できた。

「不公平にはなりません」

玉枝はきっぱりと答えた。

「それを聞いて安心しました。どうぞ、話を続けてください」

飯島の口調がいつもの親しみのあるものに戻っていた。

それでも玉枝が緊張して黙していたら、飯島が柔らかな物言いで促した。

「気負わずに話してください」と。

玉枝の肩から力が抜けた。

「我が社は日本新社さん、東和映像さんとチームを組んで、プレゼンに臨みます」

ひと息でこれを言ったあと、玉枝は黙した。飯島に理解してもらう間を取ったのだ。

5秒ほどの沈黙のあと、飯島が口を開いた。

「3社が共同で、ひとつのプランを進めようということですか？」

「その通りです」

玉枝は力強い口調で答えた。それを聞いた飯島は、10秒間も沈黙した。

玉枝は気を落ち着けようとして、電話機を握ったまま深呼吸を繰り返した。

「実川さん……」

飯島の呼びかけに、玉枝は「はい」と静かな口調で答えた。

「3社とも、我が国を代表する優秀なクリエイター集団だと、わたしは確信しています」

「ありがとうございます」

玉枝は心底の礼を口にした。

「そんな3社がひとつの企画を推進しようというのですから、明日のプレゼンには期待できるという、強い予感を覚えます」

飯島は3社チームを否定しなかった。が、それは承認ではなかった。

「いまニューヨークは午前9時過ぎです。クライアントは10時始業ですから、始まりまでには1時間近くの間があります」

ここまで言ったあとで、いまは3社が顔を揃えているのかと質した。

「日本新社さんで、明日のプレゼン・ビデオの最終MA（音入れ）のさなかです」

「分かりました」

東京の午前零時にニューヨークのJCAに電話を入れると、玉枝に告げた。

「クライアントの了解を得たうえで、そちらに電話します」

飯島は電話番号を訊ねた。玉枝は八木の直通番号を告げた。

「先方の承認がとれ次第、そちらに電話します」

飯島の返事を全員に伝えたあと、玉枝はいま聞いた言葉をゆっくりと噛み締めた。

飯島は「クライアントの了解を得たうえで」と、玉枝に告げた。

JCAが3社チームを受け入れるように説得してくれる……玉枝は飯島のサポートが得られるかもしれないと感じていた。飯島が示してくれたサポートは、デザインワークスへの不公平には当たらないと、あらためて確信もしていた。

＊

本番に使うＤＶＤは、午前零時前には仕上がった。長過ぎると、プレゼンを受ける者の集中力が薄らいでしまう。

「強い印象を残して終わるには、尺は10分が限界です」

長年映像制作に携わってきた八木の言い分に従い、ＤＶＤは10分で仕上げられた。

完成した作品を全員でプレビュー（試写）し、手直し箇所がないかをチェックした。

ＤＶＤ完パケ（完成版）が仕上がったあと、みきは日本新社の給湯室でコーヒーを入れ始めた。未明まで作業が続くだろうと予想して、コーヒーの支度を調えていた。

飯島は午前零時にＪＣＡと電話で話し合うと約束してくれていた。

午前1時を過ぎたとき、3社のスタッフは八木のデスクの周りに集まっていた。

「どうぞ、召し上がってください」

入れたてのコーヒーが高い香りを漂わせる紙コップを、みきは銘々に配って回った。

「うまい具合に新幹線が取れてよかった」

「谷口は出張手配の達人ですから」

一泊の弾丸ロケの顛末を、スタッフたちは談笑していた。壁の電波時計に目を走らせて、時刻を確認する者もいた。午前1時半を回ったときには、話も尽きていた。時計を見る頻度が上がり、ひっきりなしに腕時計を見る者が何人もいた。

　午前2時3分。

　八木のデスクの電話が鳴り始めた。まだ1回目の途中で、八木は受話器を取った。

「日本新社、八木です」

「エセックス国際法律事務所の飯島です。電話が遅くなりました」

「お詫びを言うのはこちらです、勝手なことをお願いしてしまって」

　八木はこの電話をスピーカーに切り替えていいかと訊ねた。

「もちろんです。みなさん、まだご一緒ですか？」

「全員、残っています」

　八木はスピーカーに切り替えた。

「現地時間の10時ジャストにＪＣＡさんに電話しました」

　飯島はニューヨークと交わした子細を話し始めた。八木の周りが静まり返った。

＊

　幸いなことに、今回のプレゼンにかかわる理事5人全員が在席していた。

　飯島は玉枝からの申し出を理事たちに告げた。先方は5人が同時に電話を聞いていた。

「競合会社がチームを組んで、ひとつの提案をするというのは、あまり聞いたことがない」

「それはチーム作りというよりも、都合のいい談合じゃないのかね」

理事は5人とも、企業のエグゼクティブだった男性である。理事長は総合商社の現役ニューヨーク支社長だった。

「わたしもこんなケースは初めてですが、談合とはまったく違います」

飯島は、談合ではとの指摘を否定した。

チームを組むという3社は、いずれも日本を代表する制作会社である。会社の誇りと信用にかけて、制作で談合することなどあり得ない。

飯島は各社の会社名をもう一度告げた。

理事のなかには日本勤務時代に、業務で日本新社と付き合った者もいた。会社案内のビデオ制作を発注したとき、企業側の責任者だった。

「あの会社なら、確かに安易な談合などはしないでしょう」

理事たちの反応はまちまちだった。

「1時間後に電話をもらいたい」

それまでにJCAとしての見解をまとめておくと、理事長は答えた。

飯島は午前1時に電話をかけた。が、まだ結論には至っていなかった。

「話し合いがつき次第、こちらから電話をする」

飯島にこれを伝えた理事長は、日本時間午前1時53分に電話をかけてきた。

「結論から言うが、3社のチーム編成を了承することになった」

理事4人は賛成と反対が2票ずつで割れた。理事長の賛成票で了承が決まった。

「提案というのは数が多ければいいというものでもない。絞りに絞った、珠玉の提案をしてもらえれば、判断する側の負担も軽くなる」

理事長はここで口調を変えた。

「どんな提案をしてくれるのかで、これは飯島君、エセックス国際法律事務所の評価にも直結することになるぞ」

「うけたまわりました」

飯島は電話機を持ったまま、直立姿勢になっていた。

＊

「そういう次第です」

理事長とのやり取りを聞き終わった面々は、固唾を呑むことすら忘れていた。

「わたしも自分の評価を賭けています。クライアントが満足されるプレゼンをお願いします」

明日は14時に待っている。エセックス国際法律事務所の支社長以下、おもなスタッフがプレゼンに立ち会うことになる。

「オーバルオフィスの機材は、すべて利用いただけます」

飯島は午前2時過ぎとも思えない、爽やかな声で八木に話した。玉枝が聞いていることを、意識している声でもあった。

「明日……というより、あと12時間後ですが、エセックスのスタッフとJCAの理事たちをうならせるプレゼンを期待しています」

飯島が電話を切ったあと、一斉に吐息が漏れた。が、気落ちしているわけではなかった。だれの目にも、強い光が宿されていた。

44

壁の電波時計が午前4時を示していたが、まだ編集は続いていた。

飯島との電話を切ったあと、八木は周囲に集まっていたスタッフに向かって口を開いた。

「もう一回、プレビューを見直そう」

反対する者は皆無で、奥野・藤田・前田の3人は試写室の最前列に座った。

見直すために集まった各自の表情が引き締まっている。飯島から聞かされたＪＣＡ理事長の言葉を、だれもが思い返しているようだった。

ひとつは「提案は数が多ければいいというものではない」と言われたことだった。絞り込まれた珠玉の提案なら、それを吟味する側の負担も少なくて済む……この言葉の重さを、何度も嚙み締めていたに違いない。

一案だけのプレゼンに怯えるあまり、数で勝負せんとばかりに多数の案を提示してきた。その考え方を、根本から揺さぶる言葉を理事長は口にしていた。

多数のプレゼンを検討する側の負担。

大半のスタッフは考えたこともなかったのだ。

ぎりぎりまで吟味に吟味を重ねた結果の、珠玉の一案で勝負をする。

まさに今回は、それを実行しようとしていた。

方向性は正しかった。が、理事長はもうひとつ、別のことを口にしていた。

3社チームのプレゼンを認めた、エセックス国際法律事務所の眼力も問われるぞ、と。理事長はこんな意味のことを飯島に申し渡していた。

飯島はエセックス国際法律事務所の支社長にも諮(はか)らず、自己責任において3社チームのプレゼンを受け入れた。

ＪＣＡ案件推進の全権が、飯島に委ねられていたからだ。

玉枝の仕事ぶりに対する信頼感の厚いことを、飯島は具体的な形で示していた。もしもチームがしくじれば、飯島に多大な迷惑を及ぼすことになる。

それを3社の全員が感じ取っていた。午前2時を過ぎてからのプレゼン映像の再検討に、背水の陣だというスタッフの思いがあらわれていた。

「あのフリップでは、牛乳宅配が持つ肝の部分がうまく伝わらない気がする」

フリップを作り直し、その部分のナレーションも録音し直してくれと八木が指示を出した。即座に現場作業が始まった。

全体のナレーションは、女優に依頼していた。が、彼女は午前零時のMA終了と同時に、次の仕事に事務所の車で向かっていた。

八木はいささかも慌てず、分厚いシステム手帳で番号を確かめて電話をかけた。

「八木です……こんな時間にわるいけど、10分尺のナレをお願いしたいんだ……いまから」

短い電話のやり取りで、別の女性声優が手配できた。

彼女の到着まで45分だという。

「もう一度、ナレ原（ナレーション原稿）をチェックしてくれ」

八木の確かな指示で、制作スタッフは敏捷に動いた。時計は午前4時20分である。

いまはもう、玉枝もみきも聡美も、手伝えることはなかった。が、プレゼンの責任者は玉枝である。

現場作業の邪魔にならぬよう、スタジオ隅に集まっていた。

「わるいけど、コーヒーを入れてくれないか」

八木の頼みを受けて、みきたち若手スタッフ3人が立ち上がった。

夜明け前の凍えが1スタに忍び込んでいた。天井の高いスタジオは空調が止まっており、凍え方が厳しい。しかし本番は9時間半後に迫っているのだ。

だれもが生き生きとした目をしており、上気した顔で自分にできることをこなしていた。

45

「まいったなあ、プレゼン当日だというのに外は雨だよ」

コンビニまで煙草を買いに出ていたスタッフが、声を震わせながら戻ってきた。

スタジオに窓はない。

過ぎゆく時間を教えてくれるのは、壁に掛けられた電波時計のみである。

外が氷雨だと聞いて、玉枝・みき・聡美の3人が顔を見合わせた。

最初に立ち上がったのは玉枝だった。

「外の様子を見てきます」

八木に断りを言い、３人は連れ立ってビル玄関から外に出た。オフィス街の午前5時は真っ暗で、コンビニの照明だけが周辺の闇を切り裂いていた。

玉枝は傘もささず、氷雨を身体で受け止めた。わずか数秒だったが雨の痛さが突き刺さった。今日は水曜日で田代の当番日だ。

こんな真っ暗な氷雨のなかでも、田代さんたちの配達は続いている……。

みきと玉枝は同じことを思っていた。

聡美は日本新聞協会で聞かされた、朝刊配達の話を思い出していた。

徹夜編集に付き合ったことで、未明の氷雨を目の当たりにした。

雨の重さを嚙み締めつつ、３人は黙したままスタジオに戻った。

「呼びに行こうと思っていたんだ」

八木は玉枝を待ち構えていた。

「悪いけどいますぐ、纏ミルクさんに電話してもらえないか」

八木は用向きを一気に話し始めた。

「氷雨のなかを牛乳配達される田代さんの姿を最終シーンに取り込みたい」

なんの演出もせず配達風景を撮影したい。その許可を纏さんと田代さんから得てもらいたい……これが八木の用件だった。

「凍てついた朝でも、お客様を大事に思って配達を続けている姿……そんな場面を撮影したい」

映像を見ただれもが、思わず凍えを感じてしまうような、厳寒のシーンを撮りたい。

凍えがきつければきついほど、配達する者の思いが伝わってくるに違いない。

「演出した作り物の絵では表現できない真実を、うちのスタッフなら撮れる」

八木の物言いから、スタッフに対する信頼が強く伝わってきた。

「分かりました。すぐに電話をします」

玉枝は教わっていた携帯電話を呼んだ。

「おはようございます」

亮介はだれからの電話かが分かっていた。

「こんな早朝から、勝手なお願いで申しわけありません」

玉枝は手短に用件を伝えた。幸いなことに、田代はまだ浜町店にいた。

氷雨の凍えが身体にきつくて、出るのがいつもの朝より遅くなっていた。

「いつも通りでいいなら、わたしは構わない」

田代は撮影されることを受け入れた。

「ありがとうございます」

玉枝の応じ方を聞いた八木は、直ちに撮影クルーにＯＫを伝えた。

撮影現場となるのは、明かりのほとんどない夜明け前の蠣殻町である。演出なしゆえ照明は使えない。カメラマンは高感度機材を選んだ。

「田代さんがカメラを意識せずに済むように、車の中から撮影しよう」

ロケバスには玉枝も同乗して現場に向かった。

田代はいつも通り、確かな足取りで一軒一軒の配達を続けていた。

一戸建ての前に車は停車できた。保冷ボックスのふたを開き、空きビンを取り出したあと、純白の牛乳ビンを納めるのが田代の手順である。

保冷ボックスに納める前に、田代はまるで慈しむかのように、ビンをタオルで拭った。適した場所に停車していたロケバスは、田代の動きをすべて撮影できた。

ズームで手元を撮っている映像が、モニターに映し出されている。

ふたを閉じた田代は、雨に打たれない場所を確かめてボックスを移した。

「優しいなあ、あのひとの動き」

モニターを見詰めていた音声さんが、小声でつぶやいた。

「あんなにていねいに配達してもらえるなら、おれも一本とりたくなった……」

30代の男性のつぶやきを聞いて、得心した玉枝も深くうなずいていた。

わずか数分の撮影だったが、ロケバスの中はいいものが撮れたという達成感に満ちていた。

46

プレゼン当日、1月15日午前10時。

エセックス国際法律事務所が入居する汐留エグモントタワービル3階に、3社のスタッフが集まっていた。

同ビル3階には軽食の摂れるレンタル会議室がある。奥野デザインからは玉枝と聡美、日本新社の八木と谷口、東和映像の山内と三浦が会議室に集まっていた。

「10時40分まで最終確認を続けて、エセックスさんには11時10分前にうかがいます」

リーダーは玉枝が務めていた。全員がその役を玉枝に頼んでいた。

会議室にはDVD再生装置も用意されていた。

玉枝は会社から持参した卓上デジタル時計をデスクに置いた。

「プレゼン開始が3時間も早められて慌てましたが、日本新社さんと東和映像さんのお力で、ここまで来ることができました」

玉枝は外交辞令ではなく、実感を込めて両社のスタッフに礼を言った。

「プレゼンの進め方が大きく変わりましたが、我々にはなんの問題もありません。むしろ結果が早く分かる運びとなったのは、わたしども3社にはプラス要因です」

強く言い切った玉枝は、スタッフに目を向けた。大きな瞳が潤みを帯びていた。

＊

田代を追加撮影したロケ隊は、午前6時過ぎに日本新社に戻った。1スタでは八木が矢継ぎ早に指示を繰り出していた。

「いい絵が撮れましたよ、チーフ」

カメラマンが弾んだ声を投げかけたが、八木の表情は険しかった。

カメラマンのあとから1スタに入った玉枝を、八木は手招きした。険しい表情を見て、玉枝も顔を引き締めて近寄った。

「ついさっき、エセックスの飯島さんから電話があった」

午前6時前にかけてきた飯島の電話は、プレゼンに関する緊急連絡だった。

「お伝えすることがふたつあります」

飯島は簡潔な物言いで用件を告げ始めた。その1は、ニューヨークと回線をつなぎ、日米同時にプレゼンを受けるということだった。

「当初の予定では4社から4通りの提案を受ける手筈でした」

上位2案にエセックス国際法律事務所が絞り込む。その2案をニューヨークで検討し、最終決定を下すというのがＪＣＡの当初の指示だった。

しかしプレゼンはデザインワークス対3社チームという形に変わっていた。

「2案の検討なら、テレビ会議回線を使って日米同時のほうがいいと、ＪＣＡさんが判断されました」

それでよろしいですねと、飯島は確認した。異議を挟む理由はなかった。

「よろしくお願いします」

八木は即座に返答した。

「連絡事項の2点目は、プレゼン開始時刻の変更です」

飯島の口調に、ためらいが含まれていた。

「ニューヨーク時間の午後9時に始めたい。東京は当初の予定を3時間早めて、午前11時開始とするようにとの指示を受けました」

最終段階での時間圧縮は大変だろうが、クライアントの指示ですのでと、八木に告げた。

「デザインワークスさんは、承知されたのでしょうか？」

八木は穏やかな口調で問いかけた。

「デザインワークスさんには、まだ電話していません」

先に八木の意向を確かめたかったと、飯島は明かした。

「わたしどもは午前11時スタートで結構です」

八木は明瞭な物言いで答えた。

先に電話をくれたということは、アドバンテージも同然である。3時間早い開始を即座に受諾すれば、デザインワークスも指示に従わざるを得なくなる。異を唱えたりすれば、JCAやエセックス国際法律事務所の心証が悪くなるからだ。

「ありがとうございます、八木さん」

飯島は気持ちのこもった礼を言った。

「うちの事務所は回線容量、転送速度ともにSグレードを契約しています」

JCAも東京と同じクオリティでプレゼンが受けられると飯島は請け合った。

「JCAさんは今回のプレゼンを大いに楽しみにされています」

この時間(午前6時)でも電話が即座につながったことで、3社連合の意気込みのほどが感じられる……飯島は公平さを保てるように、言葉を選びながらも好意を示した。

「デザインワークスの田宮さんと連絡がつき次第、もう一度電話させてもらいます」

電話を切った飯島が、再度電話をかけてきたときは、午前7時を15分も過ぎていた。

「留守電にメッセージも残していますが、まだ田宮さんと連絡はとれていません」

感情を抑えた平板な喋り方を、飯島は努めようとしていた。

「ニューヨークには八木さんが了承された旨をすでに伝えてあります」

午前11時から回線を確保してある。

「時報とともに開始できますよう、汐留にお越しください」

こう告げて、飯島は2度目の電話を切った。

田代の追加撮影パートを加えたDVDは、飯島が電話を切る前に完成していた。

「あとは本番に臨むだけです」

八木は玉枝の手を握った。

「ここまで、いい仕事を一緒にさせてもらいました」

徹夜作業で八木の顔には脂が浮いていた。第1スタジオの照明は絞られていたが、ひたいの脂がてかりを放っていた。

「本番の制作も、ぜひこの3社連合で臨ませてください」

八木は東和映像の山内と三浦を見ていた。深くうなずいた山内が、声の調子を変えた。

「エグモントタワーの3階には、レンタル会議室があります」

午前10時にそこに集合し、本番の手順を確認しあってから臨もうと提案した。

即座にその提案は受け入れられた。山内はレンタル会議室と付き合いがあった。

「午前9時には予約を入れておきます」

山内の名で分かるようにしておく。会議室受付で部屋を確認することでまとまった。

「今日のプレゼンに出席する人の名を、この場で確認させてください」

奥野デザインさんから聞かせてほしいと、八木は玉枝に問いかけた。

「わたしと新道が出席します」

出られるのは1社2名である。みきと、新聞協会担当の聡美とが入れ替わっていた。みきも承知のうえである。聡美に笑顔を向けた。聡美は自分の胸を叩いて応えた。

東和映像も日本新社もふたりの名を挙げた。

「プレゼンのリーダーは実川さんにお願いしたいのですが、いかがでしょうか？」

八木の問いは「賛成」の声で即決された。

各自が仮眠や身支度に戻ろうとして立ち上がりかけたとき、八木の語調が変わった。

「デザインワークスの田宮氏は、24時間、世界のどこに居ても電話はつながると豪語していた」

その田宮に連絡がつかないのは奇妙だと、八木はいぶかしんだ。

「わたしも田宮氏の自慢は聞いたことがある」

東和の山内が八木の話を引き取った。

「飯島さんの電話にも出ないということは、日本にいなかったんじゃないのか？」

山内の推察を聞いて、八木の表情が動いた。

「まさかとは思うが、田宮氏はまたボストン詣でをやらかしてはいないかなあ……」

1スタが静まり返った。いやな静寂は玉枝たちが破った。

「今度のプレゼンが、姑息な手段に負けるわけはありません」

「先輩の言われた通りです」

「世界に自慢できる文化を紹介するプランです、横綱相撲で受けて立ちましょう」

玉枝・みき・聡美が信念を込めてすっきりと言い切った。

プレゼンには出席できないみきだが、会議室では玉枝の隣に座っていた。

全員の顔に誇りの笑みが浮かんだ。

＊

予定より5分早く会議室を出た一行は、定刻15分前にエセックス国際法律事務所を訪れた。出迎えに出てきた飯島は、なんとも複雑な表情を見せた。

「デザインワークスの田宮さんは、すでにお見えです」

オーバルオフィスで待っていると教えた飯島は、３社6人の案内役を務めた。

オーバルオフィスの出口に近い席に、田宮吾郎は座っていた。

驚いたことに傲岸不遜が売りの田宮が、椅子から立ち上がって6人を迎えた。

充血した赤い目で、自慢の白い歯もくすんで顔面は蒼白だった。

47

オーバルオフィスのスピーカーが午前10時57分から時報を流していた。

「午前11時ちょうどをお報せします」

ピッ、ピッ、ピッ、ポーン。

午前11時が告げられたと同時に、各席のモニターにはＪＣＡ５人の理事が映った。ニューヨークとの回線がつながったのだ。司会進行役の飯島が演台に立った。飯島を捉えた映像がオーバルオフィスの大型モニターに映し出された。

「ＪＣＡの皆様、夜間にもかかわらず、ご参集いただきありがとうございます」

開会に先立ち、飯島は事務的な説明を始めた。オーバルオフィスには３台のカメラとスイッチャー（画像切り替え役）が配されていた。

プレゼンの進行状況をニューヨークに送るための人員と機材の配置である。

「公平を期するためにカメラ、スイッチャーともに今回のプレゼン各社とは無関係のスタッフを配しました」

汐留の民放テレビ局の１社は、エセックス国際法律事務所の顧客である。局の総務部に依頼して、撮影スタッフ４人の派遣を受けていた。

進行に合わせてカメラが自在に切り替えられる。プレゼンが滑らかに進むようにとの、飯島の配慮だった。

「今回はデザインワークス社と、奥野デザインセンター・日本新社・東和映像の合同によるチームとの、2社から提案を受けます」

飯島は田宮と玉枝を指名した。両名がその場に立つと、カメラがふたりを捉えた。

「プレゼン開始に先立ちまして、ＪＣＡの皆様に自己紹介をお願いします」

飯島は先にデザインワークスの田宮を促した。

モニターの画像が田宮吾郎に切り替わった。

「デザインワークスでチーフ・プロデューサーを務めております田宮吾郎です」

田宮はこう名乗っただけで座った。カメラは玉枝を捉えた。

「奥野デザインセンターのアート・ディレクター、実川玉枝と申します」

玉枝はカメラを直視した。

別のモニターに映っているＪＣＡ理事5人は、玉枝を見詰め返していた。

「日本新社・東和映像とのチームで、今回のご提案をさせていただきます」

玉枝は謝辞を述べ、一礼してから座った。

「プレゼン時間は1社もしくは1チームあたり30分を最長とします」

飯島は再度、田宮と玉枝を立ち上がらせた。

「それではプレゼンの順番をじゃんけんで決めていただきます」

勝った方が先・後を選べると告げてから、田宮と玉枝にじゃんけんをさせた。

勝負は田宮の勝ちだった。

「わたしは後攻めを選びます」

わずかこれだけを口にした田宮は、表情が硬く、物言いにゆとりがなかった。

「それでは実川さんからプレゼンを始めてください」

「うけたまわりました」

玉枝は持参したＤＶＤディスクのケースをカメラに向けた。

「わたくしどもからのご提案は、このＤＶＤに収録いたしております」

玉枝はケースからディスクを取り出した。

『ＪＣＡプロジェクトご提案映像』

ディスクにプリントされたタイトルを、カメラはズームで捉えていた。

「ご提案申し上げたいことは、すべてこのＤＶＤに収めてまいりました」

玉枝はカメラを直視して目を見開いた。

「８分間、お時間を拝借させていただきます」

プレゼン映像は長さ８分間だと明かした。

尺の短さを知って、役員たちは表情を動かした。どの表情も好意的だったのは、集中して見る時間が短くて済むと思ったからだろう。

当初は5分で仕上げる予定だった。が、田代の追加映像、かおるのコメントを長めにしたことで、8分に延びていた。

飯島に近寄った玉枝はディスクを手渡した。

受け取った飯島はスイッチャーに渡した。

再生の始まった映像が日米両方のモニターに映し出された。

夜明けを迎えた呉の海。昇る朝日が海面を眩く照らしている。

黄金色の海面を背景に、組曲『ペール・ギュント』の「朝」が流れ始めた。

呉の入り組んだ坂道を、バッグを提げた牛乳配達員が上っていく。正面から捉えた配達員の顔は朝日を浴びて眩しいらしい。

目を細くしているが、坂を上る足取りはずんずんと確かだ。

配達先に行き着いたあとは、門扉を開いて玄関前の保冷ボックスに近寄った。

明慈の青い色が夜明けの明るさのなかで鮮やかに見えた。

空きビンを取り出したあと、露のついた牛乳ビン4本を納めた。露が、牛乳のフレッシュさを際立たせていた。朝日が昇りきったあとでも保冷ボックスに直接陽がささぬよう、気遣って置き直した。

きちんと門扉を閉めた配達員は、次へと向かい始めた。朝の光を浴びた坂道。犬と散歩をしている地元のひとと、あいさつを交わして配達員は坂を下って行った。

映像が変わり、桜島の全景が映し出された。

錦江湾（きんこうわん）がキラキラと光っている。

「懐かしい眺めだ……」

ＪＣＡ理事のひとりが漏らした声を、ニューヨークのマイクはしっかり拾っていた。

城山公園の坂道を上る小型バイク。荷台には新聞が山積みである。

平らな場所にバイクを停めた配達員は、数部の朝刊を手にして配り始めた。

新聞受けに朝刊がきちんと納まるよう、ていねいに差し入れた。中まで納まった新聞受けを、南国鹿児島の朝日が照らしていた。

「フレッシュな牛乳と、真新しいニュースから始まる、気持ちのいい一日」

落ち着いた声の女性ナレーションで、自宅に届けられる牛乳と新聞が紹介された。

一軒ずつ、気持ちをこめて配達する宅配が息づいているのは、日本ならではの文化だとナレーションは訴求した。ここでスタジオ撮影の画像になった。

「わたくしは、かつてＪＣＡの立ち上げをお手伝いさせていただきました湯川誠次の家内、湯川かおるでございます」

バストショットの大写しだが、車椅子に座っているのは分かった。

かおるのあいさつを聞いて、ＪＣＡの面々から声が漏れた。

「かおるさん、どうされたんだ。車椅子に座っているじゃないか」

理事のひとりが大きな声を出した。まるで画面のかおるに問いかけるかのような口調だった。5人中、ふたりはかおるを知っていた。残る3人もＪＣＡ立ち上げの功労者のひとりである湯川誠次の名は知っていた。

また当時の駐在員の妻が果たした内助の功は、だれもが身に染みて分かっていた。

「わたくしはいま車椅子に座っています」

スタジオのカメラが全景を映し出した。

車椅子を押している田代も映った。

「牛乳配達の田代さんに命を助けていただけたからこその、ありがたい車椅子です」

かおるは確かな口調であの朝の顚末を話した。

映ってはいたが、田代は口を閉じたまま把手を握っていた。

「牛乳配達も新聞配達も、ただ品物を届けてくれるだけではありません」

かおるから資料映像に変わった。

日本新聞協会が主催する『地域貢献大賞』のパンフレットが大写しになっている。その画像を背景にして「顧客の安全までも気にしながら、宅配を続けています」と、かおるは説明した。

「毎朝、食卓に牛乳と新聞が届くぜいたくは、日本でなければ味わえません」

宅配の素晴らしさ。宅配の仕組みを大事に思う日本人のこころを全米に紹介すれば、多くのひとから強い共感が得られます……。

かおるは静かな口調で説明した。

かつてニューヨークとサンフランシスコに駐在したかおるなればこそ、何なら米国人のハートを摑めるかを分かっていたのだろう。

映像は朝の配達風景に戻った。朝日が眩い冒頭とは正反対で、氷雨が降る未明の住宅街である。白い息を吐きながら、田代は配達を続けていた。

牛乳ビンを慈しむかのように、露を拭って保冷ボックスに納めた。

その映像にナレーションがかぶさる。

「こころまで届ける宅配は日本の文化です」

姉妹がスキャットで歌う『牧場の朝』が流れて、ＤＶＤは終わった。

48

玉枝のプレゼンに対して、ＪＣＡの面々がなにを感じ取ったのか。

映像が終わったあとの質疑応答で、５人の満足ぶりが伝わってきた。

「３社合同チームで臨みたいとの申し出の真の意味が、これで充分に理解できました」

理事長のコメントに、満足度合いの深さが凝縮されていた。満足が深ければ深いほど、質疑応答は短くなる。余計な質問など意味がないことを、ＪＣＡの理事たちは分かっているのだろう。

プレゼン持ち時間は30分だった。３社チームは８分も残して終了した。

「それでは後攻のデザインワークスさん、始めてください」

飯島が田宮に告げたのは、モニター脇のデジタル時計が午前11時24分を表示したときだった。

「実川さんのプレゼン、まことにお見事でした」

競合相手を称えてから始めるのは、デザインワークスのいつもの流儀である。しかし今回は、まったく様子が異なっていた。

「わたくしどもの目から検証しましても、３社チームの提案は素晴らしいものと存じます」

よってデザインワークスは今回のプレゼンを辞退したいと、田宮は宣した。

無理にゆとりを示そうとしているのか、田宮の表情は薄い笑いを浮かべているかに見えた。思いがけない田宮の発言で、東京・汐留のオーバルオフィスは静まり返った。

ニューヨークは強い口調で異議を唱えた。５人を代表して理事長が話し始めた。

「デザインワークスさんの申し出は、まったく理にかなわない暴言でしかない」

怒りの強さは、理事長の感情を抑えた低い声に表れていた。

「わたしどもＪＣＡの意図を理解した上で、デザインワークス社はプレゼンに参加されたはずです。そうではありませんでしたか？」

「仰せの通りです」

答えた田宮の顔つきはこわばっていた。

「だとすれば田宮さん、提案の優劣を判断するのはわたしどもＪＣＡです。いわんや、３社チームの提案をあなたが検証するなど、論外の僭越発言です」

理事長の怒りは次第に強まっていた。が、口調は努めて物静かさを保っていた。

「モニターの画像を見る限り、デザインワークスさんは田宮さんしか出席されていないようだが、あなたがすべてを受け持つのですか？」

「はい……いや、これには事情がありまして」

滑らかな弁舌が売り物の田宮が、返答に詰まって口ごもった。

「事情とは、わたしどもの責に帰すことで、格別の考慮をすべき事情ですか？」

「そうではありません」

田宮はカメラを見ないで発言した。

「わたしを見ながら、つまりカメラを見て答えてください」

理事長の声がわずかに尖っていた。田宮は背筋を伸ばしてカメラを見た。

「あくまでも我が社の社内事情です」

「ならば田宮さん、無駄な議論はここまでにして、デザインワークスさんの提案を聞かせてください」

弁護士資格を有する理事長は、感情を交えぬ物言いでプレゼン開始を指示した。

「我が社にはご提案できる企画がありません」

田宮は意志の力で、なんとかカメラを見詰めていた。

「企画を推進するうえで、我が社は重大な倫理違反をおかしておりました」

プレゼンをする資格がありませんと、田宮ははっきりと告げた。

ひと呼吸をおいて、理事長が話し始めた。

「参加資格もなく、提案する中身も持たないあなたが、3社チームのあの素晴らしい提案を検証するとは片腹痛い発言です」

理事長は初めて感情のこもった口調になり、言葉を吐き捨てた。

「飯島さん」

理事長から呼びかけられた飯島にカメラが向いた。飯島の緊張した表情が大写しにされた。

「今後、デザインワークス社との取引を、わたしどもＪＣＡは一切認めません」

「うけたまわりました」

飯島は感情のこもらない目を田宮に向けた。

「ここまでです。どうぞお引き取りください」

演台に立ったまま、飯島は出口を示した。

「失礼します」

カメラに向かって一礼した田宮は、3社の全員にも深い辞儀をした。

JCAとエセックス国際法律事務所は、田宮が口にした倫理違反がなにかは分かっていない。が、田宮と3社の全員には分かっていた。

玉枝は硬い顔で田宮の辞儀を受け止めていた。

49

プレゼン大成功から2日後、1月17日になっても氷雨は続いていた。

赤胴の前に立った飯島は、店の入り口にかぶさるように茂っている柏の葉に見入っていた。

「ここに来るのは5年ぶりですが、ちっとも変わっていない……」

先代が40年前に植えたという柏の木は、真冬のいまでも明るい緑色の葉をつけている。雨粒が葉から転がり落ちていた。

ドアマンズ・アンブレラをさした玉枝は、白い息を吐きつつ飯島の後ろに立っていた。玉枝の隣には深紅のダウンジャケットを着たみきも立っていた。

入り口のひさし下で傘を畳んだ飯島が、赤胴の木枠ドアを内へと押した。

チリリン。真鍮（しんちゅう）の鈴が来店客ありを告げた。

亮介とあかねが立ち上がり、飯島たちを迎えに寄ってきた。

「久しぶりです、光太郎さん」

亮介が右手を差し出した。今日の打ち合わせに飯島が出張ってくることは、昨日玉枝から聞かされていた。

「思いもしなかった展開となって、おれも驚いている」

身体の芯から滲み出す親しさを声に込めて、飯島は亮介の右手を握った。

年長は飯島だが、握手を交わした手の甲は亮介のほうが年上に見えた。四季を通じてこなしてきた現場仕事の確かさが、手の甲にも刻みつけられていたのだろう。

「みなさんがお待ちですから」

あかねが飯島・玉枝・みきの３人をテーブルに案内した。

飯島は田代、かおると初対面である。

「エセックス国際法律事務所の飯島と申します」

田代とかおるに名刺を差し出し、初対面のあいさつを交わした。

全員が座についたとき、マスターが飲み物を運んできた。赤胴特製のミルクコーヒーである。背の高いグラスから、熱々の湯気が立ち上っていた。

「世間は狭いとよく言いますが、今回はその言葉が意味することを何度も噛み締めました」

飯島はかおると亮介を交互に見た。玉枝が進めてきた企画は、かおるに生じた異変を田代が察知したことに起点があった。

田代が宅配していたのは明慈の牛乳だ。

販売店である纏ミルク浜町店の店長亮介は、飯島の古くからの友人だった。

800万ドルもの巨額を投じて、日本ならではの文化を全米に広報する。それを推進しようと決めたJCA。かおるはニューヨークでJCA設立の準備作業を手伝っていた。しかも理事のうちふたりとかおるは、知己の間柄だった。

さまざまな要素が偶然にも有機的に結ばれて、この企画は成立した。

世間は狭い。

飯島が深い感慨を込めて、もう一度この言葉を口にした。

「まさに、世間は狭い」

ことの発端となった田代は、しみじみとつぶやいてからミルクコーヒーに口をつけた。かおるは田代のあとで、湯気の立つグラスを持った。玉枝とみきも続いた。

全員がミルクコーヒーを味わっているのを見極めてから、飯島がまた話し始めた。

「この場でみなさんに発表したいことが、ふたつあります」

グラスを置いて立ち上がった飯島は、内ポケットから封筒を取り出した。封筒には一通の書状らしきものが収まっていた。

「今朝の6時に届いた、ＪＣＡさんからのＦＡＸです」

Ａ4サイズの用紙を全員に示したあと、飯島はＦＡＸ内容の説明を始めた。

「今回の企画をＪＣＡさんはこのうえなく喜んでおられます。その喜びと感謝を示すあかしとして、本年6月の創立記念パーティーに招待したいとの申し出が書かれています」

田代とかおる。纏ミルクの亮介、あかね。

7泊の予定でニューヨークに滞在してもらいたい。

「6月20日がＪＣＡの創立記念日で、ニューヨークのホテルにおいて毎年創立記念パーティーが催されます」

今年のパーティーにはぜひ4人をお招きし、会員全員で感謝の言葉を捧げたい……。

「これが今朝届いた理事長からのＦＡＸです」

説明を終えた飯島は、またかおると亮介を交互に見た。

「とっても素敵です！」

みきが手を叩いて喜んだ。田代は戸惑いの表情でかおるを見た。

「お招きいただくに足りるだけの、しっかりした演技が必要ですね」

かおるは目元をゆるめて田代に話しかけた。

映像制作はこれからが本番である。かおるは肚をくっているようだ。

「役者じゃないんだから、長いセリフはご容赦くださいよ」

玉枝に話す田代も、かおるが言ったことを聞いて肚を決めたようだ。

「わたしはニューヨークは初めてです。かおるさんが案内してください」

自然な物言いで、田代はかおるさんと言った。亮介は背筋を伸ばして飯島を見た。

「ありがたいお話をいただきました」

亮介の声は緊張のあまりなのか硬かった。

「妹まで一緒に招いていただけるなんて、御礼の言葉も思い浮かびません」

亮介の脇に座したあかねも、両手を膝において深く辞儀をした。

ＪＣＡがあかねを知るはずがない。招待を強く推してくれたのは飯島だと、あかねも亮介も察していた。

「６月はまだ先ですから、親父に相談してぜひとも行けますように段取りします」

亮介とあかねが揃って辞儀をした。みきは顔を大きくほころばせてあかねを見た。

何度も会ってきたなかで、歳の近いふたりは急速に仲の良さを深めていた。

「さっき飯島さんは発表することはふたつあると言われたと思うが」

問うた田代に飯島はうなずきで答え、その場で立ち上がった。

「極めて個人的なことですが、今回のＪＣＡさんのことがあったからこそ実ったことです」

飯島の目配せを受けて、玉枝は立ち上がり飯島と並んだ。

「みなさんのおかげで、わたしは生涯の伴侶となる女性と出逢うことができました」

多くを語るわけではなかったが、飯島の口調から玉枝への想いの深さが感じられた。

並んで立っている玉枝は、口を閉じたままである。黙ったままでも飯島の話すことをすべて受け入れているのは、表情から伝わってきた。

懸命に平静さを保とうとしている亮介の脇で、田代は光る目で飯島を見ていた。

かおるは穏やかな表情のままである。

みきは心底の祝福を先輩に捧げる表情で、玉枝を見ていた。

「６月のニューヨーク行きは、わたしたち個人にとっても大事な旅となります」

飯島と玉枝が深々と辞儀をした。ふたりが顔を上げたとき、亮介は飯島に近寄った。

「おめでとうございます、光太郎さん」

下腹に力を込めて、亮介はしっかりとした物言いで祝福を告げた。

田代とあかねは称えるような目で、亮介の振る舞いを見ていた。

みきもいままでとは違う親しみのこもった目で、亮介を見詰めていた。

50

1月は月末まで厳しい寒さが続き、東京には何度も氷雨が降った。

「それではもう1テイク、撮ります」

「5秒前……4……3……」

雨具を突き抜ける凍えを、撮影ディレクターの声が吹き飛ばした。

かおるはまだ車椅子である。

「足を滑らせて起き上がれなくなったシーンは、かおるさんの足が治ったあとで撮ります」

撮影順序を入れ替えて、車椅子シーンの撮影が繰り返されていた。

蠣殻町で田代とかおるのシーンが撮影されているとき、鹿児島・呉・尾道・宮城などには別の撮影クルーが差し向けられていた。

玉枝はすべての撮影現場に足を運んだ。本件の全体を指揮する総合プロデューサーに抜擢されていたからだ。

玉枝が東京を離れているときは、みきが纏ミルクとの折衝すべてを受け持っていた。

打ち合わせは毎回8時からと決められた。この時間なら朝の配達を終えた田代も加わることができるからだ。

「おれも手伝いたいです。どんな端役でも言いつけてください」

栗本清吾が真顔でみきに頼み込んだ。

「昨日の電話で、親父とおふくろにおれも出るって、自慢しちゃったんです……」

栗本の語尾が消え入りそうだった。

「ちゃんと出番はありますから！」

みきは明るい声で請け合った。

「浜町店のみなさんが配達に出る場面を、ひとりずつアップで撮る予定です」

みきの返事を聞いて、栗本が破顔した。

「よかったじゃないか、クリちゃん」

田代が栗本の肩を叩いた。

亮介も白い歯を見せていた。が、弾けるような笑顔はまだ戻っていなかった。

＊

2月14日は金曜日だった。この日は朝の打ち合わせはなかったが、みきは午前8時前に顔を出した。いつものように事務所に、ではなく、店先に立っていた。

目ざとく見つけたのは栗本だった。

「どうしたんですか……ご用なら、なかに入ってくださいよ」

「今朝はそうじゃないんです」

栗本と話しているところに、気配を察したあかねが出てきた。

「おはようございます」

あかねは弾んだ声で応じたが、両目にはいぶかしむ色が浮かんでいた。今朝は打ち合わせることはなかったし、亮介はいたが田代はもういなかったからだ。

「牛乳を1本ください」

みきは釣り銭がいらぬよう、ちょうどの額を小銭で支払った。

「亮介さんと外でお話がしたいんですけど、都合を訊いてくれますか？」

束の間、あかねは戸惑い顔になった。が、すぐさま目元が大きくゆるんだ。

あかねは上履きの音を響かせて事務所へと駆けた。よほどにあかねは兄を急がせたらしい。配達用のシューズをつっかけるようにして、事務所から店先に出てきた。

「おはようございます！」

亮介と目を合わせたみきは、ひときわ明るい声であいさつした。

相手の声の明るさに戸惑ったらしい。

「おはようございます」

亮介は低い調子で応じ、帽子のつばに手をあてた。

「清洲橋まで、ご一緒いただけますか？」

「おれはいいですけど、歩いてですか？」

亮介の声の調子が、さらに低くなっていた。

「この前の打ち合わせのとき、田代さんから聞かされたことがすごく印象深かったんです」

朝日を浴びて輝く川面を見ながら、一本の牛乳をゆっくり味わうときの醍醐味……田代はこれを言っていた。

「橋まで歩きで連れて行ってください」

みきはぺこりと辞儀をして頼んだ。

＊

清洲橋の真ん中まで歩いたところで、みきは立ち止まって欄干に寄りかかった。ずんずんと威勢よく空を昇っている朝日が、川面を照らしていた。

船の舳先が隅田川を切り裂いて走っている。船が起こした波が川面を揺らすと、黄金色の照り返りが大きく揺らいだ。ダウンジャケットのポケットから取り出した牛乳のキャップを、みきは手慣れた手つきで外した。

「上手だなあ」

亮介は正味の物言いで褒めた。

「このところ毎日ビン牛乳を飲んでいますから」

みきはごくん、ごくんと喉を鳴らして牛乳を飲み干した。美味さを堪能したという表情のみきを、亮介は見詰めていた。

みきはその目を真正面から受け止めていた。

「亮介さん、先輩が好きだったんですよね」

問いではなく断定に聞こえた。

「それなのに飯島さんと先輩に、本気でお祝いを言ってくれましたよね……」

男の見栄っ張りって素敵ですと言ったあとも、みきは亮介を見詰め続けた。

いきなり図星をさされた亮介は、うろたえ気味にみきから目を逸らした。

カラの牛乳ビンをポケットに仕舞ったみきは、反対側のポケットからリボンを結んだ板チョコ３枚を取り出した。

「数え切れないほど多くのチョコレートがありますが、わたしの想いを伝えてくれるのはこれです」

明慈ミルクチョコレートの包み紙が、朝の光を浴びて眩げに輝いていた。

第二章　尾道へ

1

「緊急事態が生じました。撮影スタッフは現地に残してプロデューサー、ディレクターの皆さんは17日23時までにエセックス国際法律事務所に集合してください」

飯島発信のメールが各社制作チームの現場チーフに届いたのは、２月16日日曜日の17時過ぎだった。メールには急な招集理由も記されていた。

「ＪＣＡの理事各位から、今回の企画推進に関して追加の要望を伝えたいとのことです」

理事全員が集合し、東京とテレビ会議を開催するための緊急招集だった。

「撮影進行中であるのは、ＪＣＡさんも承知しています。あえて撮影現場からディレクター各位を招集するのは、追加要望を伝えるためです」

緊急招集の理由は、企画をより魅力あるものとするためのポジティブな会議のためだった。

急ぎ呼び戻されるスタッフに対し、飯島は気遣いのある文章でメールを閉じていた。

２０１４年2月17日月曜日、23時。奥野デザインセンター、日本新社、東和映像各社のプロデューサーとディレクターが、オーバルオフィスに集合した。

「回線がニューヨークとつながるのは日本時間の午前零時、あと1時間後です」

深夜のオーバルオフィスで飯島が説明を始めた。全員の目が飯島に集まった。

「２０１４年1月末日現在、ＪＣＡ加盟会社数は３７５５社です。日本の証券市場における上場企業に限らず、北米を相手にビジネス展開している中小企業やベンチャー企業も多数含まれています」

ニューヨークに支社や事務所を開設しているのは１０００社弱で、その他は全米各地に事業所などを構えていた。

「ＪＣＡが加盟各社に対して負っている最大の責務は、日本への好感度を向上させる広報活動の強力推進です」

日本ならではの文化を全米に紹介することで、日本への理解を深めてもらう。その結果親近感と好感度が高まれば、加盟各社にビジネスチャンスが生まれる。この理念に基づき、ＪＣＡは活動を続けてきた。広報活動の内容は理事会に一任する。

「加盟企業が多種多様で会社規模もまちまちであるがゆえ、理事会一任が重要です」

理事会は絶対公平を原則として、特定企業に偏らない広報活動を推進してきた。

「今回は牛乳と新聞の宅配がテーマです。ふたつの業種に絞り込んだことで、加盟各社から異論が出るのではないかと、案ずる理事もおられましたが、まったくの杞憂でした」

飯島の声の調子がひときわ明るくなった。

「かつてなかったことですが、今回の広報企画に対しては、多数の会社から厚い賛意の声がＪＣＡに寄せられたそうです」

各自の席のモニターに、加盟会社から寄せられたメールのプリントが映し出された。リーガルサイズのプリントは山を築いており、総数は700通を超えていた。

これほどのリアクションがあったのも初のことだった。さらに驚いたのは、どのメールも企画への積極的な賛意を示していたことである。

「これほど反響が大きかった最大の理由は、メールを寄せてくれた大半のひとが学生時代に郷里や東京などで、牛乳配達もしくは新聞配達を経験していたことでした」

モニターの画像が消えた。集まった全員が飯島に目を向けた。

「宅配のあり方は時代によって異なります。昭和時代の牛乳ビンは大きくて重く、配達するのも大変でした」

新聞は新聞で、昭和時代には翌朝の折り込みチラシ十数種類を、前夜にセットしたという。

「時代とともに牛乳ビンは形がコンパクトになり、折り込みチラシの準備は機械が引き受けてくれるようになりました」が、時代がどれほど変わろうとも、気持ちを込めて一軒ずつ宅配することには、いまも昔も何ら変わりはなかった。

「いまのほうが、よりお客様を大事に思っているようだと、多数の声が評価していました」

田代とかおるのエピソードが効いていた。

吹き降る雨粒を痛いと思うほどの荒天。

指先が千切れそうに凍えた厳冬の朝。

宅配を経験したひとたちの声は、等しく厳しくてつらかった朝の想い出を記していた。が、そのあとには、宅配賛歌が記されていた。

真冬の朝、配達先で温かなココアを振る舞ってもらえたときの、身体の芯で感じたぬくもり。荒天の朝、牛乳ビンが濡れないようにと軒下に牛乳箱を移した。その瞬間、玄関ドアが開かれて、気持ちのこもった礼を言われた……。

700通超のメールには、700超のエピソードが綴られていた。

「保冷された牛乳が自宅まで配達されるなど、我が社の所在地・アリゾナのツーソンでは考えられないことです」

100万語を使って説明するよりも、雨粒を拭って保冷ボックスに牛乳を納める映像を見せるほうが、日本人の心根を理解してもらえる……。

寄せられたどの声も、一日も早い広報ビデオの完成を望んでいた。

飯島が説明を終えた瞬間、期せずして大きな拍手が湧き上がった。音が静まるのを待って、飯島はあとを続けた。

「ＪＣＡさんの理事会も、これほどの反響は予想していなかったそうです」

自分の席で立ち上がった飯島は、ひとりずつの顔をしっかり見て隣に目を移した。

「正式にはこのあと理事長から説明があるでしょうが、先にご報告します」

飯島は立ったままで話を続けた。

「加盟会社の総意で、広報活動の拡大が決定しました。放送枠も拡大する予定です」

飯島がまた、各自のモニターに計画書を映し出した。

当初は長尺ビデオを複数本制作する予定だった。800万ドルは充分な制作予算だった。

ＪＣＡからの新たなオファーは、当初プランとは大きく異なっていた。

ネットワーク（全米放送網）の人気番組枠で放映する、60秒ＣＭを5種類制作。

ＣＡＴＶ（ケーブルテレビ）で放映する180秒ＣＭを、同じく5種類制作。

「集中してテレビ放映することで、日本の宅配文化を一気に全米に浸透させる……その実行が決議されたそうです」

ネットワークの人気番組枠で、60秒のCMを放送する……ネットワーク事情に詳しい日本新社の八木から感嘆の声が漏れた。

「凄いことなんですか、八木さん？」

「凄いことです！」

玉枝に問われた八木は鸚鵡返しに答えた。

「CM放送料も莫大な額ですが、人気番組は枠を取るだけでも大変です」

超人気のスポーツイベント、プロアメリカンフットボールの『スーパーボウル』は、オリジナルCMを制作する企業に優先的に枠を与えている。

企業は60秒のCM制作に数百万ドルを投ずることもめずらしくない。八木の説明を聞いた面々もまた、感嘆の声を漏らした。

「スーパーボウルまでは無理でしょうが」

飯島が再び話を引き取って言った。

「全米で高いレーティング（視聴率）を獲っている番組を、JCAさんは考えています」

飯島はひと呼吸をおいて、さらに続けた。

「加盟各社は今回の広報活動のために、会社規模に応じて1000ドルから5000

ドルの臨時会費の負担を了承したそうです」

うおおっ！　どよめきがオーバルオフィスに渦巻いたとき、回線が接続された。ニューヨークからの映像は理事長が大写しになっていた。

「深夜に招集をかけて申しわけなかったが、事情は飯島君が話した通りです」

全員が深くうなずき、理事長の次の言葉を待っていた。

「こちらは2月17日の業務が始まったばかりですが、たったいまエージェントから吉報が届きました」

カメラが後退し、理事長の両脇を固めた理事たちも画面に現れた。

「先方との約束で、まだ名を明かすことはできませんが、あの『タイタニック』に出た男優がナレーションを引き受けてくれました」

放映時には、彼の名をクレジットすることで合意が成立したと理事長は明かした。

「日本の宅配文化を、彼は世界遺産級の素晴らしいものだと評してくれたそうです。そしてこの仕事に携われることは誇りだと言われて、信じ難いほど安いギャラで引き受けてくれました」

本件に携わる全員に、誇りを持って制作に臨んでいただきたいと、強い語調で結んだ。さきほどとは比較にならぬ拍手と歓声が沸き上がった。

玉枝のモニターには、あのリスが映し出されていた。

2

　新たな60秒ＣＭ制作が決まったことで、玉枝はみきを伴い、18日午前中に明慈の広報担当者に相談を持ちかけていた。

「全米に紹介できる明慈の牛乳の販売店さんを、新たに2店ご紹介いただきたいのです」

　ニューヨークからの新オファーのあらましを、担当者に聞かせた。

「世界中が知っているハリウッド・スターが、ナレーションを引き受けてくれるそうです」

　牛乳と新聞の宅配は世界遺産級の素晴らしい文化……男優が口にしたことも合わせて伝えた。

「そんな素晴らしいＣＭに取り上げていただけるのは、販売店様にも当社にも大いに名誉なことです」

　真摯な口調で喜んだ担当者は、どこか希望の販売店はありますかと訊ねた。

　腹案のあった玉枝は静かにうなずき、考えを話し始めた。

「ひとつは神奈川県の鎌倉、もう1店は鹿児島県で撮影できればと願っています」

　玉枝は質される前に理由を話した。

「鎌倉は米国人観光客にも人気の高い古都です。たとえ鎌倉を知らない米国人にも、大仏や鶴岡八幡宮、由比ヶ浜など、見ているだけで惹きつけられる名所や旧跡が豊富です」

長い時間の流れがある古都にふさわしい、歴史ある販売店があれば……。

「古都と息遣いを合わせているような、その土地に根付いたお店を紹介したいと願っています」

担当者は返事を控えて、なぜもう1店は鹿児島なのかと問うた。

玉枝は居住まいを正して考えを口にした。

「力強い桜島の実景は、新聞配達チームが撮っています。わたしが考える鹿児島は、新しくて若い血がたぎっているようなお店です」

新旧対比を描きたい。静かな鎌倉と、噴煙が上がる桜島。動と静のコントラストを60秒のなかで描きたいと、玉枝は望んでいた。

「どちらも実川さんの希望にかないそうな販売店様があります」

明日には鎌倉・鹿児島ともご返事ができるように努めますと担当者は請け合った。

「明日午後、呉の現場に戻りますので、その手前でご返事をいただければ助かります」

鎌倉の撮影は植木が担当しますと言い添えて、ふたりは明慈を辞した。

担当者は敏捷に動き、18日夕刻には結果を出した。鎌倉も鹿児島も快諾が得られていた。

＊

蠣殻町でのエピソードの撮影は、2月19日午前中には大詰めを迎えていた。

ランチを兼ねた最終シーンの打ち合わせが、貸し切りの赤胴で持たれていた。

ＪＣＡが大乗り気になったことで、企画が大きく膨らんでいた。みきも18日午前零時のテレビ会議には出席していた。

蠣殻町班のプロデューサー補佐の身分で、だった。

ＪＣＡがどれほど熱くなっているかを、みきは亮介たちに話した。

「あのスターがナレーションを引き受けてくれるなんて、本当に素晴らしいなあ」

「まったく大したもんだ」

みきの話を一緒に聞いていた田代も、心底感心したという物言いになっていた。

今日は病院場面の撮影だった。

尺が60秒となったことで、蠣殻町編は2部に分けられることになった。病院シーンは第2部の重要なパートである。

昼食後、撮影クルー、みき、田代とかおるはこの撮影に全力投球となった。

亮介は病院シーンに出番はない。

「お先に失礼します」

現場の面々にあいさつをして、亮介は浜町店へと向かった。徒歩で撮影現場に出向いていた亮介は、帰り道も歩きにした。

ゆっくり歩きながら、みきから聞かされたJCAの話を思い返した。

JCA加盟会社の何百人もが、牛乳配達や新聞配達を経験していた。

このことに亮介はこころを打たれた。

だれもが宅配賛歌を記していたことにも、強く気持ちを動かされた。

宅配は社会に貢献できている、価値ある仕事だと、海の向こうから教えられた気がした。気持ちが昂ぶり、いつの間にやらずんずんと強い歩調で歩いていた。

3

清洲橋の真ん中まで歩いたあと、亮介は腕時計を見た。

家業の牛乳販売店を手伝うと決めた日に、アメ横で購入した自動巻だ。細身の長針と短針が午後零時半を指していた。

午前中の配達業務を終えたあとの纏ミルク浜町店では、午後3時までがくつろげる時間帯だ。赤胴を出たあとの亮介は浜町店には戻らず、真っ直ぐ清洲橋の北側舗道を真ん中まで歩いた。この場所から大川（隅田川）の上流を眺めるのが、こども時分から好きだった。

2月14日の朝、みきと一緒に朝日を照り返している川面を見た。あのときの清洲橋は向かい側だった。あの日の朝同様に今日も快晴である。

晴れてはいても春はまだ先で、風は冷たい。正午過ぎの太陽は低い空の真ん中にいた。店に戻らず清洲橋に来たのは、大川を見ながら考えをまとめたかったからだ。

欄干に寄りかかった亮介の真下から、浅草に向かう遊覧船が姿を現した。

大きくて快速になった……。

亮介がしみじみと思う間も与えず、遊覧船はたちまち橋を潜り終えた。船が向かう先は浅草の吾妻橋桟橋だ。

遠離って行く船尾を見詰める亮介が、小さなため息をついた。

こどもの頃、亮介は妹と一緒に同じ場所から川面を見ていた。過ぎた二十数年のなかで、遊覧船はすっかり様変わりしていた。それゆえのため息だった。

小伝馬町から萬年橋近くに引っ越してきた、1995（平成7）年夏の日暮れ時。11歳だった亮介は、5歳だったあかねと一緒に清洲橋から大川を何度も眺めていた。

「おにいちゃん、見て見て！」

初めて橋の真ん中から大川を見たとき、あかねが甲高い声で亮介を呼んだ。

近寄った亮介に、妹は橋の真下を指差した。

「おふねが橋から顔を出してる！」

清洲橋を潜って浅草に向かう船の舳先が見えていた。進むにつれて全体が見え始め、潜り終えるとゆるい速度で川を上っていた。

あのころの船はデッキに船客が出ていた。

「おにいちゃんも一緒に手を振って」

妹に言われるがままに、亮介も一緒にデッキの船客に手を振った。

ふたりに気づいた船客の何人もが、大きく手を振り返してくれた。

いまは違っていた。

天井までガラス張りになった遊覧船からは、デッキが失せていた。船足も速い。

新大橋（しんおおはし）の辺りにまで進んでいた船を見ながら、亮介はまた腕時計を見た。

わずか5分しか過ぎてはいなかった。

考えをまとめる気で橋の真ん中まで歩いてきたのに、遊覧船を見たことで、つい昔を思い出してしまった。

が、わずかな時間の思い返しだったと分かり、ふうっと息を吐き出した。

欄干から身を起こした亮介は、身体に大きな伸びをくれた。仕切り直しである。

みきから赤胴で聞かされたＪＣＡの話には、気持ちの昂ぶりを覚えた。

宅配を高く評価されたことに、大きな喜びと誇りを感じたからだ。

赤胴から浜町店に戻る道々ではしかし、仕事のことではなく何度も玉枝を思ってしまった。それを振り払おうとして清洲橋のお気に入りの場所まで歩いた。

橋を潜る遊覧船を見たことで、こども時分のあかねを思い出した。

あかねとの昔を振り返っていたら、みきにつながってしまった……。

ぬくもりのある真っ直ぐな目を思い浮かべた。

4

亮介が大学3年になった2005（平成17）年、大半の同級生は懸命に就職活動を始めた。

バブル経済崩壊で受けた企業のダメージは、21世紀を迎えたあともまだ残っていた。

「よそに就職するのもいいだろうが、纏ミルクは一生をかけるに値する仕事だぞ」

慎太郎は家業を継げとは言わなかったし、就職活動を止めようともしなかった。

亮介なりに家業を大事に思っていることを、慎太郎は察していたからだろう。

小伝馬町の保育園に通っていたときから、亮介は牛乳宅配と一緒に育ってきた。

牛乳ビンを運ぶ音や、配達スタッフの話し声を聞きながら朝食を摂った。

亮介が保育園に向かうのは、毎朝8時の時報が合図だった。配達作業の真っ只中で、店が一番忙しい時間帯だ。

「行ってきまあす」

重たいケースを運んでいる父親たちに、威勢のいいあいさつをした。慎太郎はどんなときでも笑顔で我が子を送り出した。

店から保育園までは、真理子が自転車に乗せて通園した。

梅雨時は母子ともに合羽を着た。雨天や荒天の牛乳宅配に使う雨具である。

物心がついたときから亮介は、雨の日には店のだれもが合羽を着る姿を見ていた。ゆえに黄色いレインコート姿での通園には、なんの違和感も感じていなかった。

小学5年生の夏休み前に、小伝馬町から萬年橋近くに引っ越しすることになった。

「隅田川の向こうに行ってもさあ……」

クラス仲間のだれもが、小伝馬町界隈で生まれ育っていたのだ。こどもたちにとっての隅田川（大川）は、越えられない結界も同然だった。

その大川を越えて亮介は東に転居するのだ。

「べったら市のときは、こっちに帰ってこいよ」

仲間が口を揃えて告げたとき、亮介の両目は涙で膨らんでいた。

江戸時代中期から寶田恵比寿（たからだえびす）神社（東京都中央区日本橋本町）門前には、恵比寿講前日の10月19日と、20日当日に物売りの市が立った。

べったら市と呼ばれるわけは、アメと麹で漬けた大根（べったら漬け）売りが、この市の呼び物だからだ。

神社の祭礼には見世物小屋や物売り屋台がつきものである。寳田恵比寿神社の祭礼は、地元のこどもたちには欠かせぬ社交場だった。

１９９５年10月20日、金曜日の夕暮れ前。

大川の東側に移った亮介を、小伝馬町で同級生だった仲間６人が訪ねてきた。寳田恵比寿神社周辺の小売店のこどもたちだった。

慎太郎と仕事の付き合いが続いている洋菓子屋店主が、配達用のワゴン車に乗せてきていた。

「べったら市に行こうぜ、亮介」

亮介は妹も連れて小伝馬町に向かった。

こどもたちが帰ってきたとき、真理子はたっぷり甘味を加えたミルクコーヒーを振る舞った。とはいえ小５の男児に飲ませるのだ。

コーヒーは香りと色をつける程度にとどめて、牛乳の美味さを際立たせていた。

「おまえんちの牛乳って、こんなに美味しかったんだ……」

真顔で牛乳の美味さを褒められたあの日。亮介は初めて心底、家業を誇らしく思った。あのとき感じた誇らしさは、大学3年になっても失せてはいなかった。が、自分の知らない社会も見ておきたいと思っていた。

「高橋と一緒にバイトすることにしたから」

大学3年の6月。亮介は老舗うなぎ屋の長男である親友・高橋朝太と一緒に居酒屋でバイトを始めた。高橋も家業を継ぐか否かは決めていなかった。

「おまえもおれも、ひとの口に入るものを家業にしている」

他の飲食業がどんな仕事ぶりなのか、自分の目で確かめたい……高橋の考えに同意して、亮介も同じ居酒屋でのバイトを決めた。

仕事に就いて3週間が過ぎた金曜日の朝。高橋と亮介はバイト先近くの喫茶店にいた。バイトは調理場の下働きで、午前11時から午後7時までの8時間だ。午後6時55分には夜シフトに引き継いでいた。

「おれは来週早々にバイトをやめる」

「そうか……」

高橋を見詰めて亮介が答えた。

「おれも同じことを、今朝決めたところだ」

食べ物に対する姿勢がうちとは違いすぎるからだと、亮介は続けた。高橋も深くうなずいた。調理場のチーフは28歳の男で、この店の店長も兼ねていた。

「店で大事なことは利益率を高めることだ」

利益を出すには、仕入れた食材を無駄にしないことだと、調理場のバイトに言い続けた。

「キャベツは芯まで捨てるな。牛肉はトリミングした部分も大事な食材だ」

無駄を出すなの指図には亮介も高橋も従った。強い違和感を覚えたのは、古くなった食材まで捨てさせなかったことだ。

「肉も野菜も傷みかけが一番いい味が出るんだ。それを捨てるなど、とんでもないことだ」

所詮は学生街の居酒屋で、客が大事に思うのは値段が安いことだ。

「傷みかけた肉も野菜も、思いっきり炒めて濃いソースで味付けしておけば、うちの客は気がつかないさ」

チーフが声高に言うのを聞くたびに、亮介は纏ミルクの姿勢を思い浮かべた。

「お客様の健康維持に貢献できる最高の牛乳を、最高の状態でお届けしている」

纏ミルクのスタッフに対して、慎太郎は毎日、このことを伝えていた。

高校2年の夏休みの朝、亮介は慎太郎の配達について出たことがあった。あのころは慎太郎も真理子も、店のスタッフと一緒に配達を受け持っていた。

「配達に出る車は、念入りに清掃するんだ」

亮介も配達車の内部清掃を手伝った。隅々まで拭き清めたスペースに積まれたケースは、上部に保冷剤が敷き詰められていた。

「先々の土圭(とけい)となれや、小商人(こあきんど)……という言い伝えがある」

配達区域に向かう運転席で、慎太郎は亮介に心構えを説いた。

江戸時代に庶民が暮らした長屋には、多くの担ぎ売りが物売りにやってきた。

「豆腐屋の金太さんがきたから、もう七ツ（午後4時）どきだわさ」

「しじみ売りの声が聞こえたら、六ツ半（午前7時）が近いからね」

得意先に顔を出す担ぎ売りが土圭（時計）代わりになってこそ、お客様から信頼された……これを慎太郎は亮介に言い聞かせたのだ。

「幕末生まれの爺さんの代から、お客様の口に入るものを商ってきたんだ」

食品を扱う者にとっては、お客様に信頼されることがなによりも大事だと、慎太郎は何度も言葉を重ねていた。居酒屋の調理場でチーフが口にする乱暴な物言いを聞くたびに、亮介は不快感を募らせた。チーフはお客様に信頼されようとは思っていない。纏ミルクではあり得ないことだ……。高橋も家業のうなぎ屋とは相容(あいい)れないチーフの振る舞いに、ほとほと嫌気がさしていた。

これ以上はバイトを続けられない！

ふたりが同時にやめると申し出ても、チーフはまったく痛痒(つうよう)を感じていない様子だった。このバイトがきっかけで、亮介も高橋も家業を継ぐ決心がついた。

お客様を大事にする姿勢に深い尊敬を覚えたがゆえの、誇りある決心だった。

何度も残業して稼いだバイト代で、亮介は自動巻の腕時計を購入した。

この時計を見るたびに、慎太郎に説かれた言葉を思い出すことができた。

「先々の土圭となれや　小商人」

食品を扱う者にとっては、お客様に信頼されることがなによりも大事。

気持ちがめげそうになったとき、亮介はいつも腕時計を見て自分を励ましてきた。

しかし玉枝とのことで負った痛手は、自動巻の文字盤を見ても癒えぬままだった。

が、痛手を負ったといっても、玉枝とのことは失恋とも呼べないものだった。

自分ひとりが玉枝への思慕を募らせていただけで、思いを打ち明けたわけではない。

飯島が玉枝との結婚を発表した日の夜。

「光太郎さんにおめでとうって言ったおにいちゃん、素敵だったわよ」

それだけを伝えたあと、あかねは今日まで一度も玉枝のことは口にしないままである。その代わり2月14日以降は、みきの話を何度も聞かせていた。

「明慈のミルクチョコレートをくれたみきさんって、飛び切りの男前ね」

「おにいちゃんと違って、みきさんは直球を投げてくれたんだから」

好きだとも言えずに終わった亮介を、やんわりとした物言いで戒めた。

「いつまでも待たせてないで、みきさんにきちんと返事をしてあげて」

あかねに迫られたが、亮介はまだ答えられずにいた。

ＪＣＡは追加費用を加盟会社から徴収してまで、宅配の素晴らしさを全米にアピールすることを決めていた。いま自分が迷っているこのときでも、制作スタッフはよりよき映像撮影に汗を流している。

いつまでおまえは時間を無駄遣いしている！

背筋を伸ばした亮介は、両手で頬を張った。

一発では足りず、二発、三発と続けた。

脇を通りかかった年配の女性が驚きの目を亮介に向け、足早に行き過ぎた。

「一から出直します」

大川に向けたつぶやきが、風に乗って女性にも聞こえたらしい。立ち止まったあとで振り返り、慈愛に満ちた顔を見せていた。

5

浜町店には慎太郎・真理子が顔を出していた。

「撮影は順調に進んでいるか？」

香ばしい玄米茶をすすった慎太郎が、病院での撮影進捗具合を訊ねた。

「当初の予定を大きく超えて、凄い成り行きで進んでいるよ」

亮介はみきから聞かされたＪＣＡの反応を、両親とあかねに説明した。

在京クルーによる撮影現場には、みきがプロデューサー補佐として立ち会っていることも、あかねを見ながら聞かせた。

「大事な留守を任されるなんて、やっぱりみきさんて、できるひとなんだなあ……」

あかねの物言いはすこぶる好意的である。去る14日のチョコレート以来、あかねはみきに強い好感を抱いていた。真理子もおよそのことは、娘から聞かされていたのだろう。笑みを浮かべた顔で、亮介の説明を聞いていた。

聞き終わったところで慎太郎は亮介を見た。

「ＪＣＡの理事たちは多分わたしと同い年ぐらいだろうが……」

もう一度玄米茶をすすってから、湯呑みをテーブルに戻した。

「会員企業のアメリカ駐在のひとたちは、わたしなんかよりも、もっと若手が多いはずだ」

ことによると亮介と同じぐらいの世代もいるのではないかと、見当をつぶやいた。

「そうよねえ……」

真理子は感慨深げな物言いで夫に相槌を打った。

「駐在社員のなかには、木田くんもいるかもしれないし……」

「井野くんも佐藤くんもいるといいわねえ……」

両親のやり取りを聞いたあかねは、

「それがどうかしたの、お父さん？」

いぶかしげな口調で問いかけた。

「牛乳の宅配は長い時間のなかで、若い世代にも受け継がれてきているということよ」

娘を見ながら真理子は感じたことを話し始めた。

「ＪＣＡの理事さんたちはお父さんと同じ世代かもしれないけど、大賛成をしてくれたひとたちは、もっとずっと若い人たちだもの」

世代を超えて牛乳や新聞の宅配が続いていることこそ、日本のよさ……真理子の話で、あかねは心底得心がいったという表情になった。

亮介が小学校高学年のとき、纏ミルクは萬年橋近くに移転した。当時はまだ保育園児だったあかねだが、朝の配達風景を見ながら育っていた。

あの頃は学費を得るために牛乳配達に従事していた大学生が、纏ミルクにも多数住み込んでいた。最盛期には20人の大学生がいたし、朝夕の食事の支度を真理子が担っていた時期もあった。あかねも時にはキッチンに立ち、母親を手伝うこともあった。

「おにいちゃんと清洲橋から大川を見ていたときは、5年生だったでしょう？」

「おまえは5つか6つだったよなあ」

亮介の答えにあかねはコクンとうなずいた。

つい先刻、清洲橋の上で、亮介は思い返したばかりのことだった。

「あのときのおにいさんたちも、いまはもういろんな会社の中堅社員になっているんだと、お母さんたちはいま思っていたんでしょう？」

真理子は何度もうなずいてから口を開いた。

「アメリカで働きながらも、学生時代の牛乳宅配のことは忘れてなかったのよ」

真理子の目は、いつになく強い光を帯びていた。

「お届けする先々のことを思いながら配達するってことは、自分でも気がつかないうちに、相手の気持ちを察するというこころが育っているのよ」

日本人ならではの、相手を思うこころ。

宅配で培ってきたものを、自分の胸の奥底に仕舞い込んでいたに違いない。

その素晴らしいものを、今回のプレゼンで多くのひとが思い出してくれた……。

「きっと素敵なキャンペーンになるわね」

真理子が口にしたことを、あかねは驚きの思いで受け止めていた。

母親がこれほど明快に、今回の企画意図を理解していたこと。そして無駄のない言い回しで、それを説き聞かせてくれたこと。

その両方に驚いたのだ。母に対する驚きは亮介も同じだったようだ。

清洲橋の上で決意したことを、亮介は母親を見ながら明かし始めた。

「お願いがあります」

亮介は真理子を見てから慎太郎と目を合わせた。

慎太郎は背もたれから身体を起こし、背筋を伸ばして亮介を見た。

真理子は表情を引き締めた。なにか途方もないことを言い出すのではと、予感を抱いたらしい。

「お願いがあるって、どんなことなの？」

慎太郎ではなく真理子が質した。

「いまここで母さんの話を聞いたことで、おれの気持ちがはっきり決まった」

亮介は父親に目を戻した。

「1カ月間、もう一度尾道まで修業に行かせてください」

膝に両手を置いて、両親と妹に頼みを告げた。

慎太郎はあごに手をあてて黙していた。

あかねはなにごとによらず兄の味方である。兄を見詰める目は賛成の光を宿していた。真理子は吐息を漏らしただけで黙っていた。両目の光は沈んでいるように見えた。

亮介はそんな真理子に目を移し、なぜ尾道に行きたいのかを口にし始めた。

「ＪＣＡさんが大乗り気になって、特別予算まで用意すると聞かされたとき、正直に言えばそんなに驚きはしなかったんだ」

玉枝の企画の素晴らしさには、改めて感心した。しかし多くのひとが感じた宅配への熱い思いについては、それほど深く感じてはいなかった。

日常の当たり前の仕事だと思っていたからだ。

清洲橋まで歩く道々、じわじわと自分の身体の芯から熱い思いが滲み出してきた。

宅配に従事していることへの誇りも感じた。

清洲橋の上で「一から出直します」と、大川に向かって決意を宣した。その思いを、真理子の言葉が強く後押ししてくれた。

毎日の宅配のなかで自分でも気づかぬまま、相手を思うこころが育まれている……。

このことに亮介は、深く深く思い当たったのだ。

「おれも父さんやじいさんたちと同じように、牛乳販売店という家業が好きです」

なぜ好きなのか。

それを真理子が教えてくれたと亮介は明かした。

「近頃のおれは、お届けする相手を思うことよりも、自分のことを先にあれこれ考えるようになっていたと思う」

亮介は両親、妹を順に見た。

玉枝が飯島との結婚を決めた一件は、慎太郎・真理子ともに知っていた。が、亮介が黙っている限り、親から触れることはしなかった。

とはいえ「自分のことを先に……」と悩んでいたことは、両親とも充分に察していた。慎太郎は穏やかな目を向けて、亮介に先を促していた。妹も同じだった。

息子が思い悩んでいたことを承知しつつも、真理子の目の色は沈んだままだった。尾道に行くという息子を思ったがゆえである。

亮介は迷いのない口調で話を続けた。

「おれが家業を継ぐと決めたとき最初に言いつけられたのが、松浦社長のところへ修業に出ることだったよね？」

問われた慎太郎は黙ったまま うなずいた。

「あのときのおれは家業を継ぐというより、手伝うという程度の気構えだった」

息子が話し始めた口調を聞いて、慎太郎の背中が背もたれから起き上がった。

「福山ではなく尾道で、松浦社長から宅配のイロハを身体に叩き込まれた……」

亮介はあの町を思い出しているかのようだった。

尾道は急坂が至る所に存在する港町である。

「ここで学んで身につけたことは一生ものだ」

松浦社長の哲学に賛同した慎太郎は、息子を福山に出した。亮介は尾道で修業に励んだ。が、気持ちに甘さが残っており、何度もくじけそうになった。

修業を命じた父親を恨めしく思ったりもした。

「あんた、家業を継ぐのではなく、手伝うぐらいの気でおるのと違うか？」

店の先輩岡田さんに図星をさされた。

「家族経営の販売店では、手伝い気分の者では店長は務まらんぞ」

60をとうに過ぎた先輩は坂道を駆け足で上り、戸口では大声で名乗った。そして保冷ボックスを掃除し、牛乳を納めた。一日1本のお客様にも全力投球である。

雨降りで滑りやすくなった坂道でも、駆け足をゆるめなかった。

ひとさまの役に立つ仕事をする。

曽祖父が遺した精神を、東京から遠く離れた尾道で、岡田先輩が全力で具現化していた。

尾道で体験したことが亮介の精神的な礎となり、浜町店を開店することができた。

「また一カ月も店長が店から離れるのは、うちの規模では難儀だと承知しています」

亮介は父親の目を見詰めた。

「いまのおれは、甘えで言ってるわけじゃない」

もう一度、身体の芯に尾道の厳しさを叩き込む。それが浜町店成長の大事な鍵となる。迷いのない言葉で父親に頼み込んだ。

「分かった」

慎太郎は吐息を漏らして続けた。

「もう一度、世話になってこい」

慎太郎の返答に真理子も異存はなかった。

亮介の決断に反対する気など、さらさらなかった。しかしあのときの福山での別れを思い返すと、いまでも哀しい思いが湧きあがってくる。それを真理子は抑えられずにいた。すでに7年が過ぎたというのに……。

6

明乳松浦に修業に赴くまで、亮介は纏ミルク本店に同居していた。

「いつまで寝てるのよ。うちの仕事がなんだか分かってるの！」

大学時代、朝8時を過ぎても起きない亮介を、真理子は再三尖った声で起こした。部活でくたびれ果ててしまい、朝が起きられなかったのだ。

高校時代から続けていたバスケットボールのチームが、大学には体育会と同好会のふたつあった。亮介は迷わず同好会に入った。

「体育会では、おれのレベルではとってもついていけないから」

自分の技量を亮介は分かっていた。それでもバスケは好きで続けていたのだ。

体育会とは違い、夏休みは一般学生同様に存分に休めた。高校時代から続けていた夏休みの家業の手伝いを、大学の4年間亮介は続けた。

夏休み期間は、真理子に起こされる前に午前4時に起床した。他の配達スタッフに対する見栄もあったのだ。

大学入学と同時に、亮介は上背が伸び始めた。体重も増えたが、バスケと早朝の配達で鍛えた身体は引き締まっていた。

大学の4年間、朝夕の食事は配達スタッフと一緒だった。亮介が4年生になったときでも、纏ミルクには6人の大学生が住み込んでいた。

亮介を加えた大学生7人は、まるで競い合うかのようにどんぶりメシを平らげた。

「今朝はチョモランマにしてよ」

朝飯の給仕役だったあかねに、学生たちはメシの大盛りを頼んだ。

大盛りメシが横綱で、その3割増しが富士山。

大盛りの2倍、ごはんが山を築くのをチョモランマと称した。

亮介の大学卒業時、同時に3人が卒業して巣立つことになった。

「おれたち、まだ学校は残っていますが、先輩たちと一緒にここから出させてもらいます」

残った3人も共同で部屋を借りて、通学することを決めていた。

「配達で鍛えられた根性がありますから、ここを出てもどんなバイトでもやれます」

「あなたたちなら大丈夫よね」

真理子は笑顔で送り出したのだが。

「もう、このお釜で炊くこともないわね」

6人の学生全員が出て行った夜、真理子は沈んだ声でつぶやいた。

ひとり残った亮介は、卒業と同時に家業の手伝いを始めた。早朝から日暮れまで、休むことなく働く日々が始まった。

配達を終えたあとの朝飯。店仕舞いをしたあとの晩飯。

身体を動かして腹は減っていたが、学生時代のようなチョモランマを食べることはなかった。

キッチンから2升炊きの大型炊飯器が失せて、家庭用炊飯器に置き換えられた。

「もっと食べなさいよ」

どんぶりを茶碗に持ち替えた亮介に、真理子はもっとメシを食べろと強く勧めたりもした。

卒業して数カ月が過ぎ、やっと普通の炊飯器に真理子が慣れてきたとき。

「8月のお盆過ぎから引き受けてくれるそうだ」

8月初旬の夕食の場で、慎太郎は亮介にこれを告げた。

他人と同じ釜のメシを食いながら修業に励む。

慎太郎が決めたことが、いよいよ始まろうとしていた。

「松浦社長にご迷惑とならないように、しっかりやりなさいよ」

真理子は威勢のいい物言いで、息子に気合いをいれた。

あの夜、真理子当人は気づいていなかった。

修業に出すことは、本人以上に真理子にとってのきつい日々が待ち受けることになるのを。明乳松浦本社のある福山までは、あいさつのため真理子が付き添って行くことになった。気が張り詰めていたこともあり、福山駅に降り立ったときの真理子はすこぶる達者だった。

「なにとぞよろしくお願い申し上げます」

福山駅駐車場であいさつしたときも、真理子は正味の笑みを浮かべていた。

「それでは亮介クンを預かります」

松浦社長に促された亮介は、配達車の助手席に乗った。シートベルトを締めたあとは、ハンドルを回して窓を開けた。

「行ってきます」

息子の声を真理子は笑顔で受け止めた。

元気な声がまだ居残っているうちに、車は駐車場から出て行った。

明乳松浦本社には出向かず、駅で別れると申し出たのは真理子である。

「その方が、きっぱりしていていいでしょう」

松浦社長も納得したうえのことだった。

車が見えなくなったあとも、真理子はその場の地べたを踏ん張っていた。夕暮れが近く、お城の方角から夕焼けカラスが飛んできた。

かああ。かああ……

ひとを小馬鹿にしたような声を聞いて、真理子から張り詰めていたものが一気に消えた。いきなり全身から力が抜けた。

帰りの新幹線出発まで3時間もある。自分で申し出たことだったが、まさか呆気なく息子が車で運び去られるとは考えていなかったのだ。

ハンドバッグひとつなのに、提げているのがつらくなるほど重たかった。

初めて降り立った駅である。あてもなく歩いていた真理子の目に『自由軒』というのれんが目に留まった。看板を見たら洋食、おでんと筆文字で描かれていた。

東京駅を出てから、お茶しか口にしていなかった。が、まったく空腹感はなかった。

亮介がいなくなったら、いまの炊飯器でも大き過ぎる……。

まだ福山に居るというのに、真理子は息子と別れて暮らすつらさに、早くもさいなまれ始めていた。のれんが出ているのは、営業中なのだろう。真理子はのれんをかき分けて内をのぞいた。

全席がコの字のカウンターを囲む造りで、何人かの客がビールや酒を楽しんでいた。真理子はガラス戸を開いて内に入った。

ハンドバッグを提げたスーツ姿の女性のひとり客は、この店ではめずらしいらしい。5人の先客全員と、カウンター内にいたよしこが真理子を見た。

「どこに座ってもいいからね」

よしこの物言いには、一見客の真理子を包み込むような優しい響きがあった。

奥まで進むことに気後れを覚えた真理子は、一番戸口に近い椅子に腰を下ろした。

「なににしようか？」

コップに満たした水を運んできたよしこが、思案顔の真理子に問いかけた。

ひと息考えたあとで。

「牛乳はありますか？」

カウンターのあちこちに点在している5人とも、思わず自分のグラスに目を向けた。

夕暮れが近いとはいえ、まだ陽が残っているのだ。酒やビールをやっていることに、なにかを感じたらしい。

よしこはいささかも動じぬ顔で真理子を見た。

「売り物じゃないけど、配達してもらったものがあるけえ……ちょっと待ってね」

カウンターから出たよしこは、ビールやウーロン茶、炭酸飲料などを冷やしている冷蔵ケースの戸を開いた。

ビール瓶の後ろに隠れるように、1本のビン牛乳が置かれていた。手に持ったよしこは、新しいコップを添えてビン牛乳を真理子に出した。

毎日手で触れてきたビン牛乳で、今朝も亮介と一緒にお届けしてきた。

カウンターに置かれたビン牛乳を、真理子は手に取るでもなく見詰めた。

客もよしこも、息を詰めたような表情で真理子の様子をつぶさに見ていた。

吐息をひとつ漏らしたあと、ハンドバッグからハンカチを取り出した。大きく膨らんだ目にあてて、涙を受け止めた。

ハンカチを右手に握り締めたまま、牛乳には手を伸ばそうとせず、じっと見詰めた。

よしこはカウンターの内側から話しかけた。

「あたしでよかったら、話を聞くけんね」

親身な物言いを聞いて、真理子も気持ちが開けた。両目がよしこに合わされた。

ハンカチを左手に持ち替え、卓の牛乳を右手に持った。

「つい今し方、息子をこちらの会社に」

真理子は「明慈おいしい牛乳」をよしこに示した。

「お預かりいただいたばかりなんです」

それだけ言うと、牛乳を卓に戻した。

「こちらの会社って、松浦さんのこと？」

自由軒では明乳松浦から配達を受けているようだった。

「そうです」

答えた真理子はビンのキャップを外した。まことに手慣れた、美しい所作である。居合わせた全員の目が、真理子の手の動きに釘付けになっていた。

キャップを取り除いたビン牛乳を、真理子は手に持ったまま、よしこを見た。

事情の一端を話したことで、張り詰めていた気が大きくゆるんだ。肩から余計な力が抜けたら、喉に渇きを覚えた。

「いただきます」

何度か息継ぎをしながら、牛乳を飲み干した。カウンターの奥でビールを飲んでいた野球帽をかぶった男が「いい飲みっぷりじゃのう」と、感心の声を発した。

「ほんとね、弦（げん）さんの言う通りじゃね」

真理子の飲みっぷりのよさを、よしこも正味の物言いで褒めた。

「東京の萬年橋の近くで、牛乳販売店を営んでいますので」

真理子の答えを聞いて、得心のうなずきが駆け回った。

「松浦さんとこは、全国からえっと（たくさん）若いもんを預かっちょるちゅう話じゃが」

よしこが弦さんと呼んだ常連客の弦蔵は、明乳松浦のことをよく知っていた。

「おたくさんの息子も、松浦さんところに修業に来たんかいのう？」

「そうです」

弦蔵に答えてから、真理子は腕時計を見た。乗車予定の新幹線出発時刻は、まだ2時間も先だった。

「ラーメンをいただけますか？」

「もちろんだわさ」

よしこは調理場に注文を通しに入った。グラスのビールを飲み干してから、また弦蔵が話しかけた。

「ここのラーメンは、身体の芯からぬくもるでのぉ。松浦さんとこの若いもんらも、ようここに食いにきとる」

あんたの息子も腹が減ったときは、ここに来ればいいと話している途中で、弦蔵の口調が変わった。

「松浦さんは、修業始めの1年とか2年とかは、尾道で営業をさせて鍛えるという話を聞いたことがあるが」

あんたの息子さんも、最初は尾道じゃないかのうと、弦蔵は見当を口にした。

細かなことは一切聞かず、真理子は駅の駐車場で息子を送り出していた。

弦蔵の話を聞いたいま、またあれこれ不安な思いが湧きあがってきた。

「尾道というのは、ここから離れているんでしょうか？」

問いかけた口調には、松浦社長になにも聞かなかったことへの悔いが滲んでいた。

「列車に乗ったら、30分もかかりゃあせん」

弦蔵が尾道の説明を始めたとき、注文したラーメンが出来上がってきた。

湯気の立つどんぶりを真理子の前に置いてから、よしこは穏やかな声で話しかけた。

「弦さんはああ言いよるけど、あんたの息子さんが尾道に行くとは限ってにゃぁわ」

余計な心配はしないで、ゆっくりラーメンを食べなさい……よしこの物言いは、嫁に出す娘に心配ないからと言い聞かせる母のようだった。

よしこが言ったことを聞いて、弦蔵も他の客たちも察したらしい。だれもが口を閉じて、真理子に構わなくなった。

心遣いが嬉しくて、真理子の目から涙がラーメンにこぼれ落ちた。

半分まで食べ進んだところで、真理子は箸を置いた。

「胸が一杯になってしまって……」

残してごめんなさいと詫びた。

「今度また来られたときには、息子さんと一緒に食べられるとええにゃあ」

あたしの名前はよしこだと教えた。

「うちは開店から閉店まで、ラーメンは切らさずに用意してるから」

よしこを訪ねてくるように息子さんに教えてちょうだい……よしこは自由軒の女主人だった。勘定をと頼むと、よしこはラーメン代しか請求しなかった。

「牛乳はあたしが飲んでるモンだから、あんたへのご馳走にさせてちょうだい」

「ありがとうございます」

素直に好意を受けた真理子は、勘定に明慈ブルガリアヨーグルトの商品券を添えた。

いつどこで顧客などへの御礼が、必要となるやも知れないのが牛乳販売店の店主である。真理子は常に数千円分の商品券をバッグに忍ばせていた。

よしこも遠慮はせず、声を弾ませて相手の好意を受け取った。

「あんたに育てられた息子さんなら、なんも心配いらにゃーわ」

気持ちのこもった言葉で、よしこは送り出した。真理子が戸を開いたときには弦蔵は立ち上がり、野球帽を脱いで辞儀をしていた。

新幹線ホームに上がる手前で、駅の売店に立ち寄った。甘い物好きの慎太郎に、土地の名物でもと考えてのことだった。

しかしひとりになると、また亮介のことに思いが走ってしまった。

誕生からこの日まで、ほとんど家を出ることのなかった息子である。修業を終えて戻ってくるまでの日々、寂しさをどう紛らわせればいいのだろうか……。

土産物の前で立ち尽くしてしまった。

「ちょっと、脇をごめんなさい」

急ぎ土産物を選びにきた客の声で、真理子は我に返った。

「ごめんなさい」

詫びるなり、なにも買わずに急ぎ足で売店を出た。

ホームに上がったときは、列車到着までまだ20分も間があった。ベンチに座ろうと思ったが、すぐに思い直した。

腰を下ろしたら、また際限なく亮介のことを考えるに決まっている。

自由軒でも人前で涙を見せてしまった。

もう二度と他人に涙を見られたくはなかった。

立っていれば大丈夫と、自分に言い聞かせた。

福山駅を通過する新幹線が、ホームの空気を大きく揺らし、凄まじい速度で駆け抜けた。

7

「いいじゃないか」

慎太郎の声がキッチンに響いた。

長い思い返しを閉じた真理子は、落ち着いた目を慎太郎に向けていた。

「ＪＣＡの多くの方々が、若い時分に宅配を経験されていたことを、何十年も過ぎたいまでも誇りに思っておいでだ。それをうかがったいまでは……」

あかねがいれた茶をすすった慎太郎は、亮介に光を帯びた目を向けた。

「わたしとて、身が引き締まる思いだ」

再び尾道を訪れて原点回帰するのは、将来のためにも大事なことだ……慎太郎は明確な口調で亮介の願いを受け入れた。

「おまえの留守中のここをどうするかは、２日のうちに考えをまとめる」

慎太郎の決断で亮介の尾道行きが決まった。

「おまえが自分から、尾道にもう一度と言い出すとはねえ……」

修業時代のつらかったことを聞かされていた真理子は、驚いた顔を息子に向けた。

「行くからには松浦社長にご迷惑をかけないよう、しっかり頼みますね」

落ち着いた物言いで告げた真理子は、慎太郎と連れ立って本店に帰って行った。

＊

「おにいちゃん、尾道に行くことをみきさんには話したの？」

両親が帰ってふたりだけになったとき、あかねが案じ顔で問いかけてきた。

「まさか……そんなわけ、ないだろう！」

ＪＣＡの対応を正確に聞かされたのは今日の昼前だった。

大いに触発されて清洲橋の真ん中から大川を眺めていたときに、再度の尾道行きを決した。

みきはみきで、今日はかおると田代の撮影にかかりきりである。ふたりのパートが撮影終了となった後は、鎌倉の明乳販売店の取材と撮影を仕切ることになっていた。

ＪＣＡが多額の追加予算を用意してくれたことで、在京クルーは鎌倉撮影も受け持つことになった。みきはプロデューサー補佐という名のなんでも係である。

「３月半ばに先輩が帰ってくるまで、土日も休みがとれないみたいなの」

昨日の深夜亮介にかかってきた電話では、みきの声は沈み気味だった。

「本物のプロデューサーとなる、絶好のチャンスじゃないか」

亮介は電話を通じて励ました。

「そうよね……先輩になるチャンスだものね」

電話を切るとき、みきはしっかり元気を取り戻していた。

昨夜に交わした内容を妹に聞かせたあとで、

「みきさんとは今夜話すつもりだ」

妹にこれを告げた。

「みきさんなら、きっとおにいちゃんを大事にしてくれるわよ」

結婚したら、浜町店の切り盛りを一緒にしてくれるのは間違いないと、強く請け合った。

「ここの切り盛りって……？」

亮介の声には戸惑いの調子があった。

「おにいちゃんが早く結婚してくれないと、わたしは出て行けないじゃないの」

やんわりとした口調だったが、あかねの言い分は亮介の胸に突き刺さった。

「おまえはここから出て行くのか？」

「当たり前でしょう」

あかねの口調が強くなっていた。

「浜町店はおにいちゃんのお店で、わたしは手伝っているだけよ」

結婚したら外に出ますと、あかねは初めて亮介に宣言した。

「みきさんなら、おにいちゃんと一緒にお店を切り盛りしてくれるわよ」

実家の喫茶店の手伝いで、客あしらいにも慣れている。なにより気立てがよく、お客様にも好かれると、あかねは太鼓判を押した。

「早くみきさんと結婚して、わたしを外に出してください」

あかねは真顔で亮介に頼んだ。妹の結婚を、おれは一度も心配したことがなかった……それを思い知った亮介は言葉を失っていた。

8

2月19日夜10時過ぎ。電話はみきの方からかかってきた。

「かおるさんと田代さん、とっても息が合っていて……未熟なわたしを盛り上げてくださったからいい撮影になったの」

収録ディレクターを任されての初仕事である。

昼間の顚末を話し始めたとき、みきの声は明るく弾んでいた。

在京チームの前任ディレクターは、別のロケ現場に向かっていた。ＪＣＡが大幅に予算を追加してくれたことで、当初プランにはなかった撮影箇所が、新たに8カ所も増えていた。蠣殻町エピソードは、企画全体の肝になる部分だ。それを承知で、奥野はディレクターに植木みきを指名した。

「大丈夫、あなたならできるわ」

奥野は大役を任せることで、これまでも多くのスタッフを育てていた。玉枝もそうしてひとり立ちできたのだ。

「いま呉にいる先輩も、あなたならできると信じているから」

奥野の決断で、かおると田代がからむ大事なシーンが新人ディレクターの、みきに委ねられた。日本新社の藤田も東和映像の前田も、この決断には内心思うところはあったかも知れない。

が、奥野は本件の総司令官である。決定には一切の異を唱えなかった。

そんな重責を果たしたみきには、大きな喜びだったに違いない。しかし話しているうちに、口調から弾みが失せた。

「まだ見習いみたいなディレクターだったから、現場の撮影クルーにも、かおるさんや田代さんにも、迷惑をかけてばっかりで」

撮影が夕刻までかかったのは自分の未熟さが原因だったのだと、みきは正直に話した。順調に撮影が終了したと伝えたときとは、声の調子が変わっていた。

「そうは言っても、順調に終わったんだよね？」

「巧くいったと思うけど……」

みきの語尾のトーンが下がった。

控えめな物言いを、亮介は好感を抱いて聞いていた。そして田代から聞かされた話を思い返していた。

＊

「ディレクターの彼女が、とても有能でね」

みきは場面ごとに、演技指導も行っていたらしい。かおるや田代からみれば遥か年下の、孫娘のような歳である。

そんなみきなのに、しっかりとかおると田代のこころを捉えていた。

「指示が的確だから、かおるさんもわたしも安心して従うことができた」

撮影開始から2時間が過ぎたときには、現場クルーの動きが変わっていたと田代は話した。

「2時間が過ぎたとき……ということは、始まりはそうではなかったのですか？」

亮介の問いに田代は「そうなんだ」と答え、子細を話し始めた。

「撮影していたのは見るからに気難しそうな、40代後半らしきカメラマンでね。撮影開始直後は、彼女の掛け声にも渋々の顔つきで応じていたよ」

職人気質のカメラマンにしてみれば、年下の新米ディレクターの指示など、素直には聞けなかったのだろう。みきが「5秒前……4秒前……」のカウントを始めたら、声が小さいと文句をつけた。

「ごめんなさい、まだ慣れないものですから」

明るい素直な物言いでカメラマンに詫びた。そして声の調子を高くして、もう一度カウントの練習をした。

「いまのでいいですか？」

物怖じしたりふてくされたりせず、真正面からカメラマンに問いかけた。ひとなつっこい笑顔に接して、カメラマンもＯＫを出した。

その後もみきは、シーンが変わるごとにカメラマンに相談を持ちかけた。

自分がイメージしていることを彼に説明し、どの位置から撮影すればいいかと相談したのだ。追従ではなく、正味で自分を頼っているのだと彼も得心したようだ。

カメラ位置を変えるたびに、照明と音声にも彼が指示を出した。

みきはその指図をあたまに刻みつけて、以後の参考にしていた。

最終シーンを撮影するときには、みきが全体の指図をした。撮影クルーもかおるも田代も、ディレクターの指示通りに動いていた。

「半日も経たないうちに、彼女は見事なディレクターになっていたよ」

長年、スタッフを管理する立場だった田代である。的確な指示が現場でいかに大切かを、知り尽くしていた。

田代の評価は世辞ではなかった。

＊

「みきさんの仕切りが素晴らしかったから、撮影はすごく順調に運んだと田代さんが褒めていたよ」

聞かされたみきは、電話の向こうで返事の声を弾ませていた。

しばし撮影の話を続けていたが、途中でみきの口調が変わった。

「亮介さん……なにかあったの？」

問いかけたみきの声は、亮介を案じていた。察しのいいみきである。亮介の受け答えの声に、いつもとは違うものを感じていた。

問われたことで、亮介は尾道行きを考えていることが切り出せた。

「ＪＣＡさんの多くの方が、牛乳や新聞の宅配を経験しておられたことが、今回のことで分かった」

纏ミルクを生涯の仕事だと決めている。その決意をより確かなものとするために、もう一度、原点に戻って牛乳宅配を見詰め直してみる。

「福山の明乳松浦さんという会社が、ぼくがゼロから修業した原点なんだ」

そこに立ち戻ることで、自分の生涯の仕事としっかり向き合ってみる。

「ぼくがこんな気になったのも、今回のＪＣＡさんの企画を手伝ったからなんだ」

みきはいま、映像ディレクターとしての新しい道を歩き始めていた。

「ぼくもここで、もう一度しっかり自分と向き合い、纏ミルク浜町店の土台を固めようと考えたんだ」

話し始めたあとの亮介は、仕事に対する想いの丈を一気に聞かせた。

みきがディレクターとして評価され始めていることも、亮介には大きな刺激となっていた。聞き終えたみきは、電話の向こうで黙り込んでいた。

「もしもし……みきさん……」

亮介の呼びかけで、みきが口を開いた。

「いまから逢いたい」

静かな口調ながら、みきの強い想いがこもっていた。

亮介も同じ思いだったようだ。

「おれがそっちに行く」

よそ行きのぼくが、おれに変わっていた。

時刻は午後10時45分。互いに明日の仕事を持っている身には遅過ぎるとも言えたが。

「少しだけ支度をしたいから、11時半に下北沢駅前ということで」

「車で行くから、11時半なら丁度ぐらいだ」

亮介の声は、自分でも聞いたこともないほどに弾んでいた。

9

下北沢が近くなるにつれて、亮介の気持ちは昂ぶりを積み重ねていた。

バレンタインデーに思いもしなかったチョコレートをもらったことから、ふたりの付き合いは始まった。

そして今夜に至るまで、どの局面でもみきにリードされてきた。

新しい仕事に取り組むみきの姿勢に感化されたのが、尾道での再修業を思い立ったきっかけだった。みきは自分に対して、常に直球を投げ続けてくれている……それを思ったとき、ハンドルを握った手のひらに力がこもった。

いまのいままで、自分でも気づかなかったほどに、みきへの思いが膨らんでいた。

今夜こそ気持ちを正直に明かそうと、亮介は決めた。アクセルを踏む右足が高鳴っているように感じた。

下北沢で逢ったとき、ふたりともいままでとは違っていた。互いに駆け寄ったのだ。

みきは小型のスーツケースを転がしていた。

「明日からも、まだまだ撮影が続くから……」

会社近くに泊まるつもりだったようだ。

「だったら水天宮まで戻ろう」

亮介が言ったことにみきは深くうなずいた。

数日分の身支度を詰めたスーツケースと一緒に、車に乗り込んできた。

陽が差している昼間は日ごとに暖かくなっていた。が、夜はまだ冬が居座っている。

みきは赤いダウンジャケットにマフラー、手袋という身なりだった。

「亮介さん、寒いのは苦手じゃないの？」

水天宮に向かう車中で、みきが問いかけた。

「苦手といえば苦手だけど、おれの仕事は寒いの暑いのと言ってはいられないからさ」

亮介の口調がすっかりおれになっていた。

「だったら、お願いがあるんだけど」

星空が見られる場所で、隅田川を眺めながら話がしたい……が、みきの願いだった。

「温かいミルクコーヒーを作ってきたの」

大型のバッグから真っ赤なステンレスの保温ポットを取り出した。喫茶店で持ち帰り客に使っている、大きめの紙コップも用意していた。

走りながら考えていた亮介は、絶好の場所に思い当たった。

「本店から歩いてすぐのところがいい」

車も本店駐車場に停めておける。夜はまだ凍えていたが、星空はいまの時季が一番きれいだと、みきに答えた。

「本店から夜空を見ながら、萬年橋のたもとまで歩かないか？」

みきは助手席で手を叩いて喜んだ。

最初にビジネスホテルに立ち寄り、みきはチェックインを済ませた。スーツケースと大型バッグも部屋に運び、布バッグを肩から提げて降りてきた。

みきがチェックインを進めている間に、亮介は母親に電話をしておいた。

「そんなに長い時間じゃないけど、おれの車を停めておくから」

たとえ親子でも本店の駐車場に勝手な駐車はできない。真理子は理由を聞きたそうにしたが、亮介は用件だけ伝えて電話を切った。

配達車の邪魔にならない場所に停めてから、ふたりは萬年橋へと向かい始めた。

4日前の15日が満月だった月は、わずかに右が欠け始めていた。が、まだまだ大きい。冬空で煌めく星たちが、月に押しのけられているかに見えた。

萬年橋のたもとには、河岸の遊歩道に降りる石段が設けられている。みきが肩から提げていた布バッグは亮介が持っていた。

手袋をはめた手を組み合わせるようにして、みきは石段の途中で立ち止まった。

「本当だ……とっても星がきれい！」

しばし星空を見上げたあと、組んでいた手を解いて石段を下り切った。亮介はみきの後ろに従っていた。

いま遊歩道が面しているのは小名木川で、すぐ先で隅田川と交わっていた。夜気は凍えており、みきが吐く息が白く濁って見えた。

大川（隅田川）に向かって歩きながら、みきは小声で歌い始めた。

　夜空の星に祈りをささぐ
　その娘のやさしい瞳の中に……

みきが一番を歌い終わったとき、大川に面したベンチに行き着いた。

ふたりで並んで座るなり、亮介は驚きで見開かれた目をみきに向けた。

「いま歌ってた曲だけど」

亮介はごくんと喉を鳴らして唾を呑み込んだ。

「どうしてその歌を知ってるんだよ」

問われて、今度はみきの目が見開かれた。

「亮介さんも知ってるの？」

１９６０年代に流行った歌である。亮介もみきも、知っているはずのない曲だった。

みきに深くうなずいてから、亮介は知っている理由を話し始めた。

「おれの親父とおふくろは、デートのたびにこの曲を歌って、手をつないで両国界隈を歩いたらしいんだ」

こども時分、何度も真理子が口ずさむのを亮介は聞いていた。

「親父は小型のテープレコーダーをいまでも大事にしていてさ」

5インチのオープンリール録音テープには、凍てついた夜空の下でみきが口ずさんだ『星に祈りを』が収められていた。

「最初に録音してから何十年も過ぎてると、テープは傷んでしまうらしい」

音が出なくなる前に、慎太郎は5インチテープを秋葉原のオーディオ・ショップに持参してきた。そこで新たに録音し直してもらった。

いま慎太郎が大事にしているのは、三代目のテープだった。

「デジタルに直せば簡単に録音も再生もできるのに、頑としてそれはやらないんだ」

ふたりが出会ったときのテープだからこそ、深い想い出が刻まれている。デジタルに直したら、想い出が消される気がする……。

これが慎太郎の言い分だと、みきに話した。

聞き終わったみきは、亮介に肩が触れそうになるほどまで間合いを詰めた。

「なんだか、信じられない気分だわ」

みきは大きな息を吐き出し、星明かりの下で亮介の目を見詰めた。

「うちの両親も、いまのお話と同じような道を辿ってきてるのよ」

布バッグからポットを取り出し、持参の紙コップにミルクコーヒーを注いだ。

まだ充分に温かさが残っており、強い湯気が立ち上った。

宅配を受け始めた「明慈おいしい牛乳」で拵えた、みき特製のミルクコーヒーだ。

ひと口すすって、みきは話を続けた。

「うちの父はテープじゃなくて、小さなレコード盤を持ってるの」

45回転のドーナツ盤という名称のレコードだと亮介に教えた。

「うちも亮介さんのところと同じで、母はデートのたびに『星に祈りを』を口ずさんだって……」

さらにみきが間合いを詰めた。

紙コップの湯気が亮介のほうになびいた。

10

みきが用意していたのはミルクコーヒーだけではなかった。アルミホイルに包んだ、トーストのサンドイッチも調理していた。

河岸の遊歩道には水銀灯もあるが、ベンチから離れていて明かりは届いていない。

包みを渡された亮介は、中身が分からないままアルミホイルを開き始めた。

一枚のホイルが剝がれたら香りが漂い出た。

「これって……」

暗がりのなかで、みきを見た。

ウスターソースと揚げ物とが絡まり合った、あの香りである。

「亮介さん、これが好きだって赤胴で言ったでしょう？」

みきが用意してきたのは、トーストでポテトコロッケを挟んだコロッケサンドだった。

「あんなわずかな間に、これも作ったのか？」

声がかすれ気味になっていた。手に持っているトーストサンドイッチには、まだコロッケの温かさが残っていた。

「あのときの亮介さん、本当においしそうに食べてたから」

実家の喫茶店でも、コロッケサンドは学生たちに大人気のメニューである。父親に断りを言い、翌日の仕込み分から一人前をもらい、手早く調理して持参していた。

二切れのひとつをぺろりと平らげた亮介は、ミルクコーヒーで喉に流し込んだ。

「美味いよ、みき……」

ぎこちない口調で、亮介は呼び捨てにした。

みきは嬉しさを瞳に表した。暗がりのなかでも、両目が潤んでいるのが分かった。

みきはその瞳で亮介を見た。

濡れた瞳に見詰められた亮介は、凍てついた夜気のなかで動悸を速めていた。

「大学時代も社会人になってからも、男のひととふたりだけでデートしたことが……」

「それ以上は言わなくていいよ」

話を続けようとするみきを、亮介が抑えた。

「こんなにしてもらいながら、きちんとしたことをみきに何も言ってなかった」

亮介はみきの手袋を外し、自分の手で強く握った。ふたりの肌の温もりが重なり合った。

「ありがとう、みき……大好きだ……」

重ね合わせた手のひらに力を込めた。みきは身体を寄せて亮介に答えた。

真夜中の大川は音も立てずに流れている。高い空から降ってくる月光が、ぼんやりとした蒼い光で川面を照らしていた。

上げ潮である。ゆるい流れは新大橋に向かっていた。

大川端に近寄ったみきは、流れを追うようにして上流の新大橋を見ていた。

飲み物とサンドイッチが収まっていたバッグが、ベンチに残っていた。

こんな凍えた真夜中に、河岸に下りてくる者などいないだろう。盗まれる心配はなかったが、亮介はバッグを手に持った。

一切れ残ったコロッケサンドはアルミホイルに包み、バッグに収めた。

紙コップのミルクコーヒーは飲み干した。しずくが垂れぬよう確かめてから、ダウンジャケットのポケットに収めた。かけがえのない紙コップに思えたからだ。

みきの隣に並んだ亮介は、しっかりとした口調で話しかけた。

「いままで食べてきたコロッケサンドのなかで、今夜のがチャンピオンだよ」

みき……と、胸の内で呼びかけた。

その声を感じ取ったのだろう。河岸の鉄柵に手を載せて、新大橋を見た。

「去年の4月に両親と一緒に隅田川を見たときには、まさかこんな風に真夜中の同じ川を見られるなんて、思ってもみなかったわ」

みきは新大橋を見詰めたままである。亮介の動悸がさらに速くなっていた。

「4月の大川を見たというのは、まさか早慶レガッタじゃないよね？」

亮介が問いかけたら、みきが驚き顔で振り返った。

「どうしてまさかなの？」

手袋をはめた両手を組み合わせていた。亮介はみきの目を強く見詰めた。

「親父もおれも早稲田なんだ。特に親父はこども時分に見た早慶レガッタに憧れて、早稲田に行くって決めたんだ」

「まさか！」

みきは組んでいた手を解き、強い調子で打ち合わせた。

「『星に祈りを』でもびっくりしたけど、こんなことって、本当にあるんだ……」

祈りを捧げるように、またみきの両手が組み合わされていた。

亮介も心底驚いていた。

「みきの親父さんも早稲田なのか？」

極めて自然に呼び捨てにできた。

みきは残念そうな顔で首を振った。

「父は慶應の端艇部（たんていぶ）だったの」

懸命に練習に励んだが、一度も『対校エイト』には出られなかった。

「わたしには言わなかったけど娘は慶應にって、母にはよく話していたみたい。早慶レガッタが隅田川に戻ってからは、毎年、その日は隅田川に出かけていたって」

２０１３年の４月21日、みきは初めて両親と連れ立って、観戦しに隅田川にやってきた。早慶レガッタのメインイベント・対校エイトは、新大橋上流から桜橋上流までの３・75キロのコースで戦う。

８人で漕ぐエイトは、10分少々で漕ぎ抜いてしまう速さだ。

「父はゴールよりもスタートの瞬間が見たくて、立っているのはいつも新大橋の近くだって」

４月21日午後に、みきは新大橋の近くでスタートを待っていた。

「映画か小説みたいなことが、本当にあっただなんて……」

亮介の想いの深さが、口の周りで白く濁った吐息にあらわれていた。

11

纏慎太郎の早慶レガッタ好きは、父親与一朗に負うところが大きかった。

「おめえの身体には、先祖代々の火消しの血が濃く流れているからよう」

晩酌が進んだときの与一朗は、巻き舌で先祖の血を誇りにした。

「火消しには水は大事な神様だ。大川に仇をなすことは、これっぱかりもしちゃあならねえ」

人差し指の腹を親指で弾いた。

１９５５（昭和30）年5月8日、与一朗は当時まだ4歳だった慎太郎と一緒に永代橋上流で、早慶レガッタのスタートを見物した。

この日初めて慎太郎は都電に乗った。永代橋西詰めで下車した慎太郎は足が竦んだ。小伝馬町では見たこともなかった人の群れが、河岸にできていたからだ。

戦後10年目を迎えようとしていたが、まだまだ娯楽の少なかった時代である。隅田川を走る対校エイトの人気は凄まじかった。

与一朗は火消しの赤筋半纏を羽織っていた。

「どうぞかしら、こっちのほうへ」

会場整理の若い衆は赤筋半纏の与一朗を、スタートが見える席へと案内した。慎太郎は半纏のたもとを摑んで父親に従った。

対校エイトは永代橋スタートで、上流の大倉別邸前までの6キロがコースだった。

スタートするなり早稲田のボートがリードを取った。数分のうちにボートは見えなくなったが、早稲田ボートの美しさが慎太郎の脳裏に焼き付いた。

見えなくなったあとは、会場にラジオの実況中継が流れた。18分32秒後、早稲田は5艇身の差をつけて慶應を破った。

与一朗は大卒ではなかったが、馴染みの酒場のママが早稲田党だった。

「かしらが応援してくれたおかげで、4連覇が成し遂げられました」

帰り道で立ち寄った人形町の酒場で、ママさんは与一朗に抱きついて喜んだ。

白粉の香りは、父から離れて立っていた慎太郎にも届いていた。

この年を始まりとして、慎太郎は毎年早慶レガッタの見物に出かけた。スタート地点が変わったり、コースが戸田に移ったりもしたが、欠かさず出かけた。

1961年5月7日、慶應に10艇身の差をつけられて早稲田は敗れた。そして水質の悪化などを理由に、早慶レガッタは翌年から大川を離れることになった。

「おいら、絶対に早稲田に行くから」

小学校卒業の年に、慎太郎は父親にこれを宣言した。

「家業に学士さんはいらねえが、おめえがその気なら気張ってみねえな」

反対もせず、与一朗は学費の援助を承知した。

慎太郎は家業の牛乳配達を手伝いながら、希望する大学入学を成し遂げた。が、漕艇部入部はしなかった。

体育会の漕艇部は一年を通じて厳しい練習が続く寮生活である。与一朗の体調が思わしくなかった事情も重なり、慎太郎は入部を諦めた。

が、漕艇部への想いは強く、家業の手伝いで得たカネで牛乳を買い、部に差し入れした。慎太郎27歳の1978年4月16日。17年ぶりに早慶レガッタが隅田川に戻ってきた。初めてレースを見た、あの永代橋がスタートだった。大川の流れは同じだったが都電は廃止されていたし、両岸にはビルが立ち並んでいた。

「大川を走るボートを見ねえことには、夏を迎える気になれねえ」

体調はいまひとつだったが、与一朗も永代橋でスタートを見た。赤筋半纏を着た与一朗の手を、慎太郎が引いていた。

大川に戻ってきた記念すべき対校エイトだったが、早稲田は大差で敗れた。

長い時が流れたあとの１９８８（昭和63）年４月10日。慎太郎は４歳の亮介を連れて両国橋たもとに向かった。

自分が初めて早慶レガッタを観たのと同じ歳の亮介を連れて、である。コースは両国橋から白鬚橋（しらひげばし）までの４キロに変わっていた。

亮介も父親同様、初観戦で早稲田勝利を味わうことになった。

纏家の濃い血が亮介にも流れていた。

「今年も４月には大川に行けるよね？」

平成へと元号が変わった１９８９年も、亮介は慎太郎と観戦した。

大学も早稲田を目指し、現役合格を果たした。

早慶レガッタ観戦は欠かさなかったが、漕艇部入部は考えなかった。入部希望者のレベルが高過ぎたのも、理由のひとつだった。

福山の明乳松浦で修業していた期間を除き、初観戦した１９８８年以来、亮介は慎太郎と早慶レガッタ観戦を続けていた。

慎太郎は早稲田漕艇部と応援団への牛乳の差し入れを続けていた。

２００３（平成15）年4月20日午前10時過ぎ。この年に早稲田入学を果たしていた亮介は、差し入れる牛乳、ヨーグルトを準備していた。

牛乳200本、ヨーグルト100個である。

支度を終えたとき、真理子が近寄ってきた。

「お父さんの偉いところは、きちんと自分のおカネで買って差し入れていることよ」

驚き顔の亮介に、真理子は話を続けた。

早稲田漕艇部への差し入れには、与一朗も反対しなかった。が、自分のカネで買ってから差し入れろと慎太郎に言い渡した。

「あなたのおじいちゃんは、とっても商いには厳しいひとだったのよ」

与一朗の厳しいしつけは、慎太郎がまだ保育園に通っていたころから始まった。

「うちには牛乳は売るほどあるが、どれもお客さんの口に入る大事な品物だ」

纏ミルクの息子だからといって、勝手に飲んだり持ち出したりするなと、強く慎太郎を戒めていた。漕艇部への差し入れも同じだった。

「特別に卸値にしてやろう」

対校エイトの当日、慎太郎は配達車で牛乳とヨーグルトを会場まで運んだ。卸値でいいと言われた代金は、慎太郎の小遣いで入金した。

それはいまだに続いていた。

「自分のおカネで差し入れるからこそ、お父さんの想いが相手にも伝わるのよね」

自腹の差し入れを続けている慎太郎が誇らしい……真理子が口にした言葉を、亮介も誇らしい気持ちで聞いていた。

家業を継ぐのもいいと思うようになった、最初のきっかけでもあった。

＊

「素敵なお話だわ」

川面を見詰めながら話を聞いていたみきは、瞳を見開いて亮介を見た。

「わたしの父はいまでも熱い慶應端艇部びいきなの」

店には端艇部の後輩が、いまでも代替わりしながら顔を出していた。

「これも一度も聞いたことはないけど、わたしの結婚相手には慶應端艇部ＯＢをって、思っているみたいだけど」

みきはあとの口を閉じたが、亮介から目を逸らさなかった。

亮介も両目に力を込めた。

「今年は４月13日だ。その日までには修業を終えて尾道から帰ってくる」

みきは強くうなずいた。

12

ＪＲ山陽本線尾道駅。駅の真正面は瀬戸内海で、背後には冬でも緑濃い千光寺山をいただくという、すこぶる景観に恵まれた駅だ。

駅舎を出て車道を渡れば、港と海辺につながる遊歩道の始まりである。芝生の美しい公園を取り巻くように、石畳の小道が造られていた。

陽光を遮るものがない遊歩道には、真冬でも暖かな陽が降り注ぐ。

２月24日月曜日、午前８時半過ぎ。気持ちよく晴れた朝の光は、はや温もりに満ちていた。公園の芝生も陽を浴びて喜んでいるらしい。眩く光っている緑は、まるで朝日に礼を告げているかのようだった。

公園の端にはしみず食堂がある。目の前の港湾で働く面々がひいきにしている定食屋さんだ。魚市場が休みの水曜日が定休日。他の日は朝９時から夜８時まで店を開けている。が、料理がすべて売り切れとなったときは早仕舞いもする。

近所で働く者には朝昼夕、どれにも欠かせない食堂だった。

開店は午前９時でも、まだ暗い朝の４時に夫婦で魚市場まで仕入れに出向く。水揚げされたばかりのピチピチの魚介が、その日のしみず食堂の献立となる。

店の壁に品書きは貼ってあるが、鮮魚料理は朝の仕入れ次第という店だ。

開店まで30分を切ったいま、姐(ねえ)さん（おかみさん）はいなり寿司と太巻きの仕上げに汗を流していた。甘辛く煮た油揚げに、特製五目寿司をたっぷり詰めたいなり寿司。具に使うエビでんぶまで自家製という、手のかかった豪華版である。

太巻きは酢飯と具、それに海苔の美味さが三重奏を奏でている。この太巻きもいなり寿司同様に、出すそばから売れていく大人気の品だ。

「あっという間に売り切れるけん、もっと多く作ってつかさいや」

常連客から強く言われても、姐さんは味噌汁もうどんつゆを拵えるのも受け持ちだ。

「できるだけ多く作るけん、売り切れたら勘弁してちょうだい」

詫びをいう姐さんの笑顔を見ると、屈強な身体つきの男たちも、照れ笑いを浮かべて口を閉じた。月曜日の朝はいつも以上に常連さんが押しかける。休み明けの荷揚げは、未明から多忙を極めていたからだ。

力仕事のあと朝8時55分から35分の休憩時間になると、大挙してしみず食堂に向かった。今朝の姐さんは旦那との会話も抑えて、ひたすらしゃもじを動かしていた。

盤台一杯に広げた酢飯と、細かく刻んだ具を混ぜ合わせているのだ。

「わしのほうは大方仕上がったけえ。この足、ほんまに天ぷらにするんかのぉ？」

旦那はぶっといタコの足を持ち上げた。並のタコの3倍はありそうな足である。

しゃもじの手を止めた姐さんの顔が大きくほころんだ。

「お皿からはみだすに決まってるからさ、連さんのびっくり顔を見たいもんね」

姐さんはしゃもじを手に持ったまま、また思い出し笑いを始めた。

連さんとはクレーン・オペレーターの連太郎のことで、10年来の常連客だ。今年で62になる連太郎は贅肉のない筋肉質の身体と、丈夫な歯が自慢だった。

「タコの足を自分の歯で食いちぎると、今日も達者にクレーンでコンテナを摑める自信がわいてくるでのぉ」

太い足なら、値段に文句はつけない。

そう豪語する連太郎だが、今朝の足の太さは尋常ではなかった。

市場でこの品を見付けたのは姐さんである。

「これ、うちが買うけんの」

注文しながら姐さんは笑っていた。頬張った連太郎の顔を想像していたのだ。

一皿800円で供してもほぼ原価という立派な足だ。値段を聞いたときの連太郎を思うと、また笑いが込み上げてきた。

「揚げすぎると身が硬くなるでのう。なんぼ連さんでも食い切るがは無理じゃろう」

旦那はほどほどに軟らかさを残してタコ足の天ぷらを仕上げた。料理人の亭主は「旦那」、連れ合いを「姐さん」と呼ぶのがしみず食堂の流儀である。

「亮（りょう）ちゃんがまた修業に来るでさあ。連さんも喜ぶに決まってるがね」

五目寿司作りに戻った姐さんは、昨日の電話のやり取りを思い返していた。

＊

「もしもし……姐さんですか？」

日曜日の午後、客足が途絶えたしみず食堂にかかってきた電話は、いきなり姐さんですかと呼びかけてきた。

「あんた、だれね？」

「纏亮介です……明乳松浦の亮介です」

「なんだあ、亮ちゃんか」

懐かしい声を聞いて、姐さんは声をほころばせた。

「どうね、元気にしとるがね？」

「東京で頑張ってます」

姐さんとこの大介さんも元気ですかと、亮介は問いかけた。大介は旦那と姐さんのひとり息子で、東京の商社に勤めていた。

「おかげさんであいつ、去年の春から係長になったんだわさ」

姐さんの声がひときわ弾んだ。

「それはおめでとうございます」

　心底のおめでとうを受け止めた姐さんは、数年ぶりにかかってきた電話の用向きを訊ねた。

「3月半ばから1カ月、また尾道に行きます」

「えっ……？」

　姐さんは思いっきり語尾を上げて驚いた。

「また1カ月って、亮ちゃん、東京でお店をやっとるんじゃろう？」

「もういっぺん、自分の仕事を一から見直すために尾道に戻ります」

　詳しいことはお店でいなり寿司を食べながら話します……亮介は明るい口調で電話を切った。

　店の電話で長話は禁物だった。尾道で人気のしみず食堂には、頻繁に顧客から電話がかかってくる。それを忘れていない亮介は、手短に用件を伝えて電話を切った。

「亮ちゃんが来月から、またここに戻ってくるんじゃと」

「そらまた、おまえも楽しみじゃのう」

　のんびり午後の茶を呑んでいた旦那は、目元をゆるめて姐さんを見た。亮介を大介の代わりのように可愛がっていたからだ。

「別に楽しみでもないんじゃけん……」

姐さんの強がりは、嬉しさを隠すためか語尾が消えかかっていた。

＊

しみず食堂のいなり寿司は一皿2個だ。開店時にとりあえず用意する20皿が仕上がったとき、店の柱時計が午前9時を報せ始めた。

「時計が鳴るのを表で待っとったんよ」

今朝の一番乗りは、首に真新しいタオルを巻いた連太郎だった。

「いらっしゃい！」

姐さんが応じたとき、連太郎はおかずの並んだガラスケースに向かっていた。

皿からにょきっと突き出したタコ足を見るなり、連太郎は値段を訊いた。

「800円するけど……」

姐さんはひと息口ごもったあとで。

いなり寿司を食べようとしていた客たちが、一斉に連太郎を見た。

しみず食堂で800円出せば、大きめの真鯛まるごと煮が食べられた。あたまから尻尾まで濃い味で煮付けたまるごと煮もまた、人気献立のひとつである。

形の小さな真鯛なら500円で供された。タコ足天ぷらの800円は、しみず食堂では図抜けて高い料金だった。が、連太郎は表情も動かさなかった。

「これを800円で出したりして、店は儲けが出るんかいのぉ？」

「いらん心配せんとって」

姐さんが明るく答えたら、連太郎は皿を両手持ちして卓についた。

「なんぼ連さんでも、そのまま食いちぎるんは無理じゃろうが」

「タコに負けたら歯が抜けるでのう」

相客たちが勝手なことを言っているのに取り合わず、連太郎は天ぷらを箸で挟もうとした。が、大き過ぎてツルッと箸から抜け落ちた。

連太郎は右手でタコを掴み、そのまま口に運んだ。客も姐さんも連太郎を見詰めた。

ガシガシッ。

音を立てて見事に食いちぎった連太郎は、存分に噛み砕き、惜しみながら呑み込んだ。

「たまげたもんだ」

見ていた者たちが感嘆の声を漏らした。

「あんまり見事じゃけん、タコに気を取られて牛乳を受け取るのを忘れとった」

店の全員が自分を見詰めていたのを、連太郎は充分に意識していた。なにごともなかったという物言いは、連太郎の見栄だった。

「あいよう！」

姐さんは店の冷蔵庫からビン牛乳を取り出し、連太郎の卓に運んできた。が、すぐには置かず、ビンを連太郎に見せつけた。

「言い忘れとったが連さん、この亮ちゃんが1カ月ばかりここに戻ってくるけん」

ビン牛乳を目の前で示されて、亮ちゃんがだれだか連太郎には分かったらしい。

「またこの町で、新しい客を探すんかいのう」

受け取ったビン牛乳のキャップを外した。

ひと口食いちぎっただけのタコは、まだ大半が皿に残っている。

「口に残ったタコの美味さと、冷えた牛乳とがええ案配に混ざりおうてくれよる」

ゴクン、ゴクンッと喉を鳴らして、連太郎は一本を飲み干した。

「ほんまにタコの天ぷらと牛乳が、そんなに相性がええんか、連さん？」

はるか年下の専太郎（せんたろう）が、信じられないという物言いで問いかけた。

「うまいとも」

連太郎は太いタコ足を手で摘んで専太郎に見せた。

「包丁も使わんで、おまえの歯で嚙み切ってみろや。タコを呑み込んでから牛乳飲んだら、わしの言うことが分かるじゃろう」

皿に戻した天ぷらを専太郎に渡そうとした。

「いや、いらんです」

タコの代わりだと言わぬばかりに、専太郎は皿に残っていたいなり寿司を丸ごと頬張った。しみず食堂の大きないなり寿司は、若い専太郎といえども丸呑みはきつい。嚙むのに四苦八苦していたら、姐さんは番茶の湯呑みを差し出した。受け取った専太郎は、茶と一緒にいなり寿司を喉に滑り落とした。

「あれを丸ごと呑み込むとは、専太郎も大したもんじゃ」

仲間たちが手を叩いて専太郎を囃し立てた。

ひとしきり騒いだあと、最年長者の研吉が連太郎に声をかけた。

「そういえばあの亮介とここで初めて逢うたときも、あんた、タコ足の天ぷら食うとったのう」

「ほんま研さんは、物覚えがええ」

研吉のひとことに刺激された連太郎は、7年も前になるあの日を一気に思い出していた。

13

2007（平成19）年8月下旬、午前11時半前。亮介はひたいに粒の汗を結んだ顔で、しみず食堂に初めて入った。

昼飯前で、旦那も姐さんも支度に追われていた。正午には港でサイレンが鳴る。その響きを合図に多数の常連客が押し寄せるのだ。

11時半過ぎのいまは、席（店内20席・店の外8席）を満卓にする昼飯客のための仕上げに追われていた。

亮介が入ったとき、店は空っぽだった。

「どこに座ってもいいですか？」

宅配の制服姿でブルーのバッグを手にした亮介は、この店では初顔である。ちらりと顔を向けた姐さんは「どこでも好きに座ってや」と応じて、仕上げを続けた。

陳列のガラスケースには出来上がったいなり寿司と太巻き、数品の煮物と焼き魚がセットされていた。

「どれを取ってもいいんですか？」

「なんでも好きにしてちょうだい」

旦那も姐さんも時間に追われているのだ。返事は素っ気なかった。

いなり寿司はさあ食べてくれと言わんばかりに、油揚げが艶々と光っている。味の濃い煮汁で仕上げられたあかしだ。亮介の大好物だが、東京に比べて二回りは大きい。

そんないなり寿司が皿に2個も載っていた。大き過ぎると思ったが、朝食を食べ損ねて空腹の極みである。この店の名物とも知らず寿司の皿を手にして卓に座った。

一段落ついた姐さんが、湯気の立つ番茶の湯呑みを運んできた。

「にいさん、うちは初めてじゃろう？」

「そうです」

亮介は笑みを浮かべて答えた。

「前から入ってみたかったんですが、なかなか時間の都合がつかなくて……」

供された番茶に口をつけたら、驚くほどに美味かった。

「母がお茶好きなんですが……うちで呑んでいたお茶よりも美味いです」

「嬉しいこと言うてくれとっても、ただの番茶じゃきに」

姐さんは声と顔とをほころばせた。

番茶で口を湿した亮介は、1個目のいなり寿司を頬張った。ひと口で食べるには大き過ぎた。前歯で半分に食いちぎり、左手に持った半分を皿に戻した。茶を飲むためである。

右手で湯呑みを持ち、番茶と一緒にいなり寿司を喉に滑らせた。

「あんたの親は、いいしつけをしとるのぉ」

姐さんが感心したという声を漏らした。寿司と茶とを両手に持たず、食べかけを皿に戻したことを褒めたのだ。

「こどものとき、左手に牛乳の入ったコップを持ったまま、右手にサンドイッチを持ったのを見た母から、行儀がわるいと叱られました」

いままでは親に感謝していると答えた亮介は湯呑みを卓に戻し、残りの半分を口にした。なにかおかずを……。

壁に貼られた献立のなかに、タコ足の天ぷらがあった。亮介の目が輝いた。

「あれって、今日も出来るんですか？」

亮介の右手が壁に貼られた献立を指していた。

「あんた、タコ足の天ぷらを食べるの？」

「大好きです」

弾んだ声を聞いた姐さんは、調理場の旦那に注文を通した。

「あいよう！」

旦那の返事を聞いても姐さんはその場に残り、亮介との話を続けた。

「あんたの歳は幾つか訊いてもいい？」

「23です」

「やっぱり、それぐらいかあ」

思いのこもった声で答えたあと、姐さんは息子・大介の話を始めた。

「あんたとは逆に、うちの息子は東京で就職しとるんよ」

生まれて初めて、東京の社員寮でひとり暮らしをしている。うちの旦那が拵える夕コ足の天ぷらが好物だったが、東京ではなかなか同じものが食べられないと嘆いている……。息子と亮介とを重ね見るような眼差しだった。

「あんた、どこで食べるんの？」

息子に店を教えてやりたいからと、姐さんは目の光を強くして問うた。

「ぼくの親父が好きなものですから、母親が揚げるんです」

外で食べたことはありません、ごめんなさいと姐さんに詫びた。

「やっぱりそうなんだ」

落胆の物言いに、出来上がったようと旦那の声が重なった。いそいそと調理場に向かった姐さんは、揚げたての天ぷらを運んできた。まだ足に包丁は入っていなかった。

「慌てたもんで、切れ目を入れるのを忘れてたわ、ごめんね」

包丁を取りに向かおうとした姐さんを、亮介が止めた。

「おれ、このままで平気です」

親父も自分も、いつも揚げたてを歯で食いちぎっているから……亮介の言い分に、姐さんは両目を見開いた。やり取りが聞こえていたのか、旦那も調理場から出てきた。

「うちの店の客にもひとり、包丁はいらんという客がおるんじゃが、あの男は別じゃと思うとった」

うちのタコは生から揚げていて嚙み切るのは大変だが、本当に包丁はいらないのかと旦那が念押しをした。

「いつもそうしていますから」

答えた亮介は天ぷらを右手で摑み、口に運んだ。旦那と姐さんが見ている前で、亮介は足の先端から数センチの辺りを前歯でガシッと嚙んだ。

格別に力んだ表情も見せず前歯を左右に3回動かすと、きれいに千切れた。

「なんともたまげた」

旦那が声を漏らし、姐さんは嬉しそうに目元を緩めたとき。

ウウ――

正午を告げるサイレンが鳴り始めた。旦那は急ぎ調理場に戻った。

「店がひとで埋まって狭くなるけど、気にせんでゆっくり食べてってちょうだいね」

姐さんが調理場に戻ったと同時に、最初の一団が店になだれ込んできた。先頭を切って入ってきたのが連太郎だった。隅の卓でいなり寿司と天ぷらを食べていた亮介は、皿を手元に引き寄せて小さく座り直した。タコ足天ぷらを目に留めた連太郎は、亮介の前に座った。連れの健次と正太が座り、4人掛けの卓が埋まった。

「サバの味噌煮定食に、うどんをつけてや」

大声で注文したのは健次である。

「あいよう！」

姐さんが調理場から威勢のいい返事をした。

「今日のサバは脂がのってて身も厚いからね。早いモン勝ちで15人分しかないよ」

姐さんの答えを聞くなり、後続の集団8人が一斉にサバの味噌煮定食を注文した。

「おれも味噌煮定食で、メシは大盛りにして」

生卵をつけて、と正太は続けた。

「連太郎さんもサバにしますか？」

年若い健次がていねいな口調で訊ねたら、連太郎は首を大きく左右に振った。

「タコ足天ぷらに、うどん大盛りをくれや」

姐さんに注文したあと、連太郎は椅子から立ち上がった。そしておかずのガラスケースから太巻きを取り出して席に戻った。

「にいさん、ええ食い方じゃのう」

いなり寿司1個が皿に残っている亮介に話しかけた。もうひとつの皿にはタコ足の残りが載っていた。

「あんた、タコ足を食いちぎったんか？」

亮介はこくっとうなずいた。

「親父からそうして食べろとしつけられたものですから」

「連さんとおんなじ食べ方なんよ」

味噌煮定食を運んできた姐さんが、脇から口を添えた。

旦那が言っていたのはこのひとだったのかと、亮介は得心顔を連太郎に向けた。

「わしの前で、もういっぺん食いちぎってくれんかのう？」

「分かりました」

明るい声で答えた亮介は、右手で摘んだ。天ぷらは足の半分、根元の太いほうが残っていた。

亮介は根元に近いところを前歯で嚙んだ。先ほど同様、３回歯を左右に動かしたら、太い足が食いちぎられた。

「やるもんじゃのう」

素直に感心した連太郎の前に、旦那が揚げたての天ぷらを運んできた。亮介の天ぷらと同じタコの足で、太さも同じだ。

「このにいさんは連さんの仲間じゃのう」

旦那が感心の声を漏らしている間にも、客が次々と入ってきた。

先客のほぼ全員がサバの味噌煮を注文していた。店内は味噌煮の香りで満ちていた。

「わしもサバをくれえや」

「わしもそれにラーメンをつけてくれ」

しみず食堂は味噌煮の美味さでも知られていた。が、数には限りがあり、あっという間にサバの味噌煮は売り切れた。

「しゃあない、わしはアジフライ定食じゃ」

「おれはカサゴの唐揚げにラーメンにする」

客があれこれ注文する店内で、連太郎と亮介はタコ足を食べ続けた。ペロリと先に平らげた亮介を見た連太郎は、まだ半分近く残っているタコを皿に置いた。

「ここはうどんもラーメンも美味いんじゃ」

食いっぷりが気に入ったから、好きなほうをわしにおごらせてくれと連太郎が申し出た。示された好意に半端な遠慮は無用。気持ちを込めて礼を言い、素直に受けよ。

慎太郎の流儀は亮介の背骨の髄に流れていた。

「ありがとうございます」

笑顔で礼を言い、ラーメンを受けた。連太郎が大声で注文し、姐さんが応じた。

亮介の受け答えを店の客たちも気に入ったらしい。同じ卓の正太が箸を止めて亮介を見た。

「にいさん、この港町でなにをしてるんだ？」

声には親しみが込められていた。

「牛乳配達です」

胸を張って答えた亮介は、店に持ち込んでいた保冷ボックスからビン牛乳1本を取り出した。

「牛乳はお好きですか？」

亮介は連太郎に問いかけた。連太郎の目がビン牛乳に釘付けになった。

「わしゃあ、ガキの時分から牛乳好きでのう。この歳になっても自分の歯でタコを食いちぎれるんは、牛乳を飲み続けてきたおかげじゃと思うとる」

言い終えたあとも連太郎はビン牛乳を見ていた。

「それならラーメンのお礼代わりに、ぜひこれを飲んでください。宅配専用のビン牛乳は美味いですから」

旧盆の瀬戸内である。露を結んだビン牛乳は、見ただけで連太郎の気持ちをそそったようだ。

「いま飲んでもええんかのう」

「もちろんです」

亮介が答えたら正太が口を挟んできた。

「連さん、タコ足を食うたばっかりじゃろが」

牛乳とタコ足天ぷらでは味がまるで合わないだろうにと声を曇らせた。

「試してみれば分かります」

亮介は笑みを浮かべて正太に応じた。

「うちの親父もタコ足天ぷらを食べながら牛乳を飲むんです」

慎太郎はひとことも息子に勧めなかった。が、あまりに美味そうに飲むので、つい亮介も試してみる気になった。

「親父はいま57ですが、やはりタコ足を食いちぎります。歯が丈夫なのは、家業の牛乳を毎日飲んでいるからだと自慢しています」

亮介の言い分を聞いた連太郎は深くうなずき、ビン牛乳に手を伸ばした。

「せっかくの勧めや、遠慮なしによばれるわ」

キャップを外し始めたとき、連太郎のおごりのラーメンが運ばれてきた。

「おれもいただきます」

連太郎が牛乳に口をつけたのを見てから、亮介もラーメンをすすった。

「うまい！」

ふたりの声が重なり合った。

＊

連太郎が飲み干したビン牛乳を見て、多くの常連客が卓に寄ってきた。連太郎以外にも牛乳好きが何人もいたのだ。

彼らは申し合わせたかのように、ビン牛乳を懐かしがった。

のう」

「国（故郷）で暮らしとったこども時分には、牛乳と言うたらビンに詰まっとったが

「近頃は見かけんもんじゃけん、もうビン入りはのうなったと思うとった」

にいさん、まだビン牛乳を持っとるんか？

問われた亮介は強くうなずき、配達車からほどよく冷えた明慈の牛乳を運んできた。

「このにいさんが言うた通りでのう。ビンのはほんまに美味さがちごうとった」

連太郎が口にしたひとことで、卓に置いた6本がたちまち売り切れた。後々のことを考えて、亮介は小売り価格で販売した。

「口にあたるビンの感じが、なんともええわ」

「こらまた、正味で美味い！」

定食を食べ終わった者ばかりでなく、まだ食べている途中の客まで美味さを褒めた。

ガラスケースにいなり寿司を補充しに出てきた姐さんを、連太郎が呼び止めた。

「折り入っての頼みがあるんじゃが」

連太郎が切り出した言葉の先を、姐さんはしっかり読み解いていた。

「牛乳をここで売ってというんじゃろう？」

すでに牛乳を飲み終えた客たちが、姐さんを見てうなずいた。

「にいさん、ここまで毎日運んでくれるかなあ？」

「もちろんです！」

亮介の声がひときわ弾んでいた。

「にいさんがそう言ってくれたから、何人が毎日欲しいんじゃろうか？」

連太郎を含めて７人が勢いよく手を挙げた。

連太郎と同年配の客が食べかけの箸を卓に置き、亮介を見た。

「毎日じゃのうても、飲みたいときに買うんでもええんかのう？」

「もちろんです、ありがたいことです」

予備を何本か、しみず食堂さんに預けておきますからと、客の目を見て答えた。

「それでええんなら、わしらも飲みたいときに姐さんに訊けばええんじゃのう？」

別の客が言ったとき、連太郎が割って入った。

「毎日きちんと頼んでないと、今日のサバのように売り切れに泣くかもしれんぞ」

「その通り！」

７人のひとりが大声で相槌を打った。

「連太郎さんの牛乳好きは知っとったが、なんやらそのにいさんの親戚みたいなことを言うのう」

混ぜ返しを聞いて、あちこちで手が叩かれた。

「お昼が終わったところで、明日からのことを詰めさせてちょうだい」

言い置いた姐さんは調理場へと戻った。

「ありがとうございます」

亮介は店内の全員に深々とあたまを下げた。

「ぼくは纏亮介といいます。両親は東京の萬年橋近くで纏ミルクを営んでいます」

一人前のミルクマンになるために、「明乳松浦」で修業を重ねています……亮介は確かな口調で話を続けた。宅配先では「明乳松浦です」と、はっきり名乗るのが基本と教えられていた。日々の研修の成果で、人前で話すことが習得できていた。

「気持ちをこめて届けさせていただきます」

言い切った亮介に多くの手が鳴っていた。

14

長い思い返しを閉じた連太郎は、皿に載っている太いタコ足天ぷらを手に持った。

「亮介が来たら、またこれを一緒に食える」

顔をほころばせた連太郎だったが、すぐさま表情を引き締めた。そして姐さんを見た。

「あいつの歯も相当に丈夫じゃが、ここまで太いタコ足は食いちぎれんじゃろう」

連太郎は口を大きく開き、前歯で噛んだ。先刻食べたよりも根元に近く、足が太くなっていた。ここが意地の見せどころとばかり、前歯を左右に軋ませた。

見ている仲間も一緒になって、太い足を噛んでいるような顔つきである。

なかのひとりがスマートフォンを向けて、連太郎を映し始めた。どうやら動画モードらしい。6回前歯を左右に軋ませたとき、見事に食いちぎられた。姐さんが音頭を取る形で、客から拍手が湧き上がった。

連太郎は何度も口をもぐもぐさせてから、食いちぎったタコを呑み込んだ。ひときわ大きくなった拍手が鳴り止んだところで、姐さんは連太郎に話しかけた。

「孔雀荘（くじゃくそう）さんにも連さんから、亮ちゃんが帰ってきよると言うてやってね」

「承知！」

短くて強い返事をして姐さんを見た。

皿のタコ足はまだ半分以上も残っていた。

＊

ＪＲ尾道駅の北側、踏切を渡って坂道を少し上った先に孔雀荘はある。

「そこは雀荘（ジャンそう）（マージャン屋）ですか？」

屋号を聞いた亮介の答え方で、そのときしみず食堂にいた客の間に爆笑が湧き起こった。

「知らん者が聞いたら、まっこと孔雀荘は雀荘じゃと思うかもしらん」

爆笑のあとで、客たちがうなずき合った。

孔雀荘とは、尾道で古くから営業している喫茶店である。小高い場所に南向きに立つ店には、朝早くから陽が届いた。

ステンドグラス越しに差し込む朝日の柔らかさには、毎朝通う常連客でも感心した。

連太郎がひとり暮らしを続けている民家は、孔雀荘真裏の山の中腹だ。真っ直ぐに下りられれば高低差は50メートルほどしかない。が、そこには道がなかった。

孔雀荘を出るとまず東に向かって、ゆるい坂道を上る。太い道とぶつかったあと、今度は西に戻るようにしてさらに坂を上るのだ。

孔雀荘が20メートル真下に見えるあたりまで戻ると、人ひとりが通れる程度の急坂が真上に向かって続いていた。

その路地を30メートルほど、ほぼ垂直に上った先が連太郎の住まいだった。

尾道駅の北側斜面には、車はもちろん小型バイクですら通れないような路地が多数ある。坂のなかには石段造りもあった。肩をすぼめ気味にしなければ通れない路地の奥には、いまも多くの民家が残っていた。ひとしか通らない路地はネコの天国だ。陽だまりに寝そべるネコは、ひとが近寄っても悠々と横たわったままである。

かつては住人の家族が朝に夕にこの路地を行き交い、あいさつを交わした。窮屈な路地とは不釣り合いなほど、どの民家も大きい。両親とこどもたち、祖父母の三世代が同居していたからだ。

こどもたちは母親と一緒に毎日の夕暮れどき、駅前の商店街まで下った。そして夕食支度の食材、日用雑貨品を運び上げた。

こどもは大事な働き手であり、日々の上り下りで心身ともに鍛えられた。家族の暮らしを手伝うのは、こどもには当たり前だったのだ。

きつくて狭い夕暮れ時の坂道を、両手に荷を提げて急ぎ足で行き交う。

これもまた当時は当たり前だった。

１９７０（昭和45）年ごろまでは尾道に限らず、日没後はどこの町も暗かった。明るいうちに戻ろうとして、だれもが家路を急いでいた。

１９７０年に開催された大阪万博が、日本人の暮らしを根底から変えた。万博で紹介された文明の利器は、その後の暮らしに活かされた。

日暮れたあとの町が明るくなった。

尾道の急な坂道を行き交って成長したこどもたちは、働き場所を求めて都会を目指した。三世代が暮らしていた家から、最初にこどもたちの姿が失せた。

祖父母が没したあとは、両親だけが暮らす家が大半となった。さらに時間が流れた結果、ひとり暮らしの高齢者の住まいに次々変わっていった。

２００５（平成17）年の夏、連太郎は他の町から尾道に移ってきた。そしていまも暮らしている民家を借り受けた。

「若うて達者なひとに借りてもろうたら、わしらも安心じゃけえ」

すでに五十路を超えていた連太郎だったが、港湾労働で鍛えてきた身体は引き締まっていた。空き家から桟橋へと仕事に向かう連太郎を、路地の住人たちは大いに喜んだ。

「連太郎さんが好きなもんは、やっぱり酒ですかのう？」

暮らし始めて一週間が過ぎた夜、隣のおくめさん宅で手作りの五目寿司を振る舞われた。路地の空き家が一軒減ったことを喜んで、近隣の婆さんたちが寿司と酒とでもてなしてくれた。

湯呑みに注がれた広島の地酒を嗅いでから、連太郎はおくめさんに笑顔を向けた。

「これは竹原の竹鶴(たけつる)ですろうか？」

「嗅いだだけでそれが分かるとは、やっぱりにいさんは好きなんじゃのう」

銘柄を言い当てた連太郎を見て、座の婆さん連中が感心したという表情を示した。

「純米の吟醸酒は、この五目寿司にもぴったりですろう」

湯呑みの酒に口をつけたあと、連太郎は皿に取り分けてもらった寿司を味わった。

エビのでんぶ、錦糸卵の細切り、三つ葉、酢バス、刻んだしいたけ煮。

まさに五目である。寿司酢の案配もほどがいい。口に残っていた竹鶴と五目寿司とが、絶妙な混ざり合い方となっていた。寿司を呑み込んだ連太郎は、婆さんたちを順に見た。だれもが五目寿司の作り手だった。

「酒も五目寿司も大好きですがのう、仕事を済ませたあとに飲むコーヒーが、わしにはたまらんですらあ」

「それやったら、下の孔雀荘が一番ええわ」

おくめさんの声が弾んでいた。

「孔雀荘と言うたら、雀荘ですろうか？」

連太郎が言うと、面々が声を出して大笑いした。前歯の抜けた婆さんも大口を開けていた。

「ここから坂を下って行ってのう、踏切の手前にある店のことぞね」

「あのステンドグラスのある店ですろうか？」

毎朝顔に朝日を浴びながら、連太郎は踏切を渡って港に向かった。朝日が照らすステンドグラスの美しさには、足を止めて見入ったこともあった。しかしどこにも屋号らしき看板は出ておらず、なに屋なのかもこの一週間、分からずにいた。

「孔雀荘はコーヒーも美味いし、ジャムトーストがたまらん美味さじゃきのお」

脇から口を挟んだのが、前歯の抜けたのりこさんだった。彼女の年格好とジャムトーストとが不釣り合いに思えた連太郎は、上体を乗り出した。

「手作りのイチゴジャムが、ぷっくり膨らむほど気前ように塗られとるんでのう。いっぺん食べたら病みつきになるで」

のりこさんの言ったことが、連太郎の胸に突き刺さった。コーヒーと一緒に味わうジャムトーストも、連太郎の大好物だったのだ。

翌日の午後4時過ぎ、港を出たあとは急ぎ足で孔雀荘に向かった。テーブルとソファとが組み合わせになった客席には、数人の先客が座っていた。

だれもがおくめさん、のりこさんと同年配だ。テーブルにはコーヒーカップと、ミルクを飲み干したグラスが置かれていた。

注文を書き取ったママは連太郎を見詰めた。

「あなたはおくめさんの隣に越してきた連太郎さんでしょう？」

小さな町で、ほぼ常連客ばかりらしい。連太郎のことは、すでに店にも聞こえていた。

のりこさんお勧めのジャムトーストのジャムは、イチゴの形が残っていた。甘すぎず、実の酸味も感じられた。この日をきっかけに、連太郎は孔雀荘で仕事仕舞いのコーヒーとトーストを楽しむことになった。

通い始めて数日が過ぎたとき、年配客の多くがミルクを注文しているのを奇妙に思った。

「歳を重ねた者には、若い人以上に牛乳が必要になるのよ」

孔雀荘のママは常連のために、牛乳を買い置きしていた。そして他のメニュー料金とは違う安価で、牛乳を供していた。

「わざわざ下のスーパーまで行くのが大変だもの。お互い様の牛乳なのよ」

ママの心遣いに連太郎は深い感銘を覚えた。自身も牛乳好きで、毎日港の仕事場で飲んでいた。しかし連太郎は孔雀荘ではミルクの注文はしなかった。人助けのメニューを注文するのは、店に迷惑だと思ったからだ。

亮介のビン牛乳を飲んだ昼。

昼食を終えた連太郎は、亮介を孔雀荘まで連れて行った。そしてママと引き合わせた。

「このひとが、ここにビン牛乳を配達してくれるそうじゃが、味を試してみんかね」

テーブルに並べたビン牛乳を、ステンドグラスを透り抜けた午後の夏日が照らしていた。ビンの脇腹に結ばれた露は、眩(まばゆ)げに透き通って見えた。

手始めにママは毎回３本を頼んだ。

「これやったら毎日飲みたいねえ」

客の声が広がり、月末には常連客12人が孔雀荘の定休日以外の毎日、店で愛飲していた。

＊

「亮介(あいつ)もコーヒー好きやったからのう」

連太郎に見詰められた姐さんは、そうだったねえとばかりにうなずき返した。

「ママさんものりこさんも、あの店には亮介のファンがいっぱいおる」

「うちだってそうよね」

しみず食堂を忘れるなとばかり、姐さんが語気を強めた。

「そうじゃった、そうじゃった」

連太郎があたまを掻くと、また客が手を叩いて囃し立てた。

早く戻っておいで……。

見交わした姐さんと連太郎の目がそう語っていた。

15

2月25日、午前11時過ぎ。

呉でのインタビュー撮影をすべて終えた玉枝は、新幹線さくらに乗車していた。次の撮影地、鹿児島に向かうためである。すでに鹿児島には新聞チームの新道聡美と上司の太田が撮影クルーと一緒に現地入りしていた。

「鹿児島のひとにとって、桜島がどれほど大きな存在なのか……多くのひとにインタビューして、改めて分かった気がする」

昨夜電話で聡美と話したとき、感慨を込めた声で玉枝に聞かせていた。

鹿児島県鹿児島湾。薩摩半島と大隅(おおすみ)半島に挟まれたこの湾は、錦江湾(きんこうわん)とも呼ばれている。海の幸豊かな錦江湾の内に、東西約12キロで南北約10キロ、周囲およそ55キロもある巨大な火山が桜島だ。

かつて桜島は文字通りの島だった。

1914(大正3)年の大噴火で、桜島は大隅半島と地続きになった。が、名称はいまも変わらず桜島である。

丸ごと火山という桜島には、いまも多数のひとが暮らしている。

「いつ大噴火するかもしれない桜島に、多くのひとが住んでいて……その家庭に毎日新聞を配っているひとがいるのよ」

早く鹿児島に来てねと結んで、聡美は昨夜の電話を切った。

早く来てねと言ったのは、玉枝も鹿児島の取材を予定していたからだ。

当初のプランでは、新聞チームだけの撮影だった。しかし牛乳配達のエピソードにも桜島を入れてほしいと、ＪＣＡから強い要望があった。雄大な桜島の映像を、ぜひとも牛乳配達にも取り入れていただきたい。

「撮影費用がかさんでも当方はそれを受け入れます。雄大な桜島の映像を、ぜひとも牛乳配達にも取り入れていただきたい」

理事のひとりがこれを強く望んだ。彼は錦江湾を望む町に、高校卒業まで暮らしていた。ＪＣＡはさらにもうひとつ、鎌倉の映像も欲しいと要望していた。

「日本への観光旅行を計画しているアメリカ人の大多数が、かならず訪れたい観光地として鎌倉を挙げています」

さらなる広報効果を期待するためにも、鎌倉のエピソードも加えて欲しい、と。

これは要望ではなく指示だった。

玉枝からいきなり２カ所の追加を願い出られた明慈の広報担当者は、迅速に対処した。その結果、鹿児島と鎌倉の販売店取材が可能になった。

新幹線さくらの座席は、普通車でもグリーン車のような快適さである。身体をシートに預けた玉枝は、企画が通ってからの日々を思い返し始めた。

眠たいのに、気持ちが昂ぶっていて眠れない。気を静めるためにも、いまの玉枝には思い返しが必要だった。

＊

呉から鹿児島に向かうことが決まった日に、玉枝は追加になった鎌倉撮影をみきに任せることにした。もとより奥野の了承を得てのことである。

昨夜聡美との電話を切ったあと、玉枝はみきとも話していた。

「しっかりやっていますから、鎌倉のことは心配無用です、先輩」

わずかの間に、みきの物言いが変わっていた。怯えた調子がきれいに失せていたのだ。撮影現場を幾つも受け持っていても、ＪＣＡ企画全体のプロデューサーは玉枝である。奥野から正式に総合プロデューサーに任命されたとき、玉枝は奥野の前で自分が大役に適しているか否か逡巡する素振りを見せた。

「二度とそんな顔を見せないで」

奥野は厳しい口調で叱った。

入社以来、こんな声の叱責を受けたのは初めてである。玉枝は顔がこわばるのを抑えられなかった。

奥野はそんな玉枝を黙って見詰めていた。しばしの沈黙のあと、奥野は話を続けた。

「適任かどうかは、あなたが決めることではありません。決めるのはわたしです」

奥野の物言いがさらに厳しさを増していた。

「あなたに任せると決めたからには、すべての結果責任を負うのはわたしです。あなたにその能力があると信頼したからこそ、結果に対する全責任をわたしは負うと決めました」

奥野の目に強い光が宿されていた。

「総合プロデューサーに任命されたあなたが……」

あなたの部分に、わずかながら力がこもっていた。

「役目を果たせるかどうかなどと迷っているのは、心得違いの贅沢です」

思ってもみない贅沢という言葉を聞いて、玉枝の背筋にしびれが走った。

「あなたを信頼して、総合プロデューサーを委ねました。わたしがしなければならないことは、あなたを信頼して陰から支えることのみです」

奥野は椅子から立ち上がり、玉枝を見詰めた。

「あなたならできます」

奥野は言い切った。

「ありがとうございます」

答えた玉枝の声に、もう迷いはなかった。

「迷っていたのがどれほど心得違いの贅沢だったのか、思い知りました」

玉枝の答えを聞いたあとも、奥野の目の光は和らいではいなかった……。

目を閉じた玉枝は、あのときの奥野の目を思い出していた。

迷うのは心得違いの贅沢。

奥野から叱責された言葉が、いまもあたまのなかを走り回っていた。

奥野は現場に出ることはしなかった。任せた部下に余計な緊張をさせぬためである。

しかし「任せる」と「放任」とは根底から意味が異なる。

任せてはいても奥野は常時、報告の電話を待っていた。玉枝が判断に迷ったときには、確かな口調で助言をくれた。

常に待機していながら、奥野は現場には出向くことをしなかった。

任せたあとは、迷ったりはしない。

結果責任をすべて負うとの覚悟を決めて。

今回のビッグ・プロジェクトで現場責任者に任命されただれもが、奥野の信頼に応えようと奮闘していた。

玉枝に進捗状況を報告するみきも、物言いに迷い、あやふやさがまったくなかった。

聡美も見事に現場を仕切っている。スムーズな進行がそれを証明していた。

ありがとうございます、社長、と玉枝は胸の内で礼を言った。

課せられた責任は重たい。が、いまはその責任を楽しんでいる自分を愛おしく思った。張り詰めていた気持ちがほぐれたのだろう、心地よい眠りに誘われていた。

16

玉枝が新幹線で鹿児島に向かった当日、2月25日午後1時。亮介と田代は喫茶赤胴にいた。

火曜日の田代は配達が休みだ。午前中からかおるの世話を買って出ていた。かおるも田代の世話を受け入れていた。

昼食後、かおるは日課のリハビリ運動をこなした。終了後は昼寝タイムだ。

田代と亮介は赤胴でランチを共に摂ろうとしていた。誘ったのは亮介である。

「なにやら話がありそうだが……」

田代は勘の鋭い男である。運ばれてきたコロッケサンドに手を伸ばす前に、テーブルの向かいの亮介に話しかけた。

図星をさされた亮介は、唾を呑み込み背筋を伸ばした。

「腹ごしらえをしたあとで、ゆっくり聞かせてもらうことでいいかな？」

「もちろんです」

亮介が勢い込んで答えたとき、マスターが飲み物を運んできた。ふたりともミルクコーヒーである。

「すっかりこれに夢中になってしまったよ」

田代はサンドイッチよりも先にミルクコーヒーに口をつけた。口のなかで存分に味わってから、喉を鳴らして飲んだ。

田代の大きな喉仏が嬉しそうに動いた。

三切れのサンドイッチを平らげたあとで、田代はミルクコーヒーのグラスを持った。

「美味いものを食ったあとは、気持ちが穏やかになる」

慈しむように残りを飲み干してから、亮介を見た。

「どんな話をされても驚かないから、存分に聞かせてもらおうか」

田代は正面から亮介を見詰めていた。

亮介は両手を膝に置き、腕をつっかい棒にする形で上体を起こしていた。伸ばしていた背筋が、さらに真っ直ぐになった。

慎太郎に話をするとき以上に緊張していた。

「もう一度初心に帰るために、一カ月ほど尾道で修業してきます」

田代は黙したままである。途中で口を挟まず、亮介の言い分を聞き通すつもりらしい。

「尾道に行こうと考えたきっかけは、今回の広報ビデオの撮影です」

亮介は深い息を吐いたが、両腕はつっかい棒のままだった。

「そんなに肩に力をいれなさんな」

田代が砕けた口調で応じた。

「わたしは纏ミルクに雇われている身分で、亮介さんは雇い主だ」

年長者相手の話だからといって、そんなに気を張ることはない。立ち上がって身体をほぐしたらどうか……田代の物言いは、年若い上司への思いやりに満ちていた。

「ありがとうございます」

ゆっくりと立ち上がった亮介は両腕を突き上げて、身体に大きな伸びをくれた。これで無駄な緊張がゆるんだ。

座ったあとは、田代を見る目もゆるんでいた。

「浜町の店を開く前に、福山の明乳松浦さんで牛乳販売の心構えを叩き込まれました」

原点に立ち返るために、もう一度明乳松浦の世話になろうと決心した。

牛乳宅配のなんたるかを身体で覚えた尾道で、一カ月の間、自分を見詰め直してくる……。亮介が話し終えても、田代は黙っていた。どう応ずるかの考えがまとまったと思われたとき、田代はミルクコーヒーの代わりを注文した。

「亮介さんもどうだ？」

「一緒にいただきます」

亮介も注文した。

赤胴のミルクコーヒーは、新しいコーヒーをいれるところから始まる。薫り高いコーヒーが仕上がったあと、小鍋で牛乳を温める。ほどよきところでコーヒーを小鍋に注ぎ入れ、砂糖を加えて出来上がりだ。

ミルクコーヒーの出来上がりを田代と亮介は待っていた。ふたりとも黙したままだったが、気まずさはなかった。

田代がどんな考えを聞かせてくれるのかと、亮介はあれこれ思案を巡らせていた。

やがてマスターがミルクコーヒーを運んできた。ひと口すすった田代の両目が、大きくゆるんだ。

「2杯目でも美味いと感じられるのは、美味さが本物だというあかしだろうね」

「2度観ても面白さが褪せない、映画のようなものですね」

亮介の言い分に深くうなずいてから、田代はグラスをテーブルに戻した。

目も表情も引き締まっていた。亮介も顔つきを引き締めてグラスを置いた。

「逃げるのでなければ、もう一度尾道に行くことに賛成だが……」

口を閉じた田代は亮介を見詰めた。こころの奥に隠し持っていることまで見抜くような、強い目の光り方になっていた。亮介は田代を正視していられず、目を伏せた。

こんな指摘を受けるとは、まったく考えてもいなかったからだ。

不意打ちを食らい、亮介は伏し目のままうろたえていた。

向かい側の田代はミルクコーヒーをすすりもせず、黙したままである。伏し目をやめて目を合わせたら、田代が口を開いた。

「あとが限られているわたしとは違い、亮介さんには残り時間がたっぷりある」

田代は上体を乗り出して話しかけた。

「岐路に立ち、あれこれ迷う局面だって、これから何度もあるに違いない」

田代はミルクコーヒーに口をつけた。味わうというよりは、話の間合いを取るために見えた。ひと口するなり、グラスをテーブルに戻した。

「なぜ尾道に行こうと思ったのか……わたしに理由を答える前に、考えなさい」

その間、目を閉じてミルクコーヒーの美味さを賞味している。ゆっくり考えなさいと告げた田代は、グラスを持った。たっぷり口に含むとグラスを戻し、目を閉じた。

深く坐り直した亮介も目を閉じた。田代に言い当てられたことをひとつずつ、思い浮かべた。

＊

玉枝と飯島が結婚すると聞かされてから2日間、亮介は深く落ち込んだ。

飯島となら、似合いのカップルだと何度も思った。降り続く氷雨が、さらに気分を重たいものにした。

赤胴で飯島の爆弾発表を聞かされて3日目に、晴天が戻ってきた。朝日を浴びて輝く大川の川面を見たとき、亮介は玉枝への想いの残り火を消すぞと決めることができた。毎朝、季節にかかわりなく朝日は昇る。そして川面を黄金色に輝かせてくれた。大半のひとがまだ眠っているいま、自分は手つかずの真新しい空気を吸えている。日の出の眺めを独り占めにしている。

これができるのも牛乳配達があるからだ。

家業を心底、誇らしく思った。

バレンタインデーにみきからチョコレートをもらったときは、考えてもみなかった成り行きに戸惑い、うろたえた。が、みきの気持ちが嬉しくて、付き合いが始まった。互いに仕事に打ち込みつつ、毎晩電話で長話を交わした。

みきがわずか半月ほどの間に大きく成長してゆく姿を、亮介は目の当たりにした。

「先輩が今回のプロジェクトを統括する総合プロデューサーに任命されたの」

玉枝の総合プロデューサー就任に大喜びしたあと、自分も東京の撮影班ディレクターに指名されたことを明かした。

「すごい！　大抜擢じゃないか」

正味で感心している亮介に、自分には大役すぎるとみきは答えた。

「撮影のことなんか、なんにも知らないし、撮影現場に立ち会ったこともないのよ」

ひとしきり不安を口にしたが、みきは尻込みしてはいなかった。

「撮影クルーに一から教わりながら、慣れるまでは雑用係だと思って頑張ります」

こう告げたあとで口調を変えた。

「カメラマンも音声さんも照明さんも、全員がプロなの。そんなひとたち相手に、素人のままではディレクターなんか務まりっこないわ」

クルーに仲間だと認めてもらえるように、とにかく頑張る。いつまでも雑用係でいるのは、絶対にいやだから！

闘志を燃やしているのが、電話から明瞭に伝わってきた。

「みきさんならきっとできるさ」

亮介は本気でそれを信じていた。

みきは現場仕事の基本の吸収に努め、一日が過ぎるごとにディレクターとして成長を続けた。電話で話を聞くたびに、亮介は相手の成長ぶりを眩く感じた。

そして我が身を振り返り、またも落ち込んだ。

みきの前には限りなく広大な、未知の分野が広がっている。現場仕事はきついだろう。しかしきつさを上回る、習得の喜びがあるはずだ。

果たして自分はこれでいいのだろうか？

定まった手順を繰り返す日々の仕事を思い、亮介は焦りにも似た思いを抱いていた。

みきと自分とを比べるなかで、尾道での再修業を思いついた。

それはしかし田代が言い当てた通り、逃げも同然だった。みきに負けたくないという、焦りから出た考えだった。

現役時代に多数の部下を見てきた田代は、亮介のこころの奥底まで見抜いていた。

＊

「田代さんに指摘されて、焦りを消すことができました」

これしか言わなかったが、田代にはそれで充分だったようだ。

「牛乳を待っていてくれるお客様に、どう応えていくか。それを第一に考えるための再修業なら、亮介さんを大きくしてくれるよ」

田代の言葉の一語一語を、亮介は噛み締めた。

これで胸を張って尾道に行ける。澄み切った気持ちで田代を見た。

「留守の間、浜町店をよろしくお願いします」

あたまを下げた亮介に、田代は引き締まった物言いで応じてきた。

「クリちゃんが一回り大きくなる、チャンス到来だ」と。

田代の言葉を聞いたその瞬間、亮介は息が詰まりそうになった。まったく栗本のことを考えてもいなかったからだ。

田代はすでに店全体の運営に、こころを砕いていた。栗本にどう対処し、いかに育てるかまで、田代は考えていた。

店主でありながら、まだ未熟さが随所に残っていることを、田代の短い言葉で思い知らされた。

尾道はおまえの正念場だぞ、亮介！

おのれを戒めながら、田代を見詰め返していた。

17

2月26日、午前7時15分。

鹿児島・城山にあるホテルの玄関前では、牛乳撮影班がスタンバイを終えたところだった。三脚にセットされたカメラは、玄関まで続く坂道に向けられていた。

2月下旬でも鹿児島の朝日は威勢がいい。坂道両側の樹木は早朝の光を浴びて、濃い緑色を見せていた。

「あのカーブを曲がったところから、撮影をスタートすればいいんですね？」

ゆるいカーブのあとに続く、ホテル玄関に向かってくる真っ直ぐな坂道をカメラマンは指差した。

「違います、カーブの手前からです」

玉枝はカーブ手前の上り坂を指し示した。

「配達車の白いルーフが、この朝日を浴びると真っ白に輝くはずです」

清潔なルーフを照り返らせながら、力強く上ってくる配達車のカットが欲しい……。

玉枝の指示は明確だった。

「了解です」

カメラマンは納得の表情を見せて、三脚の位置を動かし始めた。

昨日のチェックイン時に、翌朝配達の牛乳を受け取ることの了承を、玉枝はホテルから得ようとした。

ホテルにも当然ミルクはある。それを承知で、外から牛乳の配達を受けようというのだ。ホテルが納得できる事情説明が必要だった。

「予約時にご承知いただいた、全米で放映される広報ビデオの撮影です」

明朝受け取る牛乳も、その撮影のひとつですと、玉枝は撮影プランを話した。

「坂道を上ってくる配達車も撮影します」

宿泊客の邪魔にならぬよう、早朝に手際よく撮影します……玉枝の頼みをホテルは承知した。約束した通り、早朝の玄関脇で段取りよく撮影準備を進めた。

撮影クルーには晴れ者が何人もいるのだろう。素晴らしい晴天となった。

城山に降り注ぐ朝の光は、錦江湾を黄金色に輝かせている、あの朝日である。

坂を上ってくる配達車の白いルーフは、玉枝の狙い通り眩く光を弾き返すに違いない。野鳥のさえずりが聞こえるほどに、ホテル周辺は静かである。はるか下の方に見えた配達車にいち早く気づいたのは、ヘッドホンで音を拾っている音声マンだった。

「下から車が近づいてきます」

あと30秒で眼前のカーブに差し掛かると、音声マンが告げた。

「カーブの手前まできたところで、Ｑ（撮影スタートの合図）を出します」

ファインダーを覗いたまま、カメラマンは、指示に手を挙げた。了解の合図だ。

音声マンはガンマイクをカーブに向けた。

坂下に見えていた配達車が、力強く上ってきた。ルーフが純白に輝いている。

玉枝は右手を突き出し、Ｑを発した。

ＶＴＲカメラのスタートボタンが押され、赤いタリーランプが点灯した。

＊

7時45分には新聞班と牛乳班の撮影クルー全員が、ホテル3階の会議室に集まっていた。ガラスドアを開けてバルコニーに出れば、錦江湾と桜島が望める会議室だ。

撮影にかかわる全員が、このホテルに投宿していた。

ビジネスホテルに比べて料金の高い、シティーホテルである。玉枝は奥野に中し入れをして、このホテル利用の許可を得ていた。

「今回の広報ＤＶＤのエンディングには、勇壮な桜島を使います」

利用予定のホテルからは桜島の見事な絵が撮れますと、奥野に説明した。

「いつ何時でも、晴れていても雨模様でも、桜島を撮影できるホテルです」

ぜひ宿泊を認めていただきたいと、玉枝は強い申し入れをした。

「その気迫こそ、総合プロデューサーです」

奥野は玉枝の申し出を承知した。

今後も必要と思われるときは、あなたの判断で進めなさいと言い添えた。

「制作責任者が、いちいち許可を求めていては、現場の切っ先が鈍くなります」

予算内であれば使い方は任せますと、奥野は旅立つ前の玉枝に許可を与えていた。

会議室のテーブルには、たった今配達されたばかりの牛乳と、ホテルが調製したサンドイッチが並べられていた。スタッフの朝食である。

牛乳はビンの脇腹に露を結んでいた。

「まずは朝食を摂りましょう。コーヒーは壁際のテーブルに用意してあります」

フルーツもコーヒーポットの隣に山盛りに用意されていた。

新聞班と牛乳班合わせて10人のクルーが、一斉に朝食を摂り始めた。サンドイッチとビン牛乳を手に持って、バルコニーに出るスタッフが何人もいた。

「この景色を前に朝メシが食えるとは……」

百戦錬磨のカメラマンが、正味で喜んでいた。

玉枝は聡美と横並びに座っていた。

「今朝の撮影、プロデューサーの指示がよくてうまく撮れたって、緒形さんが喜んでたわよ」

「ありがとうございます」

礼を言った玉枝はガラスドアの向こうを見た。カメラマンの緒形はサンドイッチを頬張り、ビン牛乳を飲もうとしていた。

＊

昨日の午後鹿児島到着後、玉枝はホテルのチェックインを済ませるなり、タクシーで市内田上3丁目に向かった。

明慈牛乳の販売店『明慈ミルクまま』社を訪ねるためだ。

翌日の撮影を実り多きものとするための、事前取材で訪問したのだ。

同社社長への取材を終えたあと、翌朝ホテルまで牛乳配達を、と依頼した。

「ありがとうございます、お泊まりはどちらですか？」

社長は20本の注文を喜んだ。しかし届け先が城山のホテルと聞いたときは、いぶかしむような顔になった。

撮影スタッフがそこのホテルに泊まっているとは考えられなかったのだろう。

「配達車が坂を上ってくる様子も、ぜひ撮影させてください」

「それは嬉しいですが、車になにか特別な仕掛けが必要ですか？」

「いいえ」

玉枝はきっぱりと答えた。

「いつも通りの配達車でお願いします」

玉枝のこの頼みには理由があった。

駐車場の配達車は、どの車もピカピカに磨かれていた。宅配に対するこの姿勢を持つ会社なら、普段着の方がいい絵が撮れると玉枝は判断していた。

「坂を上る配達車の撮影が目的で、あのホテルを選ばれたのですね？」

社長は得心顔になっていた。スタッフが泊まるには高級すぎると思っていたようだ。

「それもひとつの理由ですし、桜島の雄大さをしっかり捉えたいですから」

良好な結果を得るためのコストは惜しみませんと、玉枝は付け加えた。

社長は深くうなずき、玉枝に握手を求めた。

「我が社も同じです」

社長の表情が引き締まっていた。

「宅配を注文してくださるお客様へのコストは惜しみません」

明朝、ホテルまで配達するのが楽しみですと言ったあと、社長は玉枝の手を力強く握った。

＊

撮影クルーはだれもが食べるのも早い。

玉枝が食後のコーヒーをカップに注いでいたら、すでに席についていたクルー全員がプロデューサーを見ていた。まだ早食いには慣れていない玉枝である。急ぎ席に戻ろうとしてカップを揺らしてしまい、コーヒーがソーサーにこぼれ出た。

「慌てなくてもいいですよ、チーフ」

緒形の物言いには敬いと親しみが込められている。玉枝をチーフと認めていた。

18

ＪＣＡが大幅な制作予算の増額を承諾した際、幾つかの要望を伝えてきた。

古都鎌倉をエピソードに加えることも、そのひとつだった。

日を変えてさらにもう一項目、ＪＣＡは大きな要望を伝えてきた。専用回線を通じて、エセックス国際法律事務所の飯島に、である。

重要資料の送受信で使用する、暗号化された文書の形で送信されてきた。

文書は直ちに平文に変換し、プリントされた。

「アメリカ人はビジネス関連のエピソードに大きな興味を抱く。成功譚、苦労話、画期的な開発話など、ビジネス関連の逸話であれば、老若男女を問わず関心を示してくれる」

2分から3分で紹介できる逸話を1本、ぜひ加えてもらいたい。可能ならば日本を代表するような景観を背景に、その逸話を描いていただきたい。

日本を代表する……の箇所からは、太字のアンダーラインつきで記されていた。

急報を受けた玉枝は、直ちに汐留（しおどめ）に向かった。業務とはいえ、飯島も玉枝も顔を合わせられるのが嬉しかった。

「さらなる無理をお願いすることになりますが」

上司同席の場であり、飯島はビジネスライクな物言いに終始した。

「うけたまわりましたが、これ以上の追加要望は厳にご容赦ください」

進行スケジュールの支障となりますのでと、玉枝は返答した。総合プロデューサーとしての職責を負った、きっぱりとした口調だった。

「当方からもクライアントに伝えます」

飯島の上司が請け合った。玉枝はこの件でも、明慈の広報担当に相談を持ち込んだ。相手は鎌倉の牛乳販売店取材をセッティングしてくれた広報マンだった。

「24時間だけお待ちください」

玉枝が明慈本社を訪問したのは、2月19日水曜日の午後2時である。

広報担当からは木曜日の朝9時半に電話回答があった。

「鹿児島市田上の『明慈ミルクまま』社さんなら、ご要望に沿った取材が可能です」

当該販売会社の概要をお話ししたいので、これから来社願いたいと告げた。

「資料の持ち出しはできませんので、ご足労いただけますか？」

「5分で社を出ます」

呉への出張を控えていた玉枝だが、すべてを後回しにして明慈本社に向かった。

担当者から聞かされた概容は、まさにJCAの要望を満たすものだった。

「『明慈ミルクまま』の社長は、他業種から転向して牛乳宅配会社を創業されました」

「他業種とは、どんな業種からでしょうか？」

玉枝の問いに、担当者は直接の返事を控えた。

「セールス分野で、目覚ましい成果を挙げておられたようです」

ひとの口に入るものを販売するには、なににも増してお客様から信頼されることが大事。いまの仕事は、これを毎日実感できている。

社長は牛乳宅配に、いままでのセールスでは得られなかった満足感、高揚感を味わっておられますと、広報マンは答えた。

「満足感とは、なにを指しての満足感なのでしょうか？」

玉枝は聞き流さずに突っ込んだ。

「『明慈ミルクまま』さんの前身はセールスのプロ集団でしたから、新規契約は多く獲れました」

しかし牛乳宅配は、顧客と毎日顔を合わせる仕事だ。契約いただいた顧客への真っ正直なケアが、新規開拓以上に大事だと分かった。

「顧客と配達員との相互信頼が築けたとき、得られる喜びは無限に深いと気づかれたそうです」

お客様の役に立てていることの実感。宅配なればこその喜びだと、社長はスタッフに言い続けておいでです……広報マンは結んだ。

鹿児島には新聞班が撮影に向かうことが決まっていた。牛乳班まで差し向けるのなら、撮影するに足るだけの理由が必要である。

牛乳班を差し向けるときは、現場は玉枝が仕切ることになるのだ。

「『明慈ミルクまま』社さんの配達区域は広いのでしょうか？」

玉枝は質問を変えた。

「100キロコースもあるそうです」

答えに玉枝は驚いた。

「そんな遠くにまで配達するのですか？」

「それがこの会社の営業方針です」

お客様に喜ばれるなら、お客様が待っておいでなら、宅配範囲を拡大してもいい。高齢者のひとり暮らしをサポートするために、同社は牛乳・ヨーグルトに加えて、独自の宅配品カタログを毎週制作していた。

ダイコンや白菜などの野菜類。みかん、きんかんなどの柑橘類。

宅配スタッフは、車も入れない狭い石段を上る。その先に暮らす高齢者に、牛乳とカタログ注文品を宅配する。

曲がった腰を精一杯伸ばして、宅配員の手を握る。しわしわの手のひらから伝わるぬくもりが嬉しくて、宅配員はまた石段を上る。

「『明慈ミルクまま』社のスタッフが満足感や高揚感を感ずる理由は、ここにあるそうです」

説明を受けながら、玉枝はあたまのなかで情景を思い浮かべていた。

石段を上った先で一望にできる、真っ青な海。

玉枝が育った呉でも、こんな光景が見られた。

ひとり暮らしの高齢者には宅配してくれるスタッフが、生活の命綱であるに違いない。撮影クルーを同行させて、しわしわの手のぬくもりまで映像に収めたい……。

玉枝当人が気持ちを昂ぶらせていた。

「ぜひお手配ください。わたしが撮影に同行します」

答えながら、呉から鹿児島に向かう交通機関をあれこれ思い描いていた。

19

2月27日木曜日、午前8時半。

東京組撮影班を乗せたロケバスは、横横（横浜横須賀）道路を朝比奈に向かっていた。高速道路を出たあと、鎌倉に向かうためである。

週日の朝で、東京方面とは逆ルートだ。渋滞もなく、快適に走っていた。

東京撮影班は撮影クルーもロケバスドライバーも、日本新社のスタッフだ。本来ならみきが日本新社に向かうべきだろうが、バスは人形町までピックアップに立ち寄っていた。

昨夜、みきはひとつの案を思いついた。玉枝と交わした電話がきっかけである。

直ちに日本新社のチーフカメラマン早川に電話をかけた。

「明日、社から積み込みたい荷物ができました。お手数をかけますが、人形町まで立ち寄っていただけますか？」

早川の快諾を受けて、みきは電話を切った。そのあと下北沢の自宅に電話した。

「勝手なお願いでごめんなさい」

父親に詫びて、コロッケサンドとミルクコーヒー7人前の出前を頼んだ。

「うちが出前はやらんのは、おまえも知っているだろうに……」

ひとこと言ったものの、父親は引き受けた。

午前7時20分の奥野デザインへの出前に間に合うように、みきの母親はタクシーを使った。自分で運転して、万に一つでも事故を起こしたら、娘の仕事に障りが出ると判断したからだ。

両親そろって、みきのディレクターの仕事を応援していた。

コロッケサンドは一人前ずつアルミホイルに包まれており、保温箱に7人分が収まっていた。ミルクコーヒーは保温性能の高い大型魔法瓶ふたつで出前されていた。

カップは車中での飲みやすさを考えて、把手のついた紙コップが用意されていた。

「こんな気の利いた手配ができるディレクターさんとなら、いつでもご一緒させてもらいます」

日本新社の早川が、正味でみきの手配を褒めた。

エベレスト登山隊にも同行撮影した早川は、本来なら玉枝の牛乳班に同行する予定だった。

「植木は、まだ現場に不慣れです。ぜひ早川さんのサポートをお願いします」

奥野の強い要望で早川は東京で待機することになった。が、かおると田代のエピソードは、別のカメラマンに任せた。

「いきなりおれが出て行ったら、若いディレクターが緊張するかもしれない」

現場に馴染ませたあとで、鎌倉のエピソードを引き受けようと早川は決めていた。

2月27日、鎌倉名刹の梅も盛りである。とはいえ早朝はまだ凍えていた。

現場に向かうロケバス車中で湯気の立つミルクコーヒーと、まだ温かさの残っているコロッケサンドの朝食……。撮影クルーに加えて、ドライバーの分までみきは用意していた。その気遣いを早川は大いに褒め称えていた。

「ありがとうございます」

前方座席の早川に、明るい声で礼を言った。

クルーたちが飲み物と食べ物を、美味い美味いと褒めてくれている。

みきはシートに身体を預けて、目を閉じた。

両親は昨夜、夜通しで働いてくれたに違いない。

いつもコロッケの仕込みは、朝7時から始めていた。

今朝の出前に間に合わせるには、深夜の仕込みが必要だったはずだ。

把手のついた紙コップは、下北沢駅近くのコーヒーハウスが使っている品だった。終夜営業の店に出向き、あたまを下げて分けてもらったに違いない。

揺れる車中で飲むことを考えての手配だと、みきは両親に深く感謝していた。

もうひとつ、玉枝にも胸の内で礼を言った。昨夜、玉枝と交わした電話がきっかけで、今朝の支度を思いついたからだ。

先輩、ありがとうございます。

目を開いたみきはミルクコーヒーをひと口すすり、やさしい甘さを味わった。

＊

「鹿児島の撮影は素晴らしい出来映えだったの」

電話の向こうの玉枝は、みきが初めて耳にするほどに気持ちを昂ぶらせていた。

「鹿児島市内から南さつま市まで100キロの道のりを、配達車を追って撮影したのよ」

「100キロも先まで配達するんですか！」

驚き声を上げたみきに、玉枝はしっかりとうなずいていた。

「手元に日本地図があったら、鹿児島県を開いてみて」

みきは本棚から取り出した地図帳の鹿児島県を開いた。

「薩摩半島の南西の端に位置するのが南さつま市だけど、見付けられた?」

「いま、そこを見ています」

「市の前には海が広がっているでしょう」

「はい……」

みきの返事は戸惑い気味だった。海が広がっているもなにも、地図には海しかなかった。

「地図では海の色までは分からないと思うけど、そこは東シナ海なの」

また玉枝の声が昂ぶりを見せていた。

「ひとがやっと通れるぐらいの狭くて急な石段を上った先に、宅配を待っておられるひとり暮らしの高齢者のお宅があったの」

今日の撮影現場を思い出したのか、玉枝は口を閉じた。みきは黙って待っていた。

「今日の東シナ海は晴れていて、とっても穏やかそうに見えたけど……」

玉枝がまた口を閉じた。

宅配先の女性高齢者は、88歳のいまでも足腰がしっかりしていた。家の裏には200坪の菜園があり、野菜を自家栽培していた。

高台の畑に立てば、眼前に広がる東シナ海の美観を独り占めにできた。

陽を照り返す東シナ海は、透き通った藍色である。小型の漁船が沖合に向かうさまを、カメラマンは2分以上も追いかけていた。

「いまは晴れちょっておとなしか海じゃっどん、台風のときにゃ大化けすっでな」

ひとりで心細い思いをしていたとき、『明慈ミルクまま』さんが牛乳を届けに来てくれた。あのときは思わず手を握ってお礼を言った……。

日焼けしてしわの寄った女性の手。

手の甲に刻まれた人生のひだを、緒形カメラマンは敬意を払って撮っていた。

「牛乳宅配は人のこころまで届けるんだって、今日の撮影で心底理解できたわ」

しばしの間、玉枝は口を閉じた。その無言から、みきは玉枝の感動を察していた。

「帰り際、その方はわたしたちにまで、穫ったばかりのダイコンをくださったの」

ホテルに無理を頼み、ダイコンの煮物を調理してもらった……玉枝の物言いにも、ひとり暮らしの女性への尊敬がこもっていた。

「素敵な撮影でしたね」

しみじみと答えたみきに、玉枝は口調を変えて話しかけた。

「みきは明日、鎌倉でしょう？」

「はい」

落ち着いた声で答えた。

「みきならきっといい絵が撮れるわね。心配なのはお天気だけだけど」

「大丈夫です、先輩。明日も晴れです」

みきの答えを聞いたあと、玉枝はさらにひとつの問いかけをした。

「明日の出発は早いんでしょう？」

「7時半に日本新社さんに向かう予定です」

これを聞いた玉枝は、ひとつの助言を与えた。

「なにか温かい朝食を用意して、人形町に来ていただくほうがいいと思うわ」

時刻は午後10時15分前だった。みきはいつものビジネスホテルに泊まっていた。

「人形町なら、いまから頼んでも間に合わせてくれるお店があるから」

玉枝は3軒の店名を挙げた。

「朝食が美味しいと、クルーのひとたちも上機嫌で動いてくれるのよ」

城山の朝食が大好評だったことを話した。

「分かりました、先輩。すぐに動きます」

急ぎ電話を切ったあと、みきは思案を始めた。明日も晴天だが、朝の気温は4度だと予報されていた。

牛乳にちなんだ温かい飲み物と食べ物。

亮介の顔を思い浮かべたみきは、コロッケサンドとミルクコーヒーにしようと決めた。真夜中の萬年橋でサンドイッチを頬張った亮介は、身体の芯から喜んでくれた。

親に頼むしかない。頼むなら、いますぐ。

親に引き受けてもらったあとで、日本新社に電話した。明朝のピックアップ依頼だった。すべての段取りを終えてから、みきは玉枝に電話し、子細を報告した。

「コロッケはご両親が作られるとしても、牛乳は間に合ったの？」

「店でお願いしている販売店さんが、今夜中に届けてくれるそうです」

玉枝は安堵したらしく、吐息を漏らした。

「みきのお店で拵えるミルクコーヒーもサンドイッチも、美味しいでしょうね」

玉枝と朝食準備の話を交わしているなかで、亮介を何度も思い浮かべた。

月末なので、亮介は集金などの業務処理に追われていた。

みきも鎌倉撮影を控えており、自由に使える時間がほとんどなかった。

纏ミルクまで徒歩でも行ける場所のホテルに、投宿していた。が、互いに忙しくて会えない日が続いていた。

「どうかしたの、みき？」

黙り込んだみきに、玉枝が問いかけた。

「じつは……」

言いかけたあと、声の調子を変えた。

「なんでもありません。ごめんなさい、先輩」

亮介とのことを一瞬、打ち明けたい衝動を覚えた。が、すぐに思い直した。明日の鎌倉撮影をしっかり終えてからだと、自分を戒めた。

「プライベートなことで、なにかあるんじゃないの？」

察しのいい玉枝の問いかけに、思わず話をしそうになった。が、踏み留まった。

「先輩が東京に帰ってきたら、ゆっくり話をさせてください」

「そうね……」

玉枝も深くは問わなかった。いまは全チームの撮影が滑らかに運ぶように、気を集中するのが第一だった。

「鎌倉の仕上がり、期待してるから」

声の調子がみきを励ましていた。

＊

思い返しを閉じたみきは、バッグから撮影台本を取り出した。ディレクターとして自分が仕上げた台本で、読み返すまでもなかった。

が、手に持っているだけで気持ちが落ち着いた。ロケバスは朝比奈料金所を出て、鎌倉に向かう七曲(ななまがり)手前の信号で停車していた。

陽差しは柔らかで、地べたも車のルーフも優しい照り返しを見せている。

信号が青に変わり、ロケバスは上り坂へと進み出した。

台本を握る手に力がこもった。

20

「鶴岡八幡宮正面まで、あと15分程度です」

ドライバーが告げると、早川の顔つきが引き締まった。

「植木、ここに来てくれ」

早川に手招きされたみきは、隣のシートに移動した。

「今日の撮影段取りを教えてくれ」

早川の口調が変わっていた。つい先ほどまではサンドイッチとミルクコーヒーの美味さを、目元をゆるめてみきに話しかけていた。

いまの物言いには甘さはない。みきを植木と呼び捨てにした声も引き締まっていた。

早川のシートを音声マンと照明マン、記録係の女性スクリプター、そして現場整理係の若手が取り囲んでいた。今日は週日だが、晴天に恵まれた観光日和だ。古都鎌倉にはどこも多数の人出があるだろう。

早川が支障なく実景を撮影するには、現場整理スタッフが欠かせなかった。

「明慈の販売店さんにうかがうのは、先方のご都合もあり、午後1時を予定しています」

みきは首から提げている大型の懐中時計を見た。午前9時5分を指していた。

ディレクターを拝命したとき、亮介と一緒にアメ横に出向いて購入した時計である。現場の仕切りには、正確な時間の把握が不可欠である。針が大きい懐中時計なら、時間を見間違う心配もなかった。

「鶴岡八幡宮の実景を最初に撮ります」

もし現場で見かけたら、アメリカ人の観光客を撮影したいと早川に告げた。

「観光客にはわたしがお願いします」

みきの口調に戸惑いはなかった。

販売店への事前取材で、配達スタッフ28人は顔ぶれが豊かであるのが分かっていた。70代の男性が、鎌倉山の辺りを配達しているという。その男性の配達姿を遠景に撮りながら、同年代のアメリカ人もしくは外国人観光客の絵を重ね合わせたい……。

みきの演出プランだった。

「石段を上る後ろ姿を撮ろう。フレーム一杯に撮りたいから、現場整理を頼むぞ」

現場整理の工藤くんが力強く答えた。

「了解です」

上天気に恵まれたことで、週日の木曜日でも鶴岡八幡宮の人出は多かった。

みきが映像を欲しいと思った外国人観光客は、日本人と同じほどに多い。みきは臆することなく、どこから来たのかと問いかけた。

7組目で狙い通りのアメリカ人に行き合えた。

「LA（ロサンゼルス）のトーランスからだよ」

年配夫婦のご主人は大柄で、190センチを超えている。みきの問いに応えるときは上体を折り曲げていた。

「カマクラは海が近い古都だとワイフから教わっている。トーランスも海辺の町だから、両方の海を比べてみたいね」

ダン・タイラーは妻のダリアの肩に、大きな手を載せていた。

「タイラーさんはどちらにお泊まりですか？」

「カマクラ駅近くのホテルだ。明日も晴れるそうだから、ダリアと連れ立って朝の海を見に行くつもりだ」

素敵なストリートカー（路面電車）も海辺まで走っているそうだから……ダンの言い分に、ダリアも笑顔でうなずいた。みきはあるアイデアを思いついたらしい。

「少しだけ、この場でお待ちいただけますか？」

「いいとも」

快諾を得たみきは、早川に駆け寄った。

「いきなりのお願いですが、今夜は鎌倉駅前のホテルに泊まってください」

みきはダンとダリアを指差した。

「あのご夫婦が浜辺を歩いているところに、これから訪問する柴崎商店さんの配達の方がすれ違うシーンを撮りたいんです」

ご夫婦に明慈の牛乳を飲んでいただければ、素晴らしい光景が撮れますからと、みきは声を弾ませた。海辺を走る宅配スタッフと、アメリカからの観光客があいさつを交わす……早川は瞬時に絵を思い描いたようだ。

「いいアイデアだ」

みきの肩を叩いて褒めた。

「おれも一緒に交渉しよう」

みきのプランを高く買った早川は、先に立ってタイラー夫妻に近寄った。

世界中を撮影してきた早川は、みき以上に流暢な英語で話しかけた。

「わたしたちは米国のＪＣＡから発注を受けて、日本の文化を全米に紹介するビデオを制作しています」

「ＪＣＡならよく知っています」

応えたのはダリアだった。

「カマクラを旅する気になったのも、ＪＣＡが提供しているＣＡＴＶの旅番組を見たからなのよ。ダンにあれこれ話したのは、すべて番組で得た知識なの」

そうでしょう？　と問われたダンは、ダリアを見ながら強くうなずいた。

みきと早川の表情が明るくなった。

「いま撮影しているのは、ＪＣＡがネットワークでも放映を予定している広報ビデオです」

夫妻の表情が大きく変わった。ネットワーク放映と聞いたからだろう。

「タイラーご夫妻にお願いがあります」

みきはダリアを見ながら先を続けた。

「明日の朝、鎌倉近くの由比ヶ浜で、朝の光に照り輝く海の場面を撮ります」

そのシーンにぜひご夫妻で出演いただきたいと、ダリアに頼んだ。

「ビューティフル！」

ダンを見るダリアの目が輝いていた。

「ネットワークで放送されたら、アンもピーターも見られるわ」

ダリアはダンの腕を摑んだ。

「ぜひ、このオファーを引き受けましょう！」

大乗り気のダリアとは異なり、ダンは曇った目をみきに向けた。

「申し出は魅力的だが、なにしろ旅の途中だし、まだ2週間は旅を続ける予定だ」

出演するのにあまり高額では払い切れない。

「出演料は、幾ら必要なんだ?」

ダンの質問の意味が分からず、みきは早川に助けを求めた。早川は理解していた。

「ご心配無用です。逆にわたしどもから、記念品をプレゼントさせていただきます」

ダンを見詰めて心配無用と言い切った。

全米をネットする番組のなかには、費用を払って素人が出演し、自分たちの近況を近親者や友人たちに知らせるという人気番組があった。

タイラー夫妻はそれと勘違いしたようだ。

「これはJCAがスポンサーで、全米放送される広報プログラムです」

費用は一切無用ですと、強く約束した。

「素晴らしい!」

今度はダンが歓声を上げた。

「そういうことなら、出演させていただきたい。ダリアと一緒に、なんでもやろう!」

ダンの大きな手が早川に差し出された。ダリアはみきとハグして大喜びした。

全く想像もしていなかった成り行きに直面した工藤くんは、呆気にとられたという表情になっていた。

21

玉枝との長い電話を終えたとき、客室ベッドサイドの時計は午後11時半過ぎを示していた。

急遽決まった由比ヶ浜ロケの子細を話し、今日の首尾のディテールも報告した。

「日に日に正真正銘のディレクターさんになっているわね」

玉枝は後輩の成長を言葉を惜しまずに褒めた。

ビジネスホテルのシングルルームは狭い。それでも丸い小さなテーブルと椅子、小型の冷蔵庫が備わっていた。

椅子の背もたれに身体を預けたみきは、長かった一日を振り返ろうとした。が、すぐに立ち上がり、冷蔵庫を開いた。ビン牛乳を取り出し、テーブルに置いた。

鎌倉の明慈牛乳販売店、株式会社柴崎商店から撮影クルー全員が戴いた牛乳である。

「いまの時季、ホテルの客室は乾燥していて喉が渇くものです」

冷蔵庫で冷やしたビン牛乳が、渇きを退治してくれます……柴崎社長は2本ずつ、ビン牛乳を慈しむような手つきで手渡してくれた。

テーブルの牛乳は、その1本だった。

飲み始めたら、亮介を思い浮かべた。鎌倉撮影が終わるまでは、互いに電話もしない約束をしていた。

亮介への想いを押し込めていたが、ビン牛乳が引き金となって噴き出してしまった。堪らなく亮介の声が聞きたかった。しかし明日は早朝から大事な撮影を控えていた。ロケの成功を願って、亮介も電話を我慢しているに違いない……みきは踏ん張った。

柴崎社長に言われた通り、乾いた客室で飲むビン牛乳は、渇きを優しくいやしてくれた。軽く目を閉じたら、上首尾に運んだ柴崎商店での取材が思い返された。

＊

柴崎商店は明治22年に、由比ヶ浜で酪農を始めた。

当時の横須賀には外国商船が多数来港し、係留もされていた。船会社や日本海軍軍人の家族らが暮らしていたのが逗子(ずし)と鎌倉だった。

柴崎商店はそれらの顧客にチーズ、バターなどの酪農製品とミルクを届けていた。

「日本での牛乳宅配のはしりでした」

明治時代の文明開化とともに、一気に西洋化が進んだ。柴崎商店は鎌倉で、近代化の波とともに成長を続けていた。

英語のブロック体活字を使った、酪農製品メニュー。東京でも印刷は困難だった明治時代に、柴崎商店は早々と用意していた。

「加賀藩主の前田家別邸が、お近くにあるとうかがったのですが……」

みきは取材対象を事前調査していた。

「ここからすぐ先です」

柴崎商店は加賀の殿様の別邸にも、牛乳を配達していた。

社長の話は、すべて聞き耳を立ててしまうエピソードばかりだった。

「我が家のすぐ裏が読売巨人軍の社長邸でしたから、正月には長嶋さんや王さんが年始のあいさつにお見えでした」

みきは父娘揃ってジャイアンツファンである。思わず身を乗り出してしまったが、今回の撮影とは無縁の話だ。

早川から目で注意されて我に返った。その後は撮影手順の話に徹するように努めた。

柴崎商店を訪れる前に、みきはビジネスホテルの予約を済ませた。その後、タイラー夫妻が投宿しているホテルに出向き、フロントに伝言を残していた。

明朝7時半に迎えに行くとの伝言だった。

「鎌倉という土地柄でしょうが、配達スタッフの多くが英語を達者に話すんです」

由比ヶ浜を受け持っている太田氏は、去年商社を定年退職していた。

「太田さんも身長は180センチを超えていますから、いい絵になるでしょう」

話している最中に大柄な太田氏が戻ってきた。立ち上がって一礼したあと、みきは社長に質問を続けた。

「鎌倉山はどこに行けば、佳き絵が撮れるでしょうか？」

「東の端です」

社長の返事は明確だった。

「極楽寺につながる急坂の上は、南と東が開けています」

夕景の撮影には絶好の場所で、富士山も遠望できると教えた。

「南の先には江の島も見えます」

カメラマンの早川は、交換レンズを考えながら説明を聞いていた。

「いまなら午後4時半過ぎから、次第に暮れ始めます」

配達スタッフの中谷氏は、すでに店内で待機していた。明慈の濃紺ジャンパーが似合う中谷氏もまた、定年退職後の仕事に宅配を選んでいた。

社長に手招きされて中谷氏も話に加わった。

「鎌倉山は大きな屋敷がいまでも多い地区です。お手伝いさんに直接手渡すお宅もあります」

露を結んだビン牛乳を手渡すとき、相手からかけられる「ご苦労さま」「ありがとう」の声。

「彼女たちは、心底、宅配のわたしを労ってくれます」

ビン牛乳が架け橋となって、世代も性別も超えた繫がりが生まれているという。

「お手伝いさんは、ひとのために尽くす仕事です。だからこそ彼女たちは、牛乳や新聞の宅配員に優しく接してくれるのだと思います」

会社員時代の中谷氏は、50人の部下を擁する部局の局長を務めていた。

定年退職後は『第二の人生』だと言う。

「お客様の口に入るものをお届けしているという責任感と使命感が、わたしの背筋を伸ばしてくれます」

人肌のぬくもりをじかに感じられる宅配業務を選んでよかった……中谷氏は、誇りに満ちた笑顔でみきに語った。早川も中谷氏の表情を見ていた。

「鎌倉山から遠望する夕景と、配達を終えて微笑む中谷氏とを重ねてみよう」

鶴岡八幡宮の石段を上るタイラー夫妻の絵は、すでに撮影していた。

「ご夫妻には由比ヶ浜の朝景に出てもらおう」

早川と全く同じことを、みきも考えていた。

中谷氏と社長の了解を得て、鎌倉山の夕景には明慈のジャンパーを着た中谷氏を撮らせてもらうことが決まった。

翌朝の由比ヶ浜の撮影も、太田氏の了解が得られた。やはりジャンパー姿だった。

「LAのトーランスからの観光客です」

タイラー夫妻のプロフィール説明をみきが始めたら、太田氏が驚き顔になった。

「わたしは3年半、トーランスの海岸通りに暮らしていました」

休日には夫婦揃ってカニを食べに、桟橋の屋外レストランまで出かけたという。

「明日はそんな会話をタイラーご夫妻と交わしてください」

「素晴らしい機会を与えていただけて、本当にありがとうございます」

大柄な太田氏は椅子から立ち上がり、身体を二つに折ってみきに礼を言った。

「何時頃に由比ヶ浜から朝日が昇るのでしょうか?」

みきの問いには柴崎社長が困惑顔になった。

「逗子の山のほうから朝日は昇りますから、由比ヶ浜からは昇りません」

晴れた朝は昇りゆく朝日が由比ヶ浜の海を照らして美しいという。

「配達は午前7時ごろです。いまはその時間帯が、もっとも海が美しく光っています」

太田氏が言い終えるなり、みきは店の外に飛び出した。そしてタイラー夫妻が泊まっているホテルのフロントと電話で話した。

「先ほど伝言をお願いした、奥野デザインの植木と申します」

フロントはみきを覚えていた。

「お迎えにうかがう時刻を、午前6時だと伝言してください」

店内に戻ると温かなミルクコーヒーが出されていた。

「わたしにはこれが、こども時分から一番嬉しいごちそうでした」

社長の長女が拵えてくれたミルクコーヒーは、柴崎商店の長い歴史が隠し味となっていた。打ち合わせを終えた撮影クルーは、大仏撮影に向かった。

上天気は素晴らしい夕景をもたらしてくれた。

夕陽を顔に浴びた中谷氏は、笑みを浮かべて富士山を眺めていた。

*

明日は午前5時起きである。

「おやすみなさい、亮介さん……」

部屋の照明を落としたとき、時計は午前1時を示していた。

22

3月1日土曜日、午前10時。青空から降る陽光が、配達車の白い屋根を照らしていた。明乳松浦尾道店の岡田實（みのる）は、いつもの手順で出発前点検を始めた。

クリップボードに挟んだ順路帳（配達先一覧）を左手に持ち、右手で配達車のスライドドアを開けた。

配達順にセットされた牛乳や乳製品が、ケースに収まっていた。100軒を超える顧客への配達商品である。ケースは荷物室一杯に、何段にも積み重ねられていた。手早い宅配実行には、事前のセッティングが欠かせない。品々の上部には岡田の誠実な人柄を表すかのように、保冷剤が隙間なくかぶせられていた。

明日は夫婦揃って広島行きを予定していた。

顧客からなにか連絡があったとしても、明日は終日不在で対処ができない。

今日の配達前チェックは、いつも以上に念入りだった。

順路帳のラストの顧客まで、すべての宅配商品チェックが終わった。

「確認終了」

小声で指差し確認をするのは、前の職場から何十年も続けてきた岡田の流儀である。

ドアを閉めて、帽子をかぶり直した。

運転席に入ったあとは前後左右の安全確認をし、エンジンを始動させた。

配達車がスムーズなスタートを切った。

＊

明日の日曜日午前11時までに、ＪＲ広島駅近くのホテルに夫婦で出向く予定である。

広島県立高校時代の同級生たちと、半世紀ぶりの同窓会が催されるのだ。

「当日は夫婦で出席します」

往復はがきで知らせを受けたその日のうちに、岡田は返事を投函していた。

「おまえの気性が律儀で誠実なのは、高校時代から知っとったがのう。22で結婚して、46年も嫁さんを大事にしとるとは、男の鑑じゃ」

同窓会幹事は、わざわざ封書でこんな手紙を送ってきていた。

呉の造船所技師を65で定年退職したあと、3年前に連れ合いの友子の生まれ故郷・尾道に越してきた。

転居の翌月から、明乳松浦尾道店で宅配スタッフとして採用された。

1964年に高卒で就職した造船所では、設計部に配属された。普通科高校卒だったが、理数を得手としていた岡田に期待したのだろう。

東京五輪開催を10月に控えていた日本は、全国規模で経済成長路線を突進していた。物流業界も倍々ゲームのような成長を遂げていた。が、道路は国道といえども、まだまだ未整備道路が多かった。

船さえ確保できれば、海運は手堅い成長が見込めた。

海軍の軍港時代からの造船技術を継承していた呉には、日本全国から新造船の注文が殺到していた。

岡田は造船所内の技術研修所で、4年間の特訓を受けた。高卒社員のなかから選抜された者への、専門技術特訓を行う研修所である。

大学卒と同等の資格を得て研修所を卒業した1968年、22だった岡田は吉田友子と職場結婚した。

県立高校では3年間、同じクラスだった。

結婚生活は今年（2014年）で46年だ。が、高校入学の年から通算すれば、すでに半世紀近く岡田は友子の顔を見て暮らしていた。

尾道は小さな港町である。この町で生まれ育った友子のことは、町の年配者なら大半が知っていた。

広島に下宿して高校に通い、優秀な成績で県立高校を卒業したこと。

呉の造船所に採用されて女子寮に入ったこと。

友子の母親は相好を崩して、周りに話していた。

「高校時代の同級生と、会社の社宅で所帯を構えることになった……」

これを聞かされたときには、何人もが母親に祝い金を託してくれた。

友子の実家は急な坂道の途中に立っていた。両親が病没した後、岡田が定年を迎えた年に家を受け継いだ。

岡田夫妻は3人の男児を授かった。長男と次男は、ともに東京で結婚生活を送っていた。

三男は父親の跡を継ぐかのように、呉の同じ造船会社に就職した。三十路を迎える来年春に、三男も結婚を予定していた。

尾道に戻ってきた友子には、この町で暮らす同世代の友人が多数いた。

「實さんが配ってくれるんやったら、うちも牛乳をとるわ」

友子の友人・知人の多くが、牛乳の宅配を申し込んでくれた。配達を通じて岡田の人柄を知った顧客は、いかに自分が満足しているかを他の人にも広めてくれた。顧客の輪が広がり、配達を始めた当初から54軒も顧客が増えていた。

*

顧客の多くが自宅の空き地を、岡田の配達車の駐車に使わせてくれた。

ゆるい坂道を上った先の野々田宅も、そのなかの一軒である。自宅の裏に1000坪の畑を持つ野々田宅には、軽自動車なら10台が駐車できる空き地があった。二階建ての母屋に暮らしているのは、高齢者の登代子(とよこ)ひとりだけである。週に3度、火・木・土に配達車を停める岡田は、登代子のよき話し相手だった。

あとの配達を気にせずに登代子の話し相手となるために、岡田は野々田宅を配達のラストとしていた。今日の出発前に、登代子から店に電話がかかってきた。

「折り入っての相談があるけん、聞いてもらいたいんじゃが……」

わざわざ電話でこんな頼みを言われたのは、今回が初めてだった。

「もちろん、構わんがね」

二つ返事で岡田は引き受けた。

登代子は今年で83だが、茶よりもコーヒーを好んでいた。

昼前の陽光が降り注ぐ縁側に、台所からコーヒーの香りが流れてきた。

岡田をもてなす一杯を、登代子が支度しているのだろう。

いったい、どんな話なのか……

岡田は青空を見上げた。

春の訪れを告げるかのように、高い空でヒバリが啼いていた。

23

「今月下旬に、孫が戻ってきてくれるんじゃ」

話す登代子の声が大きく弾んでいた。

「いつも話してくれとった、横浜に住んどるというひとかね？」

岡田の問いかけに、登代子はほころんだ顔で深くうなずいた。

「そうか……そらあ、なによりじゃのう」

気持ちを込めて岡田がうなずいたら、カップに注がれたコーヒーが揺れた。

ひと口すすってから、登代子に目を向けた。

「それで登代子さん、わしに頼みというんは、どんなことかのう？」

縁側に置かれたソーサーに、気遣うような手つきでカップを戻した。

登代子のコーヒー好きを知っている孫の宗太郎は、業務出張で訪れたパリから6客1組のコーヒーカップセットを土産に持ち帰ってきた。

うっかり手を滑らせて数を増やすことのないように、登代子はスポンジも使わずに手洗いを続けていた。大事なコーヒーカップでもてなすのは、岡田を大切な話し相手と認めたあかしである。

カップの由来を聞かされた岡田は、音を立てずにソーサーに戻すように努めていた。

登代子もカップを置き、岡田を見た。

「宗太郎の嫁は、ほんまにようでけたひとでのう。電話で話したことを、どんなちっちゃなことでも、しっかり覚えとってくれよるんじゃ」

登代子が微笑むと、歯茎が見えた。身体の具合のよさが、歯茎の桃色にあらわれていた。

「頼みのひとつは配達してもらう牛乳を、25日から毎日3本に増やしてもらいたいということじゃがね」

　宗太郎も連れ合いのさなえも、ぜひともビン牛乳を毎日飲みたいと登代子に告げていた。

「實さんが届けてくれる、あの冷えたビン牛乳を、孫と嫁にも飲ませてやれるとは……」

　登代子は歯茎を見せて相好を崩した。

「それはありがたい」

　岡田の顔も大きくほころんでいた。

24

　登代子からの2つ目の申し出は……。

「宗太郎の嫁さん、さなえさんがのう。こっちで暮らし始めたあとは、牛乳配達をやりたいと言うとるんじゃ」

「えっ……」

　岡田はあとの言葉を詰まらせた。

「あんたが牛乳配達のかたわら、わしの話し相手になってくれたりしとるんを、孫から電話があるたびに話しとったんじゃ」

宗太郎はそれらの子細を、嫁さんによう話しとったらしい……登代子の手がコーヒーカップに伸びた。

岡田は座り直し、登代子の話に耳を傾ける姿勢をとっていた。

＊

宗太郎とさなえは社内結婚である。さなえが2歳年上だと分かったとき、登代子は宗太郎に速達を出した。

『昔から2歳年上の嫁は、金のわらじを履いてでも探せと言い伝えられとる。大事にせんとあかんぞ』と。

速達を読み終えるなり、宗太郎は登代子に電話をかけてきた。

農家は朝が早い分、寝るのも早い。宗太郎はそれを承知で夜の10時過ぎに電話をかけた。登代子は5度目のコールのあと、しゃきっとした声で電話に出た。速達を読めば電話をかけてくるだろうと、半ば待っていたからだ。

「金のわらじを履いて探せというのは、2歳年上の女房は、黄金のわらじにも匹敵する値打ちがあるという意味なの？」

「そら宗太郎、まるで意味が違うとる」

登代子は孫の思い違いを正した。

金のわらじはかねのわらじと読み、鉄でできたわらじのことだ。

2歳年上の嫁は、かけがえのない良縁相手だ。物事の判断に長けており、男を後ろから支えてくれる。が、どこにでもいるわけではない。

どれほど履き続けてもすり減ることのない鉄のわらじを履いて、根気よく探し続けよ。これほどの良縁は二度とないかもしれない。

登代子は言葉を重ねて説いた。

「おまえと所帯を構えてくれるというひとは、命がけで大事にせえ」

登代子から強く言われたことを、宗太郎はさなえに残らず聞かせていた。

「そんなに大事に言っていただけるなんて」

まだ会ったこともない登代子のことを、さなえは結婚前から大切に思っていた。

両親と祖母との間が疎遠であることもまた、結婚前から聞かされていた。

「どちらかの肩を持つこともせず、等分にお付き合いをさせてもらいましょう」

広島の両親宅を訪ねたときは、かならず尾道の登代子の家にも顔を出した。

両親からの電話は滅多になかったが、登代子は月に何度も電話をかけてきた。電話の大半は、宗太郎が在宅の夜間にかかってきた。

畑で獲れた野菜を送るという報せである。宗太郎が電話を切る前に、さなえは自分の口で野菜の礼を伝えた。

「ダイコンは、どうやって食べれば一番おいしくいただけますか？」

調理法を伝授されたときは、かならずそれを実行した。そして写真に撮り、プリントを礼状に添えて送った。登代子のコーヒー好きを承知しているさなえだが、豆を送ることはしなかった。宗太郎はそれを不満に思ったようだ。

「たまにはばあちゃんに、コーヒー豆を送ってやろうぜ」

モカが好物だと知っている宗太郎は、横浜の焙煎ショップで買い求めてきたことがあった。

「送るのは駄目です」

さなえはきっぱりとした口調で宗太郎を思い留まらせようとした。

「尾道よりずっと美味い豆なのに、どうして駄目なんだよ」

宗太郎は口を尖らせた。

「おいしいから駄目なの」

聞き分けのない子を諫めるような口調で、さなえはわけを聞かせた。

「おばあさんには孔雀荘という、馴染みのお店があるでしょう？」

尾道を訪れたとき、登代子はふたりを孔雀荘に連れて行ったことがあった。孫自慢、嫁自慢に、常連客たちは耳を傾けてくれた。

「あのお店とは、何十年ものお付き合いが続いているでしょう？」

宗太郎は深くうなずいた。こども時分に、何度も孔雀荘に連れて行ってもらっていた。

「モカの味がどうこうではなく、おばあさんには孔雀荘がかけがえのないオアシスのはずです」

たとえ孔雀荘よりも美味しい豆だとしても、それを送るのは登代子の付き合いの邪魔をするに等しい行為……さなえの言い分に、宗太郎は心底納得した。

「ばあちゃんに言われた通り、金のわらじを履いておまえを探した甲斐があったよ」

宗太郎はこの顚末を、会社の昼休みに電話で登代子に聞かせた。

「わしに話したなんぞは、さなえさんに言うてはいかんぞ」

孫をたしなめる物言いは、どこか弾んでいた。

農大卒業後に就職した種苗会社を退職して尾道に帰る。

会社経験を活かし、畑仕事に精を出す。

１０００坪の畑を祖母と相談しながら、収益の上がる畑に改造する。

宗太郎は会社の上司と談判した。

「実家の畑の一部を、種苗の新種実験菜園として使いたいのです」

もとより登代子の了承を取り付けた上での交渉だった。宗太郎も在職時のさなえも有能な社員だったことが評価されて、会社は好条件で提案を受け入れた。

さなえは宗太郎の考えに、諸手を挙げて賛成した。そして、ひとつの考えを口にした。

「わたしは尾道で牛乳配達をしたい」

さなえは確かな物言いで宗太郎に話した。

「おばあさんのところに配達してくれている方のように、わたしも配達しながら土地のひとの役に立ちたいの」

明乳松浦の岡田の話も、登代子は何度も電話で聞かせていた。

尾道には高齢者のひとり暮らしが多数いた。急な坂の上に暮らす顧客のなかには、週に3度訪れてくれる岡田を暮らしの命綱だと感じている者も多くいた。

達者自慢の登代子ですら、岡田を大いに頼りにしていた。

さなえはこのことに、心を動かされていた。

「わたしも尾道で牛乳配達ができるように、岡田さんに力を貸してもらいたいの」

ただの思いつきに終わらせないように、さなえは自宅近くでジョギングを始めていた。横浜市戸塚区には、坂道が多い。

さなえは毎日6キロのジョギングで、坂の上り下りを練習し、尾道行きに備えていた。

＊

「そんな若いひとが宅配を手伝ってくれるなら、願ってもないことじゃがね」

岡田の口調も大きく弾んでいた。

「近々、東京から亮介がまた尾道にもんて（戻って）くるんじゃ」

岡田が言うと、登代子の両目が見開かれた。亮介のことを、はっきりと覚えていたようだ。

「あの子はうちの野菜を美味い美味いと言うて、なんぼでも食べてくれよったがね」

牛乳宅配が家業だった亮介は、岡田と一緒に敏捷な動きで配達して回った。

「あの子の配達ぶりは、坂道下のみんなにもえらく評判がよかったもんじゃが……」

どうしてまた尾道に戻ってくるのかと、登代子が訊ねた。

「もういっぺん、一から自分を鍛え直したいとしか聞いとらんが……しっかりと前に進むためのことじゃろうよ」

岡田はカップのコーヒーを飲み干した。

「孫も嫁も亮介さんも、若いもんが尾道で新しい道を歩き始めるとは、ええ話じゃ」

登代子はしみじみとした物言いで、3人が尾道に出てくることを喜んだ。

畑を走り回っていた柴犬のゴンが、ハッ、ハッと息を弾ませて駆け戻ってきた。

25

ＪＣＡとの詰めも終了し、制作プログラムの種類も合意に達していた。

全米地上波ネットワーク放映版は、60秒と30秒の2種類。ＣＭ枠が高価なため、長尺のプログラム放映は無理だった。

ＣＡＴＶで放映するインフォマーシャルは、5分と8分の長尺版で実施が決まった。

玉枝が仕切る編集会議は、議論が白熱した。

30秒・60秒という限られた尺のなかで、牛乳と新聞の宅配という日本の文化を、いかにして米国人に訴えかけるか。

主題は明確だが、制作に携わった全員が、それぞれ強い想いを抱いていた。

牛乳と新聞の宅配が人々の暮らしに役立っている姿を、映像で紹介する……主題となるこの総論に反対するスタッフは皆無だった。

では、なにを紹介して主題を訴えかけるか。

各論になると、議論は沸騰した。

現場まで出向いて撮影した素材は、たとえわずかな秒数でも使ってもらいたい……。

スタッフの思いは、司会役の玉枝にも理解できた。玉枝当人が撮影現場の多くに立ち会ってきたのだ。

凍えが居座っていた早朝の撮影。

重たい機材をクルーと一緒に運び上げてカメラをセットした、数々の実景俯瞰撮影。

収録済みの素材には、現場に立ち会ったスタッフの強い思い入れがあった。

インタビュー素材も同じである。ぜひとも伝えたい珠玉のコメントが多数残されていた。今回初めてビデオ撮影を体験した玉枝・聡美・みきの3人とも、編集会議の席で同じことを思い起こしていた。

ビデオ撮影初体験の3人に、日本新社の藤田社長が心構えを説いたことがあった。

「実景撮影にしろインタビュー撮影にしろ、絶対に忘れてはならないことがひとつある。素材を使用できる尺はどれだけかということだ」

藤田は3人を順に見て、話を続けた。

「撮影現場に立ち会っていれば、あれも欲しい、これも使いたいと思うのが人情だ」

その結果、つい多くを収録することになる。

風景を使うか使わないかは、編集時に判断すればいい。たとえすべてを切り捨てたとしても、実景は文句を言わない。

「インタビューはまったく別だ」

藤田の口調が変わっていた。

「生身の人間から話を聞いているということを、常に意識することが大事だ」

そして聞き過ぎないように注意すること。

10分も20分もインタビューしておきながら、本番で使うのはわずか5秒では、取材に応じてくれた方々に申しわけない。

「本番で使える尺を意識しながら、肝になる言葉を引き出してもらいたい」

藤田の忠告を3人とも忘れてはいなかった。しかしロケ現場に立つなり、その場が漂わせている迫力・魅力に圧倒されてしまった。

聡美が一番、それを痛感していた。

桜島取材の折、道ばたで野菜の販売屋台が置かれている場に行き当たった。

屋台は無人で、代金を投入する木箱が置かれていた。桜島を遠望する雄大さと、無人の屋台との組み合わせが聡美の気を惹いた。

クルーが撮影準備を始めたとき、米国からの観光客が寄ってきた。

無人販売の説明を聞いたひとりは、天を仰いで感嘆の言葉を発した。

「アメリカでは考えられないことだ」

撮影クルーは、すかさずガンマイクで彼の言葉を拾い始めた。

「アメリカでこれをやったら、野菜も料金箱も、屋台まで、たちまち持ち去られるだろう」

無人販売を支える日本人の正直さに深い感銘を覚えたと、彼は賞賛を惜しまなかった。コメントは残らず収録していた。が、本番で使うのはむずかしいとの声が、編集会議では圧倒的だった。

奥野まで、使うのは無理だと発言した。

60秒、30秒のＣＭでは、使いようがなかった。彼のコメントだけでも60秒では足りなかった。さりとて中途半端な使い方では、視聴者に正しく伝えられず、誤解されかねないだろう。

ＣＡＴＶで放映する長尺版で検討するということで、聡美も納得した。

「藤田社長から忠告されたことが、いまになって骨身に染みているの」

聡美が漏らした言葉に、みきも玉枝も我がこととして深くうなずいていた。

＊

最終台本は玉枝が仕上げた。

編集マンの脇に座り、モニターを見ながらの編集指示も玉枝が受け持った。

みきは通常業務を終えてから、日本新社の編集スタジオに顔を出した。そして玉枝の編集指示に見入っていた。

最初に仕上がったのは60秒のＣＭだった。まだナレーションも音楽も挿入されていない、素材だけの編集版である。

みきには想像がつかなかったが、玉枝はすでに完成版が思い描けているようだった。

「仕上げは明日にしましょう」

編集スタッフに告げて、玉枝とみきは連れ立って日本新社を出た。

「なにか話があるんでしょう？」

問われたみきは、しっかりとうなずいた。

26

ふたり連れ立って日本新社を出たとき、玉枝の携帯電話が鳴り始めた。小雨模様で、ふたりともドアマンズ・アンブレラをさしていた。

玉枝は急ぎ傘をたたみ、コートのポケットに手を差し入れた。常に電話に出られる構えは、総合プロデューサー（チーフ・プロデューサー）就任の日に始まっていた。

みきが傘を差し掛けた。ふたりが入っても充分の大きさがあった。

「聡美さんも終わったんですか？」

電話は新道聡美からだった。相手の言い分に耳を傾けていた玉枝が、明るい声を発した。

「そうです、みきも一緒ですから」

六本木のイタリア料理店シシリアで、遅い夕食を一緒に摂ることになった。

「聡美さんも、なにか話をしたいらしいの」

声の調子が明るいから、きっといい話だと玉枝は判じていた。

「みきの話も、いいことなんでしょう？」

差し掛けられた傘の内で、玉枝は笑顔をみきに向けた。

「どうして先輩は、それが分かるんですか？」

「チーフ・プロデューサーだから」

軽口のような口調だったが、みきは深く納得した。相手がなにを思っているのかを、鋭く察する能力。わずかの間に先輩は身につけていると、みきは感服していた。

「雨の中を歩ける靴じゃないから」

タクシーでシシリアに向かうことになった。撮影現場に出ていたときは、玉枝もみきも分厚い底のジョギング・シューズを履いていた。

久々に履いたパンプスだったが、あいにくの雨である。ぜいたくだと感じつつも、タクシーに乗った。２メーターで行ける距離だったことも、乗る気になった理由のひとつだった。

運のいいことに、ドライバーはこの辺りに精通していた。

「おまちどおさまでした」

空いている道を選んで走ったタクシーは、小雨降る六本木交差点まで6分で行き着いた。みきが先に降りた。料金を払った玉枝に、大きな傘を差し掛けた。

「先に着いたほうが、順番待ちをすることになってるから」

深夜まで客の列が絶えない人気の店だ。急ぎ階段を下りて地下の入り口に向かった。雨降りのためか、客の列はなかった。

店内に入ると聡美がすでに座っていた。この店を玉枝に教えたのは聡美である。

「兄貴に連れてこられたのは15年も前なのよ」

美味しさに魅了された聡美は、以来、月に2度は通っていた。玉枝を連れてきたのは、去年の12月だった。

「いつの日か、大事なひととこの店で食事をするのが夢なのよ」

そう玉枝に話した聡美が、今夜は好みのガーリックピザが供されても、話すことに夢中になっていた。聞き入る玉枝の脇で、みきはタバスコの赤いキャップを外した。そして自分で食べるピースに振りかけた。

タバスコの酸味に充ちた香りをかいで、聡美も気づいたらしい。

「ごめんね。自分ばかりしゃべっていて」

3人の手がピザに伸びた。皮が薄くてピザソースがたっぷりなのがシシリアの売り物だ。

空腹だった3人はたちまち一枚を平らげた。

2枚目のアンチョビピザを食べながら、聡美は話に戻った。

「こんな出会いが得られたのも、玉枝のおかげ。本当にありがとう」

聡美は正味の口調で礼を言った。

＊

新聞配達班の桜島ロケは、聡美の兄の大学の後輩・朝長和宏（ともながかずひろ）が一緒だった。朝長は政治部記者だが、国会が休会中で自由に動きがとれた。

鹿児島が彼の故郷だったことも、ロケの案内には適役だった。

桜島に渡るフェリーは終夜運航である。午前4時過ぎに駅で朝刊を受け取るなり、配達車はまだ星空の下を鹿児島港に向かった。

「昔からフェリーは夜通し動いていましたが、こんな時刻に桟橋に向かうのは初めてです」

長身の朝長は、小型ロケバスのシートに身体を小さくして座っていた。

フェリーは午前5時30分発だが、新聞の梱包を積んだ車は4時40分に到着した。

本番で使うか否かは未定だったが、桟橋で撮影が始まった。

「フェリー出発まで待ち時間は長いですが、向こうで新聞を待っていてくれるひとがいます」

鹿児島発午前5時30分のフェリーだと分かっており、桜島桟橋まで受け取りに出向いてくる顧客もいた。

「新聞を待っててくれるひとのことを思うと、乗り遅れはできませんから」

話してくれた田中くんは鹿児島大学の2年生だった。卒業まで宅配を続けると胸を張った。

桜島をぐるっと回っても、配達先は100軒に満たなかった。それでも田中くんは毎日同じフェリーで桜島に渡るのを誇りにしていた。

「お客様が100人近くいると思うと、身体の内が熱くなります」

この配達を受け持つ学生は、全員が4年間続けて、引き継ぐ者はみずから面接で決めていた。

配達の子細をインタビューしている内に、朝長の顔が次第に引き締まっていった。

撮影終了後、聡美と朝長は山形屋デパートでランチを摂った。撮影クルーたちは実景撮影で桜島に残っていた。大食堂のガラス窓の向こうには雄大な桜島が見えた。朝長お勧めのランチ場所だった。

「自分でも気づかないうちに、政治部記者であることがプライドになっていました」

山形屋名物の焼きそばを食べながら話した。

「100軒足らずの購読者のために、毎日フェリーで渡ってくれる大学生。そんな彼を待っていてくれる読者……」

宅配をするひとと待っていてくれるひとに支えられることで、初めて新聞は大きな仕事ができる。

「大事な基本を、国会議事堂のなかを闊歩しているうちに忘れていました」

熱く話した口を冷ますと言って、朝長はかき氷の「しろくま」を注文し、聡美にも勧めた。東京では見たこともなかったかき氷の美味さに、聡美は魅了された。そして朝長にも。

＊

聡美は、朝長と付き合い始めたことも明かした。

「次はみきの番でしょう？」

玉枝に促されたとき、3人が注文していたカンパリソーダが運ばれてきた。ひと口つけてから、みきは亮介との子細を話し始めた。

玉枝も聡美も、それぞれ相手が決まっていた。みきは安心して思いを打ち明けられた。

「亮介さんと牛乳宅配の仕事をしてみたい」

玉枝と聡美が驚きの表情になった。みきはそのまま話を続けた。

「今の聡美さんの話を聞いて、気持ちはさらに固まったんです」

みきは先輩ふたりを順に見て、話を先へと進めた。

「うちの父の喫茶店もそうですが、お客様の笑顔を毎日見られる仕事って、とってもハッピーです」

牛乳宅配がきっかけで、玉枝もみきも聡美も、パートナーに出会えた。

湯川かおるも田代がいたことで救命された。

「分かっていたつもりでしたが……」

みきは玉枝と聡美に目を合わせて、口を閉じた。取材を通じて知り得た宅配のエピソードが、みきの脳裏を走り回っている。

その気持ちを鎮めてから、あとを続けた。

「牛乳ビンを真ん中にして、お客様と宅配スタッフとがあんなに信頼し合っていたなんて……まるで分かってはいませんでした」

みきを見詰める先輩ふたりも、強くうなずいた。玉枝も聡美も、みきと同じだったと実感していたのだろう。

「亮介さんがなぜ、纏ミルクを大事にしているのか、少しだけですが分かった気がしました」

先輩を見るみきの目に、力がこもった。

「わたしは、そんな亮介さんが大好きです」

みきの両目に強い力が宿されていた。

「父も亮介さんも纏さんも、ひとの口に入るものを作ったり届けたりすることに、誇りを持って従事しています」

わたしもその道を歩きますと、みきは確かな口調で言い切った。

隣のテーブルを片付けていたシシリアの責任者まりさんが、みきの言葉を耳にした。厨房に入り、グラスワインを手にして戻ってきた。

「わたしどもも、美味しいものを提供することに誇りを持っています。これはお店からです」

透き通った白ワインが、みきの決断を祝福していた。

終　章

２０１４年３月10日月曜日、午前５時過ぎ。

日の出前の星空の下、みきが纏ミルク浜町店にやってきた。

「おはよう、植木さん」

配達前の準備を進めていた田代が、みきに朝の声をかけた。

「おはようございます」

みきの明るい声を聞いて、支度途中だった富岡長治も帽子を脱いで会釈をした。

「コートが薄くなった植木さんが、春は近いと教えてくれてるねえ」

田代も明慈のジャンパーだけだ。冬の間愛用してきた黒革の手袋も、今朝ははめていなかった。季節は確かな足取りで、春へと移ろい始めていた。

事務所内では栗本と亮介が、引き継ぎの詰めを行っていた。みきを見た亮介は、壁の時計に目を向けた。午前５時22分だった。

「おはようございます」

ファイルを閉じた栗本があいさつをした。みきが答えているとき、あかねが出てきた。

「こんな早くから、ありがとうございます」

みきが来たことを察したあかねは、コーヒーを運んできた。インスタントでも、早朝に熱い一杯はごちそうだった。

「いただきます」

みきとあかねが雑談を始めたのを見て、亮介はボストンバッグを開いた。詰め忘れがないかを確かめていたのだ。１カ月分の荷物は、すでに尾道に送っていた。バッグの中身は身の回り品や手土産などだ。

「クリちゃんが、すごく頼りになるの」

あかねが栗本を頼りにしているのを、亮介は嬉しく感じていた。

１カ月は短いようで、相応に長い。歳が近い栗本を頼りにできれば、あかねも気を張らずに相談できるだろう。田代も富岡も、すでに栗本を後ろから支えてくれている。留守にする亮介には心強かった。みきがコーヒーを飲み終えたところで、亮介は立ち上がった。５時32分になっていた。

「それじゃあ……行ってきます」

配達スタッフに辞儀をした。今朝の田代は亮介を送り出すために、配達に出るのをいつもより遅らせていた。

みきも亮介と一緒に辞儀をした。

ふたりが歩き始めたとき、栗本が駆け寄ってきた。

「おれからの餞別です」

ビン牛乳2本が、浜町店のビニール袋に収まっていた。

亮介は旅立つ前に、清洲橋に向かうつもりでいた。栗本はそれを察していたらしい。

「ありがとう、クリちゃん」

礼を言った亮介は、清洲橋につながる近道を歩き始めた。

＊

橋に着いたとき、朝日はすでに昇り始めていた。濃いダイダイ色の光が、大川の川面を照らしていた。

栗本が餞別にくれた2本を1本ずつ手に持ち、キャップを外した。

若い朝日だが、清洲橋南側舗道に立つふたりの顔を照らしていた。

牛乳を半分まで飲んだ亮介は、まだ口をつけていないみきを見た。

「おれが尾道で、もう一度修業をしようと決めたのは、みきの頑張りに触発されたからだ」

ディレクターとして現場をテキパキと仕切るみきが眩しかったと、亮介は初めて明かした。

「宅配は単調な仕事に見えるかもしれない」

亮介はみきに目を合わせて話を続けた。

「毎日決まった手順を踏んで、決められたお客様に届けるという仕事だからさ」

実態は見た目の単調さとは正反対だと、口調を変えて先を続けた。

季節は移ろうし、天気も変化する。環境の変化に合わせながら確実な配達を成し遂げるには、宅配スタッフに能力が求められる。

「確かな足取りで繰り返されることを、ひとは単純な繰り返しと感ずるかもしれない」

しかしそれこそが一番の大事だ。

いや、いや、いや、いや。

単調だと感じてもらうために、多くのひとが汗を流している。平常さが保たれているからこそ、単調に映るのだ。

「毎日、同じことを繰り返していられることの醍醐味を、いまのおれは味わえていると思う」

深呼吸のあと、みきとの間合いを詰めた。

「おれは牛乳宅配が好きだ」

強く言い切った亮介は牛乳を飲み干した。顧客とスタッフへの責任も一緒に飲んでいた。みきは驚き顔で牛乳にひと口つけて、亮介を見詰め返した。

「わたしは亮介さんが誇りを持って宅配業務に就いている姿に、深く感動しているの」

会社を辞めて手伝いたいと思っていると、胸の内を明かした。

今度は亮介が驚いた。

「O・ヘンリーの『賢者の贈り物』みたいだ」

「あのお話、一番好きなの！」

みきは一気に牛乳を飲み干して、右腕を亮介の腕にからめた。

貧しい若い夫婦が相手への贈り物をしたくて、それぞれが動いた。

夫が先祖から受け継いできた、金の懐中時計。それを吊す鎖を買うために、妻は長い髪をばっさり切って商人に売った。

妻が欲しがっていた、長くて艶のある髪をすく鼈甲（べっこう）の櫛。それを買うために、夫は懐中時計を質入れしていた……。

空きビンをコートのポケットに仕舞ってから、みきは亮介に抱きついた。

「ここを『対校エイト』が走る早慶レガッタまでには、自信を持って帰ってくる」

「待ってる」

固く手を握りあい、舗道を歩き始めた。
ずんずんっ！　と、確かな音が聞こえた。

いまだからこその、作者あとがき

２０２０年、東京の元旦は穏やかに明けた。

元日吉例の墓参でも、降り注ぐ柔らかな陽を身体に浴びることができた。

佳き初春の訪れを衷心から慶(よろこ)べた、あのとき。いったいだれが、あとに続くコロナ災禍を想像しただろうか。

２０２０年の東京五輪・パラリンピックまでをも延期に追い込んだ、地球規模のウイルス災禍。後世、かならず特筆されるであろう感染症蔓延は、本稿執筆時（２０２０年8月中旬）にあっても、収束の兆しは見えていない。

いま語られている感染予防の必携策は、いわばイロハに尽きる。

「不要不急の外出を避けて、ひととの接触を可能な限り避けること」

結果、ひとはさまざまなマスクを着用して、往来を行き来している。

公共交通機関利用時、我が国ではマスク着用は自主的ながら、必須に近い。

屋外でのマスク着用を義務化し、違反者には罰金を課す国もある、昨今。

なぜ日本は自主判断ながら、大半のひとが着用するのか。

公衆道徳遵守の国民性ゆえだろう。

相手を思い、みずからを律する文化が、この国には根付いている。

コロナ災禍は、地球規模でお国柄の違いを鮮明にしたのではなかろうか。

＊

作中でわたしは幾度も。

あるときは登場人物の言葉として、ときには地の文で、牛乳宅配を「日本ならではの文化」と著した。

ビン牛乳は品物だ。

しかしひとの手を経て宅配されることで、その道中には日本ならではのドラマがある。

自分以外のひとに気を配り、常から動静を気にしていること。

その精神が根底に横たわっているのが、牛乳宅配だったと、取材を通じて実感できた。

しかし単行本執筆時には、その大事を確かには気づいていなかった。

文庫本校正・加筆時に、深く思い当たった。

きっかけとなったのがコロナ災禍だ。

知らぬひとととの接触を、極力避ける。

これは日本全国で生じている、ウイルス感染防止の対処法だ。

しかしその陰で、いまでも毎日毎朝、ひとととふれあうことも承知で、牛乳を宅配しているひとたちがいる。

しかも、ただ品物を届けるにあらず。

小さな牛乳ビンに「今日もすこやかに過ごせますように」の想い・願いを託しての、宅配であるに違いない。

ひとととひとが、無用の接触を避ける。

降って湧いたイズムに、いささかも左右されぬ、相手を思うこころ遣い。

牛乳宅配には、これが息づいている。

それを思い悟ったがゆえの、あとがきだ。

大きく手を加えて生まれ変わった本作を、なにとぞご一読いただけますように。

二〇二〇年八月

山本一力

『ずんずん！』二〇一六年七月　中央公論新社刊
文庫化にあたり加筆修正しました。

JASRAC 出 2007250-001

中公文庫

ずんずん！

2020年9月25日　初版発行

著　者　山本一力（やまもといちりき）

発行者　松田陽三

発行所　中央公論新社
〒100-8152　東京都千代田区大手町1-7-1
電話　販売 03-5299-1730　編集 03-5299-1890
URL http://www.chuko.co.jp/

DTP　ハンズ・ミケ
印　刷　三晃印刷
製　本　小泉製本

Published by CHUOKORON-SHINSHA, INC.
Printed in Japan　ISBN978-4-12-206939-8 C1193

中公文庫既刊より

各書目の下段の数字はISBNコードです。978－4－12が省略してあります。

や-49-1
菜種晴れ（なたねばれ）　山本一力
五歳にして深川の油問屋へ養女に迎えられた菜種農家の娘。その絶品のてんぷらは江戸の人々をうならせる。いくつもの悲しみを乗り越えた先に、彼女が見たものとは。
205450-9

や-49-2
まねき通り十二景　山本一力
頑固親父にしっかり女房、ガキ大将に祭好き……お江戸深川冬木町、涙と笑いで賑わう毎日。著者自ら「格別に好きな一作」と推す、じんわり人情物語。
205730-2

た-28-12
道頓堀の雨に別れて以来なり　川柳作家・岸本水府とその時代（上）　田辺聖子
大阪の川柳結社「番傘」を率いた岸本水府と川柳に生涯を賭けた盟友たち……上巻は、若き水府と、柳友たちとの出会い、「番傘」創刊、大正柳壇の展望まで。
203709-0

た-28-13
道頓堀の雨に別れて以来なり　川柳作家・岸本水府とその時代（中）　田辺聖子
川柳への深い造詣と敬愛で、その豊醇・肥沃な文学的魅力を描き尽す伝記巨篇。中巻は、革新川柳の台頭、水府の広告マンとしての活躍、「番傘」作家銘々伝。
203727-4

た-28-14
道頓堀の雨に別れて以来なり　川柳作家・岸本水府とその時代（下）　田辺聖子
川柳を通して描く、明治・大正・昭和のひとびとの足跡。川柳への深い造詣と敬愛でその豊醇、肥沃な文学的魅力を描く、著者渾身のライフワーク完結。
203741-0

た-28-19
大阪弁ちゃらんぽらん〈新装版〉　田辺聖子
「あかん」「わやや」……。大阪弁に潜む大阪人の気質と、商都ならではの心くばり。大阪弁を通して、大阪人の精神を考察するエッセイ。〈解説〉長川千佳子
206906-0

た-28-20
大阪弁おもしろ草子　田辺聖子
「そこそこ」「ぼつぼつやな」。短い言葉の中にも多様な意味やニュアンスが込められている大阪弁を通して、大阪の魅力を語るエッセイ。〈解説〉國村　隼
206907-7